小无知历险记

小无知游太阳城

[苏联] 尼古拉 · 诺索夫 著
[苏联] 阿里克谢 · 拉普捷夫 绘 李悠然 译

译林出版社

图书在版编目（CIP）数据

小无知游太阳城 /（苏）尼古拉 · 诺索夫著；（苏）阿里克谢 · 拉普捷夫绘；李悠然译. -- 南京：译林出版社，2021.8
（小无知历险记）
ISBN 978-7-5447-8640-9

Ⅰ. ①小… Ⅱ. ①尼… ②阿… ③李… Ⅲ. ①童话－苏联－现代 Ⅳ. ①I512.88

中国版本图书馆 CIP 数据核字（2021）第 080621 号

小无知游太阳城　[苏联] 尼古拉 · 诺索夫 著　[苏联] 阿里克谢 · 拉普捷夫 绘　李悠然 译

策　　划　敖　德
责任编辑　刘自然
特约编辑　张俊杰
装帧设计　森　林
校　　对　张　萍
责任印制　颜　亮

出版发行　译林出版社
地　　址　南京市湖南路 1 号 A 楼
邮　　箱　yilin@yilin.com
网　　址　www.yilin.com
市场热线　025-86633278
排　　版　唯佳创业
印　　刷　河北鹏润印刷有限公司
开　　本　787 毫米 ×1092 毫米　1/16
印　　张　17
插　　页　8
版　　次　2021 年 8 月第 1 版
印　　次　2021 年 8 月第 1 次印刷
书　　号　ISBN 978-7-5447-8640-9
定　　价　86.00 元

耕林童书公众号　小译林童书微博

目　录

第一章　小无知的白日梦

相信不少小读者已经读过了《小无知游绿城》，书中讲述了生活在一个童话王国里的一群小不点儿的故事，小无知就是其中的一个。他同朋友们一起，都住在百花城的风铃草街上。他的朋友有小百科、小着急、小马虎、机械师小螺丝和小榫条、音乐家古斯里、画家小水彩、医生小药丸，以及许多其他的小不点儿。

在《小无知游绿城》中，小无知和他的朋友们乘坐热气球去绿城和风筝城玩了一大圈儿。故事描绘了小伙伴们一路上的所见所闻，记录了这趟旅行教会他们的事。

旅行回来后，小百科就带领小不点儿们启动了几项大工程——按照他们在绿城的所见所闻，在黄瓜河上修建了一座大桥，用芦苇做成了一根水管，还建造了一座又大又漂亮的喷泉。

小不点儿们顺利完成了这些工程之后，又开始在百花城中安装电灯和电话。这样一来，大家不出家门就可以随时通话了。在小百科的领导下，小螺丝和小榫条还设计制作了电视。现在，他们在自己家里就可以看电影和电视节目了。

小读者们都知道，自从旅行回来后，小无知变得聪明了许多。他开始读书、写字，还学起了法语和算术。他做了很多习题，甚至打算学习物理——要知道他原来一直把“物理”叫作“勿理”。可是没过多久，不知为什么他又打消了学物理的念头。这在百花城里可是最最平常的事了。有的小不点儿甚至常常许下三大筐的伟大愿望，夸下海口要做这做那，恨不能搬山运海，可往往铆足劲儿干上没几天，就慢慢松懈下来。

当然，谁也不能说小无知就是一个无可救药的懒鬼。确切来说，他只是有点儿像是脱缰的野马罢了。自从学会读书以后，他就天天埋头苦读，可读的全都不是有用的书，而是一些好玩儿的书，其中大部分是童话书。苦读了许许多多童话书之后，小无知什么都不干啦，一门心思地扎进了幻想世界。他和一个叫小按钮的小女生成了好朋友，小按钮是个出了名的童话迷。他俩常躲在一个安静的角落里，各自幻想着可能会发生的五花八门的奇迹——什么隐形帽、飞毯、千里靴、银碟、多汁的苹果、魔杖、巫婆和巫师、善良和邪恶的魔法师

们……他们将各种各样的童话故事讲给对方听。而他们最喜欢做的事情就是争论：隐形帽好还是飞毯好？自鸣古斯里琴好还是千里靴好？他们常常争得面红耳赤，好几次甚至打了起来。

有一次他们一连吵了两天，小无知终于吵赢了小按钮，让她承认了魔杖才是最好的。因为谁一旦拥有了魔杖，那他就能想要什么就有什么了。魔杖的主人只要挥一挥魔杖，口中念道："我想要一顶隐形帽和一双千里靴！"那么隐形帽和千里靴马上就会出现了！

小无知还说，一旦拥有了魔杖，那就什么都不用费劲学了，甚至根本不用学！只需挥一挥魔杖，口中念道："我想学会算术和法语！"那么他立刻就会算所有的算术题，能说上一口流利的法语了。

这次争论过后，小无知就如同着了魔一般。他常常会在深夜惊醒，从床上一跃而起，嘴里念念有词，手也挥来舞去——他想象自己正在挥舞着魔杖。医生小药丸发现了小无知的反常，他警告小无知，如果不马上停止夜里这些奇怪的行为，那就只好把他绑在床上，每天晚上都给他喝蓖麻油！小无知十分怕蓖麻油，这才停止了夜里的胡闹。

又有一天，小无知在河边碰上了小按钮。河边长了很多大绿黄瓜，他们坐在其中一根上。太阳已经升得老高，大地被照得暖洋洋的，但小无知和小按钮觉得很凉快，因为他们屁股底下坐着的大黄瓜凉凉的，头上的黄瓜叶又宽又大，就像一把巨大的绿伞为他们遮住了阳光。微风掠过草地沙沙作响，拂过河面荡起柔柔的波纹。小河在阳光的照耀下波光粼粼，千千万万朵光斑从河面上投射到黄瓜叶上来，仿佛有神秘的光照在了叶子背面。如此一来，在叶子下面，也

就是小无知和小按钮坐着的地方，空气也荡漾起来，像是有无数只小翅膀在挥舞着，神奇极了。但小无知和小按钮对眼前这奇妙的画面视而不见，因为他们对这一景象早就已经十分习惯了，何况两人如今正各怀心事。小按钮特别想给小无知讲一个童话故事，但不知道为什么，小无知一直气鼓鼓地不说话，脸色阴沉沉的，吓得小按钮都不敢跟他说话了。

小按钮终于还是没忍住，她问小无知："小无知，怎么啦？你今天是被苍蝇叮了还是怎么了？为什么闷闷不乐？"

"今天还没有苍蝇叮我呢，"小无知回答道，"我闷闷不乐是因为我就是闷闷不乐。"

"瞧你的答案！"小按钮笑了，"你闷闷不乐是因为你闷闷不乐——你就不能把话说得明白点儿吗？"

"好吧，你知道吗？"小无知摊开双手，"咱们城中的一切都不太对劲儿。你懂吗，就是没有奇迹发生，也没有什么神奇的东西……古时候那才好呢！那时候到处都是魔法师、巫师，甚至巫婆！童话里的故事不是凭空想出来的。"

"当然不是凭空想出来的，"小按钮附和道，"但魔法师不仅仅在古时候有，现在也有啊，只不过不是每个人都能遇到他们。"

"那究竟谁能遇到他们呢？你能不能？"小无知带着嘲讽的口气问道。

"得了吧，得了吧！"小按钮直摇手，"你也知道我胆子小，如果现在让我见到一个魔法师，恐怕我会被吓得说不出话来。或许你能跟魔法师聊聊天，你倒是很勇敢。"

“我当然勇敢！”小无知拍着胸脯说，“可为什么我从来没见过魔法师呢？”

“要想遇见魔法师，光勇敢还不够，”小按钮说，“我曾读过一篇童话故事，里面说如果你能一连做三件好事，魔法师就会出现在你的面前，他会答应你的任何要求。”

“连魔杖都会给？”

“魔杖也会给。”

“真的吗？”小无知激动起来，“那照你说，什么才叫好事？比如说，我早晨起床后用冷水和肥皂洗脸，这算是好事吗？”

“当然算啦，”小按钮说，“还有，当别人有了困难时，你能给予帮助；当别人被欺负时，你能挺身而出去保护他，这些都是好人好事。就连别人帮助了你之后，你能说一声‘谢谢’，也是一件好事，因为人永远要懂得感恩，并且要有礼貌。”

“这有什么，我觉得做到这些一点儿都不难！”小无知说。

“不对，做到这些非常难。”小按钮反驳道，“因为三件好事是要一口气做完的，中间哪怕有一个不好的行为，那之前做的好事就不算数了，就要从头做起。除此之外，只有不出于私心而做的好事才叫好事，不能为了自己的目的才去做好事。”

“嗯嗯，那必须的。”小无知连连附和，“为了自己而做的好事，哪里算得上是好事！那好吧，今天我先休息休息，明天我要开始做好事。如果你说的都是真的，那我们很快就能拥有魔杖了！”

第二章　小无知怎样做好事

第二天，小无知比平时起得早很多，开始了做好事的一天。他先用冷水洗了脸，用了比平时多三倍的肥皂，把脸洗得干干净净的，又用了好多牙膏，认认真真地刷了牙。

“这样就已经做完了一件好事。”他用毛巾擦完脸后，边对着镜子梳头发，边自言自语道。

小着急看见小无知在镜子前面忙得直打转儿，忍不住打趣他：“好了，好了！已经非常帅啦！”

“当然是比你要帅一些！”小无知回答道。

“是呀，像你这么英俊的脸蛋儿，可不是每个人都能拥有的！”

“你说什么？谁的脸蛋儿？我的脸蛋儿？”小无知突然恼起来，拿起毛巾向小着急的后背抽去。

小着急挥了下手，迅速逃了出去。

“小着急，”小无知追在小着急身后喊道，“都怪你，我的一件好事泡汤了！”

的确，一件好事是泡了汤。小无知不但冲小着急发了火，还用毛巾抽了他的后背，就这样做了一件坏事情。现在得从头开始做好事了。

小无知使劲拍了拍胸口，平复了一下自己的心情，然后绞尽脑汁开始思考还能做哪些好事，但一时间什么都想不出来。一直到早饭时间，他还是什么都没有想出来。不过吃过早饭之后，他的脑袋瓜转得灵活起来。他看见医生小药丸正忙着捣药，就对他说："小药丸，你老是忙忙碌碌地帮助别人，可从没见有人帮过你。让我来替你捣一会儿药吧。"

"那好呀，"小药丸二话不说就同意了，"你想帮我，这很好。咱们就是应该互相帮助的。"

他将药臼递给小无知，让小无知将药丸捣成粉末，自己再将粉末重新调配，做成药丸。小无知捣药捣得上了瘾，捣出的粉末都用不完了。

"这也没什么，"他想，"不碍事，我到底是做了一件好事。"

的确，要不是被小糖浆和小油饼看到，这件好事或许还能顺顺当当地做完。

"快看呀，"小油饼说，"看样子小无知是想当医生呢。要是他也能给大家看病，那才是可笑呢！"

"不见得，也许他就是在讨好小药丸，怕他给自己吃蓖麻油。"小糖浆回答。

小无知听到这些冷嘲热讽，又恼起来，冲着小糖浆就抡起药臼："小糖浆，你闭嘴！小心我打你！"

"住手！住手！"小药丸喊起来。

他想将药臼从小无知手中夺下来，但小无知就是不给，于是两人就拉扯着打起来。正打着架，小药丸的腿被桌子绊了一下。桌子翻了，药粉全都撒在了地上，药丸滚得满地都是。小药丸终于从小无知手里夺下了药臼，冲他嚷道："你给我滚开！别让我再看见你！可惜了我的药，这么多都白白浪费了！"

“这个讨厌的小糖浆！”小无知骂道，“等着瞧，我不会放过你的！多么好的一件事情啊，又毁了！”

没错，好事计划又一次泡了汤，这一次小无知都没来得及做完它。

一天过去了。无论小无知怎么努力，他都没办法一连做出两件好事，更不用说连续三件了。比方说他刚做了一丁点儿好事，紧接着马上又做了不好的事，又比方说一件好事才开个头，就立刻出了岔子。

深夜，小无知翻来覆去睡不着，为什么会出现这种情况呢？渐渐地，他想明白了，为什么他的做好事计划老是失败，就是因为他的脾气太暴躁了。只要有人开个玩笑，或者说点儿无伤大雅的风凉话，他就沉不住气，立刻勃然大怒，甚至还会跟人家打一架。

“好吧，没事儿。”他自我安慰道，“从明天开始，我要变得有礼貌，这样一来，我的做好事计划就准能成功了！”

第二天一大早，小无知就像换了一个人似的。他待人彬彬有礼，谦逊委婉。麻烦别人的时候一定会说“劳驾”，要知道这个词可从来没听他说过。不光这样，他还努力为别人做事儿，让别人高兴。比方说，他看见小马虎怎么也找不到他那顶老是找不着的帽子，就帮他把房间找了个遍，终于在床底下找到了帽子。他又为了昨天的事儿向小药丸道歉，再次请求他让自己帮忙捣药。小药丸没答应，却给了他其他的任务，让他去花园里采用来制作铃兰花露

的铃兰花。小无知非常努力地完成了这个任务。之后，他跑去给猎人小子弹擦了高筒猎靴，接着开始扫地，尽管今天根本不是他值日。总之，他一口气做了不少好事，满心欢喜地等着魔法师降临，赠他一根魔杖。可是，小无知等啊等啊，等到了日落，魔法师并没有出现。小无知生气极了。

"你为什么编出魔法师的故事骗我？"第三天，小无知一碰上小按钮就连声发问，"我费尽力气，做了一连串好事，可是连个魔法师的影子都没看见！"

"我才没有骗你，"小按钮辩驳，"我读过关于魔法师的故事，故事里是这么说的，我记得清清楚楚！"

"那为什么魔法师还不出现？"小无知气鼓鼓地嚷道。

小按钮说道："魔法师自然知道什么时候该现身。或许是你做的好事还不够三件！"

"不够三件？！不够三件？！"小无知鄙夷地嗤笑了一声，说道，"你说不够三件，可能三十三件我都做到了！"

小按钮耸了耸肩："那么，可能你不是一口气连着做了三件好事，三件好事之间或许你夹杂着做了什么不好的事。"

"夹杂着坏事？！"小无知故意模仿着小按钮的腔调，脸上的表情竟吓得小按钮倒退了好几步，"如果你想知道的话，那我就告诉你，昨天一整天我都彬彬有礼，什么坏事情都没做——没骂人，没打架，张口闭口说的全是'对不起''谢谢''劳驾'。"

"今天怎么没听见你说这些词啊？"

小按钮摇着脑袋说："我根本就没说今天的事，我说的是昨天。"

小无知和小按钮沉默下来，想啊想啊，为什么魔法师没有出现？他们没能想出问题的答案。最后小按钮说道："或许是因为你做这些好事并不是没有私心的，而是为了得到什么好处吧。"

小无知气不打一处来："什么叫有私心？你胡说些什么？我帮小马虎找到

了帽子，难道是我想要这顶帽子吗？我帮小药丸采了铃兰花，那些铃兰花对我来说有什么用？”

“那你是为了什么去采花的呢？”

“你装什么糊涂？你忘了你告诉我——如果我能一连做三件好事，就能得到魔法师的魔杖。”

“那么你做这些好事就是为了得到魔杖喽？”

“当然啦！”

“你看，这难道叫无私吗？”

“那照你看，我不应该为了得到魔杖而做好事？”

“做好事应该是简简单单的——出于特别简单的心思。”

“哪有那么多简单的心思！”

“你呀你！”小按钮语气中充满了嘲讽，“大概你就是为了得到魔杖之类的奖赏才去做好事的吧！我知道咱们这儿有不少这样的小不点儿，他们倒是很有礼貌，因为他们知道有礼貌、会讨人欢心就能得到自己想要的东西。”

“我不是这样的小不点儿。”小无知摆了下手，“走着瞧，我可以什么奖赏都不要，也一样地懂礼貌，一样地做好事！”

告别了小按钮，小无知向家走去。他下定决心，要完完全全出于好心去做好事，不能再去想魔杖的事情。但说得容易，做起来难！人总是这样，你越不想去想什么，就越会一直想。

回到家，小无知开始读故事书。猎人小子弹正坐在窗边擦拭自己的猎枪，他看小无知读得入迷，便说道：“你读到什么有意思的故事了？也念给我听听吧！”

小无知张嘴就想说：“如果你想知道，就自己拿书去读。”但他立刻想起了那根神奇的魔杖，想到如果自己答应了小子弹的请求，就算是做了一件好事。

“好吧，这就读。”小无知答应道，接着就放声念起故事来。

小子弹听得津津有味，擦枪这个活儿也变得不枯燥了。其他小不点儿听到小无知在念故事，也纷纷凑过来听。

“小无知，你真棒！”一念完故事，所有人都称赞小无知，“给大家读故事听，你想的这个点子真好！”

小无知听到大家夸奖自己，心里十分高兴，但接着又懊恼起来，因为这个时候真不该想关于魔杖的事。

“如果我不想关于魔杖的事就给大家读故事听，那么我做的这件事就是出于好意，可这一次我又是因为想着以后的好处才答应小子弹的。”小无知想了很多。

后来每次都是这样：只有想起了魔杖，小无知才能做好事；一忘了魔杖的事儿，他就只会做些不好的事情。当然，要是实话实说，他没想着魔杖的时候还是做了几件很小很小的好事的。但这样的情形太罕见了，也就没有什么必要提了。

日复一日，月复一月，小无知渐渐对魔杖死了心。随着时间的推移，小无知想起魔杖的时候变得越来越少。终于有一天，他得出结论——他应该是永远得不到魔杖了，因为他做不到毫无利己之心地连做三件好事。

“小按钮，”有一天他找到小按钮，“我觉得世界上根本就不存在什么魔杖，不管你做多少件好事情，结果一样都是零！一样的，那就是什么也得不到！”

这句话一出口，小无知顿时觉得特别顺溜，还押韵上口，甚至笑了起来。小按钮也笑了起来，然后说道：“那为什么故事书里面说要连做三件好事呢？”

“大概这个故事是人们编出来的，用来教导愚蠢的小不点儿们养成做好事的习惯。”小无知说。

“这个说法很有道理。”小按钮赞同道。

“我觉得就是这样的。”小无知再次肯定了自己的想法，“不过虽然魔杖的愿望是落空了，我却并不觉得可惜，也不感到后悔。不管怎么说，我还是得到了好处。我努力地做好事，现在我习惯了每天早晨用冷水洗脸，简直爱上这种感觉了。”

第三章　小无知的愿望实现了

有一天，小无知坐在家中望着窗外发呆。天气真是糟糕。天空阴沉沉的，从早上开始，太阳就没露过面，雨还下个不停。想出去散步更是门儿都没有，因此小无知觉得闷坏了。

但众所周知，百花城的居民对同样的天气总是有着不同的反应。就拿小百科来说吧，他曾说过，无论是下雪还是下雨，再糟糕的天气也不耽误他在家里心平气和地做自己的事儿。医生小药丸更是确定自己喜欢坏天气胜过好天气，因为坏天气能让小不点儿们变得更结实，这样生病的也就少了。诗人如花说，最惬意的事情就是在雨天钻到阁楼里，舒舒服服地躺在干树叶上，安安静静地听雨点敲打屋顶的声音。

“外面的坏天气在肆虐，”如花说，“连把鼻子探出去都觉得可怕，但在阁楼里却既温暖又舒适。干树叶散发着神奇的香味儿，雨珠叮叮咚咚地敲打着屋顶。这时候心情是那样愉悦，那样快活，好想作诗一首！”

但绝大多数小不点儿还是不喜欢下雨天的。有一个叫小水滴的小女生，天一下雨她就开始啼哭。要是有人问她为什么哭，她就会回答：“不知道。我总是在下雨天哭。”

小无知当然不会像多愁善感的小水滴那样脆弱，但坏天气终究让人心情不舒畅。这次也不例外。他忧郁地望着斜斜飘下的雨丝，望着小狗咕嘟嘟——它一般都被链子锁着坐在门口，这会儿钻进了一个小棚子里，只把鼻尖儿探出来，无精打采地望着外面。

“可怜的咕嘟嘟！”小无知心里想，“整天就是被链子锁在这儿，哪儿也去不了，一下雨就只能在又小又暗的狗窝里待着。这该死的雨停了以后，一定放它出去跑一跑。”

可是，雨一点儿没有停的迹象。小无知渐渐觉得，这场雨似乎永远都不会停了，太阳永远不会再出来，它将永远躲在乌云背后，人们再也见不到它了。

“没有太阳，我们该怎么办呢？”小无知想，“雨水会把地面泡得一团糟，到处泥泞不堪，没法走路，也别想行车。大小街道都会灌满泥水。到时候楼房、鲜花和树木都会被泥水淹没，接着小不点儿们也会被淹没。真可怕！”

正当小无知沉浸在这可怕的幻想之中，想象着生活在这泥泞的小不点儿王国中该是多么糟糕时，雨却渐渐地停了。风吹散了乌云，太阳也探出了身子。天空晴朗起来，眼前的世界亮堂堂的。没干透的水珠在草叶上、花瓣上晃动着，闪耀着银色的光芒。周围的一切都变得温馨起来、愉快起来，仿佛所有的一切都在会心微笑着。

小无知也终于从自己的幻想中回过神来。

“太阳！”看到太阳在散发着万丈光芒，他高兴地喊着，“太阳！太阳！”

他奔到院子中。其他的小不点儿们也紧跟着他跑到院子里。所有人又是跳，又是唱，高高兴兴地嬉戏玩耍，就连曾声称不管是晴天还是雨天自己都无所谓的小百科，这时也开心地在院子里跳个不停。

小无知一下子就把雨啊泥泞啊忘得一干二净，仿佛天空中再也不会有阴霾，阳光会一直洒满大地。他甚至把小狗咕嘟嘟也忘了，不过很快就又想了起来，立马去解了它的链子。咕嘟嘟在院子里撒欢。

咕嘟嘟开心极了，汪汪叫着，咬咬这个，闻闻那个，被它咬一下一点儿都不会痛，因为它只咬外人，不会真的去咬自己人。百花城中的小狗咕嘟嘟就是这样的脾气。

小不点儿们玩闹了一会儿，就该干什么干什么去了。有人去树林采蘑菇去了，因为雨后总是有许多蘑菇冒出来。

小无知没去树林，而是坐到亭子旁的一排长椅上开始读书。如今没用链子拴着的咕嘟嘟可以想去哪儿就去哪儿了。它立刻发现篱笆上有一个洞，便钻了出去。咕嘟嘟看到路上有一个拄着手杖的行人，便冲上去要咬他。大家知道，小狗最讨厌拿棍子的人了。而此时小无知正读书读得入迷，完全没有听到大街上响起的狗叫声。直到咕嘟嘟的叫声越来越大，小无知才从书中的世界里惊醒过来。他突然想到自己忘记将咕嘟嘟重新拴起来了。小无知跑到大门外，看到咕嘟嘟正发疯一般地冲那位拄着手杖的行人汪汪直叫，对人家紧追不舍，寻找机会就要在人家的腿上来一口。行人无奈地在原地打转，手中挥着手杖，要把咕嘟嘟赶开。

“回来！咕嘟嘟！给我回来！”小无知心里害怕极了。

但咕嘟嘟并没有听他的话，小无知没办法，只好抓住它的项圈，拖着它放开了那个行人。

“咕嘟嘟！让你不听话！让你不听话！”

小无知抬起手就要向咕嘟嘟的脑门上揍去，但一低头看见小狗咕嘟嘟亮晶晶的眼睛怕得眯了起来，心里又开始可怜它。于是，小无知这一拳没打下去，只是把它拖回了院子里。拴好咕嘟嘟后，小无知又跑到门外，去察看行人到底有没有被咕嘟嘟咬到。

那位可怜的行人与咕嘟嘟斗得筋疲力尽，正坐在篱笆前的长椅上休息。小无知这才得以好好打量他。他穿着一件深蓝色的布长袍，上面绣着金色的星星

和银色的月牙儿；头上戴着一顶也绣着星星和月牙儿的黑帽子，脚上穿着一双鞋尖翘起的红色鞋子。他不像是百花城的居民，因为他有一把长长的、几乎到膝盖的白色胡须，差不多把整张脸都遮住了，跟圣诞老人一样。百花城中谁也没有这样的胡须，因为百花城的居民都是没有胡子的。

“不好意思，您没被咬着吧？”小无知关心地询问，并用好奇的目光打量着这位古怪的老头。

“小狗没把我怎么样，”老头儿说，“你的小狗很不错，活泼伶俐。”

他把手杖放在两个膝盖中间，用手撑着，斜眼瞄着坐在长椅边儿上的小无知。

“那是小子弹的狗，名叫咕嘟嘟。”小无知说，“小子弹常带着它一起去打猎。不出去打猎的时候它一般都被拴在院子里。它没咬着您吧？”

“小伙子，我没事儿。差一点儿就咬上了，但终归还是没咬上。”

“太过分了！”小无知说，“我不是说没咬着您太过分了，抱歉，让您受惊了。都怪我，都是我的错。是我给它松开链子的，过后又忘了重新把它拴起来。请您原谅！”

“没事儿，我原谅你。”老头儿说，“依我看，你是个好孩子！”

“不不，我只是十分想成为一个好孩子，就是原来特别想。有一段时间特别严于律己，满脑子想的都是做好事，但现在没这种念头了。”

小无知边摆着手，边端详着老人脚上的红色鞋子。他发现那双便鞋的扣子也被做成了月牙和星星的形状。

“为什么你现在没做好事的念头了？”老头儿问。

“因为那些都是胡说八道。”

“什么是胡说八道？做好事是胡说八道？”

“不是，是关于魔法师的传说……请问，您这双鞋上的扣子是镀金的还是纯金的呀？”

“纯金的。你为什么觉得关于魔法师的传说是胡说八道呢？”

于是小无知开始跟他讲，自己曾经如何期待得到一根魔杖，然后小按钮又是怎样讲了一个故事，告诉他要想得到魔杖，就得去做好事。但他没能得到魔杖，因为他是以得到魔杖为目的才去做好事的。

“你刚才说你给小狗咕嘟嘟松开链子——难道这也是为了得到魔杖才做的吗？”老人家问。

“这是哪儿的话！”小无知用力摆了下手，“我早就把魔杖的事儿忘了。我就是可怜咕嘟嘟，因为它被锁得结结实实的，哪儿也去不了。”

“你看，你做这件事不正是出于一个好的、无私的目的吗？”

“当然是啦！”

“这就是一件好人好事！”

“真的吗？”小无知叫起来，他太高兴了，笑得十分灿烂，“我自己都没意识到，我这是做了一件好事！”

“之后，你还做了另外一件好事。”

“这是什么时候的事？”

“刚才你为了不让狗咬到我而保护我呀！难道你是因为心里记挂着魔杖才帮我的吗？”

“不！我压根儿就没想起来关于魔杖的事儿！”

“你瞧！”老人家高兴地说，“然后，你又做了第三件好事，你特意走过来关心我有没有被狗咬伤，并向我道了歉。你做得很好，因为人与人之间就是要互相关心。”

“太莫名其妙啦！”小无知笑起来，“我竟然在不知不觉中做了三件好事，还是一口气连着做的！我从来没碰到过这么神奇的事。那要是今天能见到魔法师，也是在意料之中啦！”

“是在意料之中，你已经遇到他了。”

小无知用怀疑的眼神望着老人。

“您不会告诉我，您就是一位魔法师吧？”

“没错，我就是一位魔法师。”

小无知把眼睛瞪得大到不能再大，他盯着老人看，想要确认他说这话的时候到底有没有在笑，但老人的脸被浓密的胡子遮得严严实实，根本不能分辨他脸上的表情。

“您也许是在取笑我吧？”小无知犹疑地问。

“我一点儿都没有取笑你的意思。你一口气做了三件好事，所以你想要什么，我都可以满足你。那么，你喜欢什么呢，隐身帽还是千里靴？或许你喜欢的是飞毯？”

“您有飞毯？”

“当然有！我什么都有。”

老人从长袍的大袖子里掏出一条卷成一个筒的毯子，迅速地把它摊开，铺在小无知前面。

“我这儿还有千里靴，这是隐身帽……”

他一边说着，一边又从袖子里掏出了帽子和靴子，并排放在了毯子上面。接着又陆续掏出了自鸣古斯里琴、自动清洁的桌布和许许多多各式各样稀奇古怪的东西。

小无知渐渐相信，站在自己眼前的就是

一位真正的魔法师。他问道:“那您有魔杖吗?”

“当然有!如果你想要的是魔杖,喏,拿去吧!”

只见魔法师又从口袋中掏出了一根不是特别长的褐色圆棍,递给小无知。

“这是真的魔杖吗?”他打心眼儿里不敢相信,自己的幻想就这样实现了。

“这是最真最真的魔杖了,你大可不必怀疑。”魔法师肯定地说,“如果你不做坏事,只要你挥一下魔杖,你的所有愿望都能实现。但如果你做了三件坏事,那么这根魔杖的魔力马上就会消失。”

小无知兴奋得几乎喘不过气来,心跳也比平时快了一倍!

“我要赶快去告诉小按钮,我现在有魔杖了!还是她告诉我该怎样才能得到魔杖的呢。”小无知激动地说。

“快去吧,快去吧!”魔法师说,“也让小按钮高兴高兴。我知道她也老早就想要一根魔杖了。”

魔法师摸了摸小无知的头顶,小无知终于看到了他慈祥的面庞和亲切的微笑。

“那么再见了!”小无知向他告别。

“祝你健康!”魔法师微笑着回答。

小无知把魔杖紧紧地护在胸前,立刻开始狂奔,想要抄个近道跑到小按钮的家去,便一下子拐进了胡同里。他突然想起来,得到了这么棒的礼物后自己还没有向魔法师说声谢谢。于是,他又立刻折了回去。一出胡同,就看到原来魔法师站着的地方已经空空如也——长椅上没他的身影,附近也不见他的踪影。至于那些飞毯和其他魔法宝贝,也跟着他一起,仿佛钻进了大地,或融化在空气里,消失得无影无踪了。

第四章　遇见邋遢鬼花脸斯基

小无知意识到自己没什么办法去弥补这令人懊恼的过失了，干脆掉头去找小按钮。但他不再风风火火急急忙忙的了，而是时不时地在路途中停一停，懊恼地晃晃脑袋，挠挠后脑勺，自言自语地嘟囔着什么，阴阳怪气地咳嗽几声，然后再继续向前走。

小按钮正在离家不远的大街上玩儿，看见小无知从远处走过来，便迎着跑过去。

“你好啊，小无知！”她高兴地打招呼。

小无知停下脚步，不向小按钮问好，而是直接郁郁地说：“现在我不是小无知了，我是一头长耳朵的驴啦！”

“怎么啦？出了什么事儿？”小按钮的声音中充满了担忧。

“就是……就是魔法师赠给了我一根棍子，可是我连声‘谢谢’都没有对他说，你瞧！”

“什么棍子啊？”小按钮丈二和尚摸不着头脑。

“喏！‘什么棍子？’‘什么棍子？’你这个问题问得好像你不知道棍子的事一样！就是魔杖！”

“喂，你！小无知！我看你是想魔杖想疯了！张口闭口就魔杖魔杖的！”

“我没有疯，也没有瞎编。你看，这不就是魔杖吗！”小无知把手中紧紧攥着的魔杖给小按钮看。

“这是什么呀？这不就是一根普普通通的棍子吗？！”小按钮觉得莫名其妙。

“普普通通的棍子！”小无知模仿着小按钮的语调，“不懂就不要乱说！这是魔法师送给我的。”

“什么魔法师啊？”

“什么魔法师，什么魔法师？！好像你不知道魔法师的事一样！”

“我就是不知道，”小按钮耸耸肩，“我可从来没有见过真的魔法师。”

“魔法师有一把大胡子，这里戴着星星和月牙……咕嘟嘟一直在乱叫，我连做了三件好事，你懂了吧？”

“我什么都没听懂！你能一件一件地慢慢讲吗？”

小无知开始细细地向小按钮讲述自己今天的遭遇。

小按钮从头听到尾，然后对小无知说：“这不会是有人在跟你开玩笑吧？故意装扮成魔法师的样子来耍弄你？”

“如果他不是真的魔法师，魔杖又是从哪儿来的呢？”

“你不会以为这根魔杖是真的吧？你试过了吗？”

“没有，还没有试过，现在可以试一试。”

“那你一直傻站着干吗？你倒是挥一下啊，然后说出自己心中的愿望。如果这个愿望实现了，就证明这根棍子是真正的魔杖。”

“如果没有实现呢？”小无知问。

“如果没有实现，就证明你拿着的就是一根普普通通的棍子！你怎么可能连这一点都想不明白？”小按钮气呼呼地说。

小按钮突然变得神经兮兮的，因为她非常想知道这根棍子到底有没有魔力。她甚至有点儿生小无知的气，他怎么能沉得住气，到现在都不试用一下魔杖呢？

“那好吧，”小无知说，“咱们试一试。许个什么愿望呢？”

“你自己想要什么呢？”小按钮问。

“我自己也不知道我想要什么……我现在好像什么都不想要。”

“你这个人！”小按钮彻底生气了，“你好好想想。想不想吃冰激凌？”

“好吧，我想吃冰激凌，”小无知表示同意，“我们就要冰激凌！”

“具体一点儿，就冰棍吧！”小按钮接着说。

小无知犹豫着向前伸出手，甚至眯起了眼睛。

“如何？到底会不会有冰棍出现呢？”他心中想着，感觉手碰到了一个冷冰冰、硬邦邦的东西。

小无知慢慢睁开眼睛，手中真的出现了一根冰棍。他惊得大张着嘴，抬头向上看去，好像想要弄明白这根冰棍到底是从哪儿掉下来的。但天上什么东西都没有。小无知跟傻了似的转过身去望着小按钮，他紧紧攥着冰棍，生怕冰棍会突然消失或者飞到天上去。小按钮也握着冰棍，站在那里直乐。

“哇……哇……哇……哇……”小无知含糊不清地嘟囔着什么，用手指着冰棍。

他似乎想说点儿什么，却因为激动连一句话也说不出来。

“你乱叫什么呀？”小按钮问。

小无知摇了摇手，不再说话，而是吃起冰棍来。小按钮学着他的样子，也吃起来。吃完整根冰棍以后，她赞叹：“这根冰棍太好吃了，对吧？”

“好吃极了！”小无知附和，“要不咱们再变一份出来吧？”

“再来一份，快点儿！”小按钮立刻就同意了。

只见小无知挥了挥魔杖，口中念念有词：“我们想再吃一根冰棍！”

只听空气中有什么东西轻轻地一弹，发出沙沙的声响，小无知和小按钮手中就都多了一根冰棍。

小无知又沉默了大概有一分钟，但这次他很快就清醒过来，吃完冰棍之后他又问：“还要不要？”

“那一人再来一根怎么样？”小按钮说。

“一根一根地要太麻烦了！”小无知发起了牢骚，随手一挥魔杖，念道，“我们想要一箱冰棍！”

砰！一个蓝色大箱子掉到了地上，箱子跟走街串巷卖冰棍的小贩带着的一模一样。小无知打开了箱子的盖子，白花花的冷气就冒了出来。他拿出两根冰棍，重新盖上盖子，坐在了箱子上面。他咬着冰棍，只觉得这一根比前两根更硬、更冰。

“真是名副其实的冰棍！”小无知赞叹道，“牙齿都要被冰掉了！”

“我有点儿好奇，你这根棍子是只能变冰棍呢，还是也能变出来其他东西？”小按钮问。

“你真奇怪！”小无知叫道，“这是一根千真万确的魔杖，它无所不能。想要隐身帽就能变出隐身帽，想要飞毯就能变出飞毯。”

“那就让它变出一条飞毯来吧，我们乘它去旅行！”小按钮提议。

小无知恨不得立刻就出发去旅行。可一想到上次乘坐小百科设计的热气球旅行的可怕经历，小无知就有点儿担心，于是说道：“其实坐飞毯旅行不是很好，因为一个劲儿往上飞，就看不到地面的风光了。”

“那我们想个别的东西，”小按钮说，“我好像在哪里读到过，就是有一种叫火车的交通工具。你就坐在里面，什么都不用做，火车头就能沿着铁路拉着你去你想去的地方。”

“我知道。小百科曾经跟我们讲过铁路这个东西，他去太阳城买书的时候见过铁路。不过坐火车存在危险性，有时会发生车祸。”

话音刚落，小无知就看到小螺丝和小桦条正开着自己的新车在大街上飞驰。

那是一辆四座敞篷车，和被小无知头脑一热开了一次就撞坏的前一辆几乎一样。但这一辆更豪华，发动机更强大，因为这辆车的燃料不是普普通通的汽水，而是加热过的汽水。

小螺丝和小榫条看见了小无知和小按钮，使劲儿朝他们招手。小无知冲着他们大声嚷嚷着，告诉他们自己如今有了一根神奇的魔杖。但汽车发动机的噪声太大，小螺丝和小榫条什么也没听见，他们就这样驾驶着汽车在尘土飞扬中消失在路的尽头。

“我们也这样旅行吧！”小无知激动地叫嚷。

“你说开车？”小按钮问。

“是啊。”

“你忘了你是怎样连人带车从山上翻下去的吗？你自己差点儿摔死，车也被毁了！”

“喂，大怪人！那是因为当时我还不会开车！”

“难道你现在会开车吗？”

“现在我不用会开车啊。我可以对着魔杖说，我想学会开车，我就立马会开啦！”

“那……那好吧！”小按钮说道，“那开车出去吧。这样确实会更有意思一些。”

小无知挥了一下魔杖，口中念念有词：“我们想要一辆小汽车，就跟小螺丝和小榫条刚才开的那辆一样，然后，我想学会开车！”

只见街的另一头立刻出现了一辆小汽车，飞快地朝小无知和小按钮驶来。小无知还以为是小螺丝和小榫条开车回来了，但当这辆车停下的时候，小无知才发现方向盘后的驾驶座上空空如也。

“太奇妙了！”小无知一边赞叹，一边绕着汽车仔细研究起来。

他甚至弯腰查看汽车底盘以下的空间，以为司机正藏在车底下，想要伺机

捉弄自己，但他什么也没找到。

小无知说：“喏，也没什么可奇怪的。魔法就是魔法！”

说着他便打开了车门，把那箱冰棍搬到了后座上，自己则坐到了驾驶座上。小按钮坐在他旁边的副驾驶座上。小无知正想打火，小按钮突然看到有一个小孩儿正蹒跚着靠近他们。

“等等！”小按钮叫道，“我们可别轧着他……”

等到小孩儿走近，小无知定睛一看，才发现来人不是别人，正是大名鼎鼎的小邋遢——邋遢鬼花脸斯基。

邋遢鬼花脸斯基总是穿一条灰裤子和一件灰不溜丢的夹克衫，头上戴着的是灰扑扑的绣花小帽——他说那是小圆帽。在他看来，灰色的布料是世界上最好的布料，因为它不容易变脏。这一论断当然既荒谬又无理。灰色的布料，跟其他所有的布料一样，都是会变脏的，只不过脏东西在灰色上面不那么容易被人发现罢了。

还必须告诉大家的是，邋遢鬼是个十分好笑的小不点儿。在他的人生中有两大原则——一条是从来不洗脸洗手，一条是对任何事都不感到吃惊。对他来说，遵守第一条原则远远要比遵守第二条困难。因为每次吃饭前，与他住在一栋房子里的其他小不点儿都要逼他去洗手。如果他就是不洗，那大家就不让他吃饭。所以，他还是会洗手的，但对他来说，洗还不如不洗，他很快就又会变得脏兮兮的。有时候他还没洗完，脸上已经像现在这样，到处都是泥点儿，东一道西一道，花里胡哨的，成了一张大花脸，弄得谁也不知道他的皮肤本来是什么颜色的。因此，人们都叫他邋遢鬼。要不是著名的旅行家小圆规造访了百花城，也许这个小不点儿一辈子都要被叫作邋遢鬼了。

旅行家小圆规名气很大，我们得说说他。他长得又高又瘦——长手长脚不说，脸也长，鼻子也长。他穿着一条方格裤，裤子长长的。小圆规本来住在豌豆城里，豌豆城的居民出门从来不步行，都是骑自行车。小圆规也一样，去哪儿都骑自行车。渐渐地他便骑上了瘾，不再满足于只在城中骑自行车了，他决定骑着自行车游遍世界上所有的小不点儿城。

小圆规就这样来到了百花城，他骑着自行车到处乱转。他那长长的鼻子东探探西戳戳，没过多久，他就跟城中所有居民都混熟了，除了邋遢鬼。百花城的居民们故意把邋遢鬼给藏了起来，因为大家都担心他会影响百花城的形象。

有不少人觉得，要是小圆规见了邋遢鬼脏兮兮的模样，准会以为百花城中所有的小不点儿都那样脏兮兮的。因此大家竭尽全力，尽量不让小圆规碰见邋遢鬼。

总之，在小圆规离开前一天，一切都挺顺利的。可是就在小圆规离开百花城的那一天，人们放松了对邋遢鬼的看管，他溜到了大街上，正赶上百花城的居民为小圆规送行。小圆规在人群中看到了一个陌生的面孔，吃了一惊，张口就想问：“这个脏兮兮的小家伙是谁啊？”但他是一个很有教养的小不点儿，当然不能用“脏兮兮”这样不礼貌的词，于是他用委婉的方式问道：“这个花脸斯基[①]是谁呀？”

人们这才注意到邋遢鬼的出现，他的脸确实脏得花里胡哨的，因为那天起床后他就没洗过脸。大家突然觉得“花脸斯基”这个词特别适合邋遢鬼，于是，从那时起，大家就开始叫邋遢鬼花脸斯基了。邋遢鬼也特别喜欢这个新名字，因为与“邋遢鬼”三个字相比，新名字要文雅得多，好听得多呢！

①这里是说邋遢鬼有一张大花脸，恰好俄语中有的名字也是以斯基结尾的，所以邋遢鬼就有了这个新名字。

第五章　出发去旅行

“喂，花脸斯基，你好啊！”邋遢鬼花脸斯基走近的时候，小无知冲着他打招呼，“快看啊，快看我们的新车！”

“有什么了不起的！小螺丝和小榫条的车比你们这辆好多了！”邋遢鬼说。

他站在那里，双手插在灰色裤子的口袋里，仔细打量着车的前轮。

“你错了，”小按钮说，“这辆汽车跟小螺丝和小榫条的那辆一模一样。还有，小无知现在有魔杖了。”

“有什么稀罕的！”花脸斯基又说，“如果我想要，我能得到一百根魔杖。”

“那你为什么没有魔杖呢？”小无知问。

“因为我不稀罕呀。”

小无知看出来了，花脸斯基是一个对任何事都无动于衷的人，于是说道：“我们这就出发去旅行。想不想跟我们一起去？”

“好吧，”花脸斯基立刻就答应了，“算你们劝动了我。”

他打开车门，爬进车里面，神气十足地坐在后座上。

“现在可以打火了吧？”小无知问。

“打吧，打吧！”小按钮说。

“小心别撞到人！”花脸斯基补充道。

小无知一转车钥匙，脚踩了一下启动踏板，启动器就发出刺耳的尖叫声，像是刮铁板似的。发动机打了几个空转，也隆隆地颤抖起来。小无知让发动机预热了一会儿，就踩下了离合器，挂挡，接着又松开离合器，踩了油门。小汽车开始向前移动。小无知十分淡定地扶着方向盘，先是一挡，然后换二挡，再踩油门，将小汽车操控得快慢有度。虽然他自己也不知道，为什么一会儿要动一下这根杆儿那根棍儿，为什么要踩这个踏板那个踏板，但每次需要进行驾驶操作的时候，他都准确无误地完成了这些操作，一个步骤都没错。这只能解释为神奇的魔杖让小无知迅速掌握了开车的技术，他如今的车技可以与一个出色的司机相媲美。因为小无知开车时的那些操作，比如该转什么、该按什么，完全不是思考的结果，而是出于习惯自然而然就那么去做了。

车子途经人多的街道时，小无知故意使劲儿地鸣笛摁喇叭，让车子发出很大的声音，以此来吸引大伙儿的注意。他希望所有人都能看到他是多么勇敢地坐在驾驶座上，开车开得得心应手。而百花城的居民却以为那车是小螺丝和小榫条开的，因此谁也没注意到小无知。

就当小汽车在城市中行驶的时候，小按钮开始跟邋遢鬼聊天："喂，花脸斯基，看样子你今天没洗脸吧？"

"还要怎么洗啊！"

"那为什么你还这么脏啊？"

"那就是又弄脏了呗！"

"那你必须再洗一遍，因为我们可不能带这么脏的人去旅行。"

"什么叫作'不能带'？明明是你们非要我去的，现在又说'不能带'！"花脸斯基十分生气地说。

这时小无知已经把小汽车开出了城，开到了黄瓜河边，转弯上了桥。就在刚刚驶下桥头的时候，小按钮说："喂喂，停车。花脸斯基现在得在河边洗把脸。"

小无知把车子驶回岸边，停了车。

"我就不洗！"花脸斯基这才反应过来，"一天洗两遍脸，就没有这样的道理！"

"如果你不洗，你就别跟我们走了。我们不带你去了。"小无知的语气十分严厉。

“什么？不带我去了？那照你们这么说，我得再走着回去了？你们要是不带我继续走，那就把我送回原处吧。要不我可不答应。”

“算了，算了！就让他这样跟着走吧，”小无知说，“否则我们还得为了他再回去！”

“可如果带着他，我们到了其他城市，别人就会看见我们和一个脏兮兮的邋遢鬼在一起，那如何是好？我们也会因他感到脸红！”小按钮说。

“嗯，没错！”小无知也觉得有道理，“花脸斯基，你必须得洗。要不这样吧，我们三个人一起洗，好不好？”

花脸斯基一听还有两个人陪自己洗脸，就不那么抗拒了，他问：“在这里怎么洗呢？既没有香皂，也没有毛巾。”

“别担心，”小无知说，“都会有的。”

他挥了一下魔杖，他们面前立刻就出现了三块香皂和三条毛巾。花脸斯基吃惊极了，但一想到自己的第二大原则——对任何事情都见怪不怪，便不动声色地走到了河边。

几分钟过后，三个人都洗干净了脸，坐上车，在森林中穿行。小按钮还是坐在小无知旁边的副驾驶座上，花脸斯基就坐在后排蓝色箱子旁边。林间小路

弯弯曲曲，并不平坦。有的地方有树根高高地凸起，有的地方坑坑洼洼。每遇到路不平坦的地方，小无知就会提前把速度降下来，免得车颠得太厉害。小按钮会时不时地回头微笑着看看花脸斯基。看到花脸斯基的脸蛋儿干干净净的，她打心眼儿里高兴。

“这样多好！”她说，“这样干干净净、清清爽爽的，你自己也觉得舒服和高兴吧！”

花脸斯基则赌气地把头扭到一边，看都不想看小按钮一眼。

“别再怄气啦，这样不礼貌！”小按钮说道，“你旁边的蓝色箱子里都是冰棍。”

“啊，是冰棍！”花脸斯基立刻高兴起来，“我刚才还在想，这里面装的都是什么呢？”

他从箱子里拿出三根冰棍。三个人一人一根开始吃起来。小无知不得不边吃冰棍，边开车。只见他一只手握着方向盘，另一只手拿着冰棍，舌头还津津有味地舔着。小无知渐渐开始专心致志地吃冰棍，也就不再注意路上的坑坑洼洼，不再提前减速，车子便颠得十分厉害。花脸斯基被猛地一颠，不小心将一整根冰棍都吞了下去，手中只剩下了中间的木棍。

“喂，老兄，拜托你开得稳当一些！”他对小无知说，“我把一整根冰棍都吞了下去，都是你害的。”

小按钮说：“小无知，你最好还是不要再吃冰棍了。你这样不专心，咱们可能会出车祸的。”

“那你也别吃，”小无知回答道，“因为你在我旁边吃，我也没办法专心开车。”

“好吧，那我也不吃了。”小按钮答应了。

“但我还是要吃，因为我坐在后面，不会影响你们。”花脸斯基说。

小汽车很快就驶出了森林，开始在田野上奔驰。路一直延伸到山里。三个小伙伴心中都产生了一种莫名的感觉，仿佛自己已经到达了大地的尽头，因为在山的那边，除了无边无际的天空，什么都看不见。

“我们是不是得朝另一个方向开？这边大地似乎是到头了。”小无知说。

“我也这么觉得，”花脸斯基附和，“也许我们搞错了。为了以防万一，你还是开慢点儿吧，要不来不及刹车，我们非四脚朝天地栽下去不可。最好还是掉头吧，离大地的尽头远一点儿。”

“不行，”小无知反对，“我早就想知道大地尽头是什么样子的了，一定要去看一看！”

正在他们说话的当口，上坡路走完了，三个小不点儿面前重新出现了广阔的原野。山下是一大片谷地，右边耸起一座座山丘，山丘上遍布的是郁郁葱葱的绿草和茂密的灌木丛。远处又重新出现黑压压的茂密森林。山谷中点缀着金色的蒲公英、浅蓝色的矢车菊……有一种白色的花尤其多，小不点儿们称它们为“白桦粥”。这个地方这种“粥”特别多，一块块地分布在山谷中，使山谷看起来好像被白雪覆盖着。看着眼前的美景，三个小伙伴感到身心舒畅，愉快极了。

“原来还没有到大地尽头。”小无知说。

“是呀，”花脸斯基接着说，“看来大地比我们想象中的要大。这就意味着，

咱们完成了一个重要的科学发现。为了庆祝，我可以再吃一根冰棍啦！”说着他便把手伸进了蓝色箱子，取出一根冰棍吃起来。

上坡路走完了便是下坡路，车子越开越快。下坡路走完又开始走上坡路。

三个旅行者又开始怀疑前方就是大地的尽头，但当车子又开上山坡，立刻就又看到前面广袤的原野。这样一连重复了好几次。

“我听说，大地是没有尽头的，无论朝哪个方向，一直走都走不到它的尽头。”小按钮说。

“我觉得这种说法是不对的，”小无知说，“大概是因为我们小不点儿身材矮小，视野不够宽阔，没办法看全宏大的东西。因此，在我们看来，大地是无尽的。”

“我也这么觉得，”花脸斯基说道，“我觉得任何事物都有终点。比方说这箱冰棍吧，虽然现在它们还剩不少，但我觉得咱们很快就能把它们吃完。”

他们边说着话，边继续前进，不知不觉中就到了一个十字路口。小无知停了车，想弄清楚该往哪儿继续开——向前、左转，还是右转？十字路口旁边立着一根柱子，上面挂着三块带箭头的路标。直指前方的箭头上面写着“石头城”，向左的箭头上面写着“土城”，而向右的那个箭头上面则写着“太阳城”。

“顾名思义，”小无知说道，“石头城——就是用石头建成的城市。土城——就是用土建成的城市，城市里应该都是土楼。”

“那太阳城呢，照你的逻辑，太阳城难道是用太阳建的吗？”花脸斯基带着嘲笑的口气问小无知。

“有可能啊。”小无知回答。

“这怎么可能，太阳很烫很烫，不能用它来盖房子。”小按钮说。

“那我们就去太阳城，去看看到底

怎么回事。”小无知说道。

“我觉得最好还是先去石头城，”小按钮提议，“我觉得游览石头城一定十分有趣。”

“可我想去看土城。我想看看土城里的小不点儿们是怎么生活的。”花脸斯基说。

“那里有什么意思！我们去太阳城，就去太阳城！”小无知的口气不给人反对的机会。

“就去太阳城？你凭什么命令我们？”花脸斯基生气了，“既然我们三个人是同行的，那我们得三个人一起做决定。”

于是，他们三个人开始商议，但谁也不肯妥协。最后，还是小按钮发话了：“别吵啦，我们在这里等等吧。说不定一会儿我们就能得到往哪儿走的指示呢！”

小无知和花脸斯基不再吵了。就在这时从左边开过来一辆汽车，它一眨眼工夫就在三个小伙伴面前呼啸而过，消失在写着“太阳城”的箭头所指的方向。

“看见了吧，”小无知说，“这就是指示，告诉我们该去太阳城。不过你们也不用觉得不甘心。我们先去太阳城，然后再分别去石头城和土城，好不好？”

话音还未落，他就先打着了发动机，向右拨动方向盘，疾驰而去。

第六章　历险开始了

转弯过后，道路变得既平坦又宽阔。看样子，这条路上来往车辆很多。这不，一辆汽车就朝着小无知他们迎面开来。这辆车开得飞快，一晃而过，三个人谁都没看清楚它的样子。接着又迎来了另外一辆车，这下小无知看清了，这辆车的构造十分新奇古怪——前灯是窄窄的长方形，闪闪发亮，整辆车被涂成亮晶晶的绿色。只见驾驶员把身子探出车外，饶有兴致地观赏着小无知的汽车，然后迅速地扬长而去。

去往太阳城的路在山谷之间、丛林之中、田野之上蜿蜒。不知不觉中，三个小不点儿已经来到一条河的河边。河水波光粼粼，河的两岸由一座桥连接起来。在河道中央，一艘轮船正乘风破浪飞快地行驶着。轮船上竖着一根大烟囱，向外冒着一朵朵似云彩一样的浓烟。

“快看啊，轮船！”小按钮大叫，兴奋地拍着手。

她从没有去过百花城以外的地方，所以从来没见过真正的轮船。百花城的黄瓜河中可开不了轮船。小按钮之所以能立刻猜出眼前的庞然大物就是轮船，是因为她曾经在书上看过轮船的图片。

“我们在这里停下看看吧！”小无知说。

小无知把车子开到大桥的中央，停了下来。三个小伙伴从车里钻出来，靠在栏杆上仔细观察眼前的轮船。只见轮船甲板上有许多小不点儿乘客。他们有的坐在船舷旁的长椅上欣赏着河岸风光；有的聊着天，甚至激动地在争论着什么；有的在甲板上走来走去；还有的躺在柔软的折叠躺椅上，安安静静地打瞌睡。要知道躺在这种软椅上可以把双腿架起来,着实十分舒适。当轮船通过桥洞的时候,小无知、小按钮和花脸斯基正好在桥上把甲板上所有的乘客看得清清楚楚。

突然，从轮船的烟囱中喷出一团团黑烟，迅速笼罩了大桥。小无知被呛得直咳嗽，赶紧跑到了大桥的另一边，继续盯着轮船看。小按钮和花脸斯基也跟在他身后跑过去。渐渐地黑烟散去了，那艘轮船也开远了。

三个旅行者又重新坐上了车，继续向前方出发。小无知对刚才见到的轮船念念不忘，不住声地赞叹：“这就是轮船啊！要不是刚才亲眼看到，真不敢相信那样的庞然大物竟然能在水面上行驶。”

小按钮激动的心情也是久久不能平静。至于花脸斯基，他对这样的新奇事物当然也感到惊奇，可是一记起自己的第二大原则——对什么都不吃惊，便故作淡定地说道：“不就是轮船嘛，没什么可大惊小怪的，不过就是一条大号的船罢了。”

“你干脆说那就是一只大号的盆算了！”小无知说道。

“我为什么要那样说？如果是盆，我就说那是盆了，可我说的是船。”

“喂，花脸斯基，你最好别让我发火！你不知道司机开车的时候情绪不能激动吗？否则会出事的！”

“那照你这么说，你开着车的时候，我就不能实话实说了？”

“什么叫不能实话实说？说得就好像是我教你撒谎似的！”小无知大发雷霆，“喂，小按钮，你快跟他说说，否则激怒了我，我可不能保证会发生什么事！”

“花脸斯基，你少说两句吧！”小按钮说，“你为什么非要为了鸡毛蒜皮的小事情而跟别人争得面红耳赤呢？”

“这怎么能算是鸡毛蒜皮的小事情呢——竟然把轮船说成是大盆！”小无知依旧气鼓鼓的。

“我说的明明是船，我什么时候说是大盆了？”花脸斯基也不甘示弱。

“得啦，花脸斯基，求你别再说了。快吃冰棍吧！”小按钮劝着。

花脸斯基还真的啃起了冰棍，于是住了嘴，不再叫嚷。

汽车继续在田野之上、丛林之中飞快地前行。三个小伙伴眼前出现了全新的景象。开着开着，前方出现了铁路，铁路沿线竖着电线杆，架着电线，远处出现一个喘着粗气的火车头，它正拉着身后的一大串车厢前行。

“快瞧，火车！火车！”小按钮兴奋地喊道。

她是第一次见到火车，就像她能一眼认出轮船一样，她以前也从书上面见到过火车的图片。

“瞧，真的是火车！”小无知也感到惊喜极了。

花脸斯基再一次决定要表现得毫不惊奇，于是他说：“不就是火车嘛！有什么了不起！不就是用轮子架着小房子，人钻进去。欢天喜地的，可还不都是靠火车头在拉着。”

“小按钮，你听见了吗？这是什么鬼话！花脸斯基又开始刺激我的神经了！”小无知大叫。

花脸斯基嘲讽地嗤笑道：“快听听，多么娇气——‘我的神经’！”

“你等着！非给你点儿颜色瞧瞧不可！”小无知愤怒到了极点。

“别吵，别吵！什么叫‘给你点儿颜色瞧瞧’？”小按钮也生气了。

“你没听到他怎么说我的吗？‘娇气’！”

“花脸斯基，你不该说小无知娇气的，”小按钮说道，“这样不对。”

“哪里不对？”花脸斯基不服气。

“我给你点颜色瞧瞧，你就知道哪里不对了！”小无知低吼，“是你先惹

我的！”

小无知只顾着跟花脸斯基吵架，没注意车子已经快开到公路与铁路的交叉口了，如果再这样开下去，可能会被火车碾过去。小无知决定加速，赶在火车到来之前冲过这个路口，穿过铁轨。但随着他们离铁轨越来越近，火车也越来越近。眼见自己和两个伙伴都要葬身在火车的车轮之下，小无知浑身发抖，紧紧抓着方向盘说：“我早说了，这样下去会出车祸的！”

小无知眼睁睁地看着呼啸着的火车朝他们飞驰而来，吓得缩成了一团，双手捂住眼睛。花脸斯基也跳了起来，不知道该怎么办才好，攥起拳头朝小无知的头顶一挥，大叫道：“停车！你到底想干吗！”

小无知意识到踩刹车已经来不及了，赶在火车头前面快速通过铁轨也不可能了，只有转动方向盘来躲避灾难。只见小无知把方向盘向右一转，三个小伙伴就连人带车跳上了铁轨，汽车屁股紧贴着火车头。他们的车在枕木上颠簸起来，身后的火车头像个巨大的怪物，重重地喘着粗气，紧追不舍。坐在后排的花脸斯基真切地感受到了火车头冒出的热气。旁边装着冰棍的蓝色箱子也一起被颠得上上下下。花脸斯基担心好好的一箱冰棍会掉下车去，就用一只手紧紧地扶住箱子，用另一只手牢牢抓住座椅的靠背。

“小无知，我亲爱的，求你再加加油！”花脸斯基吓得声音发颤，“我保证以后再也不跟你吵架了！”

小无知把油门踩到了底，但速度丝毫没有变快。想要调转方向也不行，因为这条铁路是修在一个陡峭的路基上的，开下铁轨是不可能的事情。

小按钮害怕的激烈碰撞并没有发生，于是她小心翼翼地睁开了眼睛。她转身向后看去，看见那个巨大的火车头紧跟在他们身后呼啸着。这时车上的人也发现了他们。小按钮看到一个小不点儿火车司机从火车头驾驶室里探出了头，当他看到一辆汽车在自己前面疾驰，惊得张大了嘴巴。他吓坏了，手摸索着去拉变速杆，鸣笛警示他们，然后打开了蒸汽阀，白花花的蒸汽从火车轮下喷向了四面八方。花脸斯基害怕被蒸汽烫伤，躲到座椅下面藏了起来。

释放了蒸汽，火车司机拉下制动闸，火车渐渐慢了下来。小无知他们的汽车仍然疯狂地行驶着。他们和火车之间的距离渐渐地变远了，小无知仍浑然不觉。他瞧见前方的铁路路基已经不像一开始那么陡峭了，找准一个时机，猛地打了一下方向盘，把车子开下了铁轨。小汽车冲到一个草垛上，猛地停了下来。小按钮和小无知差点儿磕破了额头，花脸斯基就没那么幸运了，因为惯性的关系，他和蓝色箱子一起从座位上面飞了出去，两脚朝天飞出了汽车，"叭"的一声摔在了地上，一动不动地躺在了那里。这时火车也停了下来。

火车上的乘客争先恐后地挤出车厢，互相打听着到底出了什么事。大家都有些莫名其妙。有乘客跑到小无知和他的旅伴身边，看到花脸斯基一动不动地躺在地上，便纷纷围在他的身旁。有人说，应该往他的脸上泼一些凉水，好让他醒过来。隐隐约约听到要被泼凉水，花脸斯基立刻跳了起来，茫然地看着周围的人群，结结巴巴地问："冰……冰……冰……棍在哪里？"

"冰……冰……冰棍在这儿。"小按钮回答了他，惊魂未定的她说话也磕磕巴巴起来。

"那……那……那……我就放心了。"花脸斯基松了一口气。

他打起精神，抱起地上的箱子，把它放回到汽车里。这时火车司机助手跑了出来。

“都没事吧？”他离着老远就开始喊，“你们有没有人受伤？”

“没人受伤，”小无知回答道，“都没事儿。”

“谢天谢地！看见你们在火车前面颠着，司机吓坏了。现在还没回过神来。”助手说道。

“你们这是去哪儿呢？”小无知好奇。

“我们的火车是发往太阳城的。”助手回答。

“我们也去太阳城！”小无知高兴起来。

“你们要想去太阳城，应该在公路上开车。”助手的语气十分严肃，“你见过谁在铁轨上开着汽车？”

“我们本来在公路上开得好好的，后来花脸斯基说……就是说，我们一开始看见轮船来着……轮船您知道吧？大轮船……”

小无知开始絮絮叨叨地讲轮船，讲自己是如何和花脸斯基吵架的，这时传来了火车鸣笛声。

“请您原谅，”火车司机助手打断了小无知，“我们该重新出发了，火车可不能误点。下次我们一定认认真真地听您把故事讲完。”

说着他就朝火车头跑去，浓浓的蒸汽弥漫在火车周围。乘客们也纷纷朝自己的车厢跑去。

“喂喂！下次是什么时候？”小无知在他们身后喊着，“也许我们再也碰不上了！”

可是谁都没理他。火车慢慢开动起来，有几个小不点儿不得不跟着火车跑了一会儿，才跳上车去。

“没劲！”小无知不高兴地叹了口气，“就不能再多等一会儿吗？最精彩的部分我还没讲呢！”

第七章　旅行继续

汽车重新开回到了公路上，小无知、小按钮和花脸斯基继续他们的旅程。

花脸斯基还是坐在后排座位上，吃冰棍吃得更起劲了。他理直气壮地为自己找理由——他从车里直直跌了出去，情绪过于激动，冰棍可以对他起到镇定安抚的作用。小按钮也想着刚才那可怕的火车头。只有小无知，津津有味、绘声绘色地讲着自己是如何在最紧要的关头让车子拐了弯，从而避免了与火车发生碰撞的事故。

“我一看，”他讲着，“我眼瞧着就要葬身火车车轮下！车速已经是最快的了，再不能提高一点儿，刹车更来不及。我心里喊着，完了完了完了，这下我们全完蛋了！突然，我的脑袋像是被什么东西敲了一下，开了窍，冒出一个念头——可以转弯啊……”

“是我敲的你的头，”花脸斯基接过了话茬儿，“你知不知道，我完全吓坏了……”

“知不知道，知不知道，我看你现在又开始惹我生气了！”小无知又火了。

“好吧，好吧，我什么都不说了！现在我可知道了，千万不能惹一个正在开车的司机生气。”

这时，又有一辆汽车超过了他们。这辆车是亮黄色的，里面坐着两个小不点儿。其中开车的那个小不点儿在经过他们的时候故意减慢了车速，想要把小无知的车看个仔细。而坐在副驾驶座上的那个小不点儿则一直盯着花脸斯基看，还笑着说：“喂，你，亲爱的，洗洗脸也不是一件特别难的事儿吧！”

两个人都哈哈大笑起来，然后司机提速把车开远了。

小无知和小按钮都回过头去看花脸斯基，只见他的脸颊上、额头上、鼻子上，甚至是耳朵上全部都是泥点。

“你怎么搞的？”小无知感到很奇怪，“不是刚刚才洗过脸吗？”

“哪里是刚刚？明明就是洗过好半天了。”花脸斯基回答。

“可我们跟你一起洗的呀！”小按钮也说，“为什么我们还干干净净的？”

“你不说我都不想提！”花脸斯基冷笑一声，“你们俩坐在前排，我一个人坐在后排，那些灰啊，土啊都飞到我身上了。”

“我们坐在前面，照理说飞到我们身上的灰尘只能更多。”小无知说。

“哼，我怎么知道这是怎么一回事！”花脸斯基把手一摆。

事实上这也不能怪灰尘。要是一个人的脸不发黏，再多的灰尘也粘不住。花脸斯基因为在不停地吃冰棍，冰棍在他手中融化，沾到他的脸上、鼻子上，甚至耳朵上，留下一道道湿漉漉的长条，所以他的脸黏糊糊的，一路上的灰和土很容易就粘在上面了。等这些粘了灰尘的地方一干，他的脸立刻就成了大花脸。

“花脸斯基，要是我们一会儿能路过池塘或者河，你必须再洗个脸。”小按钮对他说，“所有人都笑话咱们，你觉得这样好吗？”

“他们凭什么笑话咱们？”花脸斯基气鼓鼓的，“要是咱们能追上他们，我倒是要给他们看看，什么叫作笑话别人！可现在咱们这车开得就跟乌龟在地上爬一样！”

“你说咱们是乌龟？”小无知生气了。

“当然啰！”花脸斯基回答，“你能赶上那辆黄色的车吗？瞧见没有？你看它开得多快！”

那辆黄色的小汽车确实已经在很远的前方了，远得只剩下一个黄色的小点。

“你胡说！”小无知叫道，“现在我就超过它。”

只见他挂了变速杆，按了按钮，踩下油门。车果真开得更快了，但前面那辆黄色的小汽车开得更快，超过它似乎是不可能的事。

“喂喂喂，别逞能了，咱们怎么可能比得过人家！”花脸斯基在一旁煽风点火，“没准儿车的构造都不同！”

“不同就不同，”小无知说，“你瞧着吧，我现在加速……”

“小无知，最好不要，要不又得出事儿。”小按钮说。

“你放心，什么事儿都不会有。”小无知毫不担心。

小无知加了速，但也没什么用，很快就开到了下坡路上。黄色小汽车的司机轻轻踩了踩刹车，以免车子失控。

相反，小无知却完全放开了刹车，车子越来越快，越来越快。只见山脚下出现了一条河，一座木桥横跨河的两岸。桥很窄，只能允许两辆车并排通过。而且有一辆卡车不知什么原因停在桥的中间。小无知可没注意到这些，只是一个劲儿地冲着花脸斯基夸口：“我现在就赶超他们！”

“超啊，超啊！我一定要告诉他们到底谁才该去洗脸！”花脸斯基嚷嚷着。

黄色汽车的司机则把车子慢慢地开下了山，上了桥，停在了卡车旁边。因为他想问问卡车司机为什么把车停在那儿，需不需要帮忙。

小无知的车以最快的速度从山坡顶端冲到了桥上，这才发现前方有两辆车挡住了去路，桥的两侧有栏杆围着，当然也没办法转弯。小无知吓得后背发凉，一瞬间千万个念头涌上心头，要不是他突然想起了魔杖，也许一切都结束了。就在他们快冲到卡车停着的位置时，小按钮已经紧捂着双眼等待可怕撞击的发生，小无知抓起魔杖一挥，口中说道：“让我们跃过这两辆车！”

他们的车立刻向上蹿去，蹿得那样高，小无知紧张地屏住了呼吸。他看了一眼下面，心想：“要是这么掉下去，那一定粉身碎骨！”

于是，他又挥了挥魔杖，说道：“让我们飞起来吧，就像坐飞机那样！”

话音刚落，车身两侧立刻长出了一对小翅膀，车子向上盘旋着，飞得越来越高。这时他们身后传来了惊叫声。小无知朝后看了看，原来是花脸斯基掉出了车外，只见他双手抓着座椅靠背，身子吊在空中晃荡着。小无知咬住魔杖，翻过前排座椅，伸手去抓花脸斯基的上衣，想把他拉到车里来。但他只能用一只手去拉花脸斯基，另一只手还得紧抓着车身，所以用不上力气，没办法把花脸斯基拉进来。眼看着花脸斯基最后的力气就要耗尽了，小无知想让小按钮把魔杖从自己嘴中抽出来，施魔法让车子下降。但他的牙咬着魔杖，话一出口就变成了："重我追里喇出幕脏，兰后唆、唆、唆（从我嘴里拿出魔杖，然后说、说、说）……"

小按钮当然不明白他说的是什么，她问："什么？什么？"

"幕——幕脏（魔——魔杖），幕——幕——幕脏（魔——魔——魔杖）！"

小无知气得翻了下白眼，小按钮猜到了小无知的意思："你，你快帮帮忙呀！"她迅速爬到后排座椅上，帮着小无知一起把花脸斯基拖回了车里。花脸斯基终于坐回了原处。他被吓得半天都说不出一句话。小无知重新回到方向盘后面，向下一看，发现自己和伙伴们已经置身于令人胆战心惊的高空。刚才他们开过的路已经细得犹如一条带子。小无知被打在脸上的风吹得喘不过气来，他挥动着魔杖，艰难地说道："让我们降落到地面上……哎，哎！别这么快！"他大叫道。他们乘坐的小汽车犹如被卷入了气流之中，迅速向地面坠去。

渐渐地，车子开始平稳地下降。在路面上空盘旋了一会儿，越降越低，最后车轮终于触碰到了地面，落得那样轻，坐在车里的人都察觉不到碰撞。车身上的翅膀消失了。花脸斯基这时候才清醒过来，立刻就又吃起冰棍来。刚才那辆黄色汽车很快赶上了他们，司机将车子开得与他们并排，与三个小旅行者攀谈起来："请问你们开的是什么车？是什么型号？”

“就是小螺丝和小榫条的那辆车的型号。”小无知回答。

“烧什么燃料呢？焦油还是重油？”

“烧加了糖浆的汽水。运转的时候气从汽水里冒出来，进入汽缸，推动活塞，然后活塞通过传动装置转动车轮。就是这个原理，懂吗？糖浆起的是润滑作用。”小无知给他讲解。

“怪不得，刚才我跟着你们的车，闻着好像哪里散发着糖浆味儿。”那位司机说。

“那你的车也是用汽水做燃料吗？”小无知问。

“不是，我的车用的是酒精。酒精蒸气被吸进汽缸，电火花会把它们点着。燃烧会使气体膨胀，继而推动活塞，活塞再转动车轮。为了让车的功率变大，车上往往会装好几个汽缸。就拿我的这辆车来说吧，一共有四个汽缸，而有的车上会安八个汽缸。有的车用汽油当燃料，但如果用汽油的话会排放出一种特别难闻的气体。但是烧酒精就什么味道都不会有了。有的车烧重油，那味道简直——难闻极了！”

那位司机甚至抽了抽鼻子，不停地摇头。

“这里离太阳城还远吗？”小按钮问。

“太阳城？已经不远了。”

“为什么那个城市叫太阳城？难道那里的房子都是用太阳盖的？”小无知问。

“不！”司机笑了，“它叫太阳城是因为城中永远阳光明媚，永远都是有太阳的好天气。”

“难道从来没有过乌云遍布的时候？”小无知惊讶极了。

“为什么没有？有过。”司机回答，“不过我们发明出了一种粉末——每当乌云出现的时候，我们就朝它们撒一些粉末，它们立刻就会消失。小兄弟，这都是化学作用！”

“那怎么才能向乌云撒粉末呢？”

“很简单，坐飞机飞到天上，然后向下撒就行了。”

“要是没有了乌云，雨水不也没有了吗？”小按钮问。

“如果想要下雨，我们有另外一种粉末。”司机回答，“在天空中撒一点儿这种粉末，马上就会下雨。不过我们只让雨下在需要下雨的地方——花园里、菜园里。市区里也下雨，但只在晚上下，白天可不下，这样就不会妨碍人们的生活和出行了。至于城中街道两旁的花，如果需要浇水的话，用橡皮管就行了。”

“看样子，在太阳城里住的都是些聪明的小不点儿啊！”小无知说。

“没错，太阳城里的小不点儿们是那么聪明，聪明得让人难以置信！”

“您是太阳城的人吗？”小按钮问。

“是的，我是那里的居民。”司机答。

他说完，细想一下，才反应过来自己刚才把太阳城的居民夸得那样聪明，也就把自己给夸了。顿时，他为自己的自我表扬感到惭愧，涨红了脸。为了掩饰自己的尴尬，他又说道：“唔，我该走了，再见！”说着就踩下了油门，他的车便飞快地向前驶去。

“或许他是一个不错的小不点儿，但他还是个吹牛大王，”小无知说，“什么下雨不下雨的粉末，我才不信呢！”

小按钮说：“你看最后他的脸涨得通红，说明他还是善良的。既然是善良的，心眼儿不坏，就还是能改过自新的。”

第八章 “圆规”和“行星”

前方又是上坡路，等小无知把车子开上山顶，三个小不点儿眼前出现了一幅他们从未见过的景象，就像有个巨人偷偷溜进了织布厂，偷了成千上万匹五彩花布铺在了大地上。最远方连绵不绝的山丘仿佛被盖上了一条一条的花布，花布上点缀着好看的小碎花——黑的、白的、黄的、绿的、红的……

近处的一座座山丘上仿佛滚满了豆子，密密麻麻的，布满整片土地。更近一些的土地上覆盖着五彩缤纷的大圆圈。最耀眼的就是黄色和红色的大圆圈，它们在绿色的田野上闪闪发光。

“是不是有人先用圆规在大地上画好了圆圈，又精心涂上了颜色？”小按钮说。

“谁会无聊到用圆规给大地画圈呢？”小无知说，“我们再开得近些，或许就能看清楚到底是怎么回事了。”

车子从山坡上慢慢开下去。车子开得越低，那些大圆圈的面目就越模糊，渐渐地就完全看不见了。路开始变得平坦，两旁有一种红色的花在旺盛地生长着，小无知和伙伴们就像穿梭在树林之中，行驶在林间通道上。跟真正的树林不同的是，道路两旁挺立的不是树干，而是绿色的长茎，茎秆的头上顶着红色的花，在阳光的照射下娇艳欲滴。接着，车子又开过了一大片一大片的胡萝卜地、草莓园、黄色的蒲公英花丛，然后又是一片片的红花。

“是不是这里住着爱吃花的人呀？”花脸斯基说。

“爱吃花的人？”小无知问。

“就是喜欢花的人。有可能就是他们在这儿种了这些，又是草莓又

是胡萝卜的。”

“可谁会种这么多呢？一辈子都吃不完。”

很快，小无知的车开过了一片一片的花田。三个旅行者看见在离路不远的地方停着一台从没见过的机器，似乎是除雪机，又似乎是拖拉机。只见这台奇怪的机器在田野里慢慢地绕着圈割草。小无知很好奇，便停下车专心致志地观察那台奇怪的机器是如何运转的。

他们走得更近一些，发现这台机器的前半部分像理发师用的电推子。只见它不停地割着草，草叶落到刀子下面。刀子不停地把它们切成小碎片，然后这些草叶碎片就落在一个运转着的传送带上，被送到两个带齿儿的鼓轮中间。鼓轮很快地旋转着，像口腔里的两排牙在咀嚼，嚼过的草叶就这样消失在机器内部。

被这台机器轧过的土地像被耕了一遍。由此可见，机器里面应该装着一副犁，但从外面又看不到它。机器的后半部分装着机械耙子，用耙地的方式把土地弄松。机器的侧面写着“圆规”两个字。

最让人吃惊的是，机器是无人驾驶的。操控室里什么人都没有。小无知和他的伙伴们从各个角度仔仔细细地研究着这台机器，但机器里里外外丝毫没有人工操作的痕迹。

“真是好东西啊！”花脸斯基赞叹。

他对这样一台机器充满了好奇和惊讶，但他立刻制止了自己，把自己的惊奇吞了回去。

小按钮对于机械、机器之类的东西不感兴趣，她催着大伙儿上路继续前行。但小无知却摆出了不弄明白这台机器是怎么一回事就誓不罢休的架势。通过仔细地观察研究，他发现那块田地的中央竖着一根缠着钢索的柱子。钢索的一头拴在那台机器的侧面，机器就被拴着一圈一圈地绕。钢索慢慢被放长，机器画出的圆圈也越来越大。

“啊，原来是这样！”小无知高兴极了，“咱们在这儿再看一会儿，看看等钢索都放完该怎么办。”

果然没等多久，神奇的机器转完最大的一个圆圈，停了下来，发出汽笛声：“嘟——呜！嘟——呜！嘟——呜！”

这时，远方传来了哨子声，像是对机器的回答。汽笛声停了下来。几分钟后一阵“嗒嗒”声响起，只见一个骑着滑稽的履带式摩托车的小不点儿出现在百花城旅行者们的面前。这个小不点儿从摩托车上跳下来，有礼貌地同他们打招呼：“你们对‘圆规’感兴趣？”

“它到底是什么机器呢？割草机？”小无知问。

“不，它是通用圆圈自动播种联合机。”骑摩托车而来的小不点儿说，“它先割草，用犁把土地翻松，再通过内置的机械化播种机向土地中撒上种子，最后还把耕种过的土地弄平整。这还不算完呢。你们可能也发现了，割下的草都进了联合机的内部。在那里，机器把草切碎、磨成粉，和化学肥料拌匀后，再施入土地，这就是大名鼎鼎的复合肥料，对植物生长十分有益。在翻地的时候，我们还使用了另外一种追肥剂，就是因为这种追肥剂的效用，我们的农作物能一年两熟、三熟，甚至四熟。对了，还漏了一点，在机器割草装置的后面还安装了一个吸尘器，用它来吸掉地上和土混在一起的杂草籽。杂草籽被粉碎以后也能做肥料，而且粉碎了的草籽已经不能再发芽生长，所以对庄稼也不会有危害。这样一来，联合机不仅能耕地、播种和耙地，还能施肥、追肥和除草。所以我们又叫它复合式联合机。”

“那为什么把它拴在柱子上呢？”小无知又问道。

“这样不用操作员它就能自己运转了，”太阳城的小不点儿说，“别小看那根钢索，它一头拴在柱子上，一头连接着方向盘操作系统。钢索的松紧决定了方向盘摆动的幅度，控制联合机转大圈或者小圈。当钢索放完，机器就会自动停下，自动鸣笛。操作员听见汽笛声就会出现，把它开到未被开垦的地方去。”

说着，这个小不点儿就解开了钢索，坐进驾驶室里，把联合机开到了另一根柱子旁边。再次用钢索把机器拴上，然后吹了两声哨子。联合机轰隆轰隆响起来，又开始绕着柱子转圈耕地。

“太有趣了！”小无知赞叹道，“难道这台机器能听懂哨子的意思？它怎么知道你一吹哨子就需要开动呢？”

“机器当然什么也听不懂，”太阳城的小不点儿说道，“但如果你学过物理，知道物理常识，那你应该知道，声音是通过空气振动传播的。在联合机的机械构造中，有一个设备是专门来把空气中的声波转化成电能的，有了电，联合机就可以运转了。一声哨响，联合机的开关就会打开；两声哨响，马达开动；三声哨响，就会向左转；四声哨响是右转……”

这时，远方又传来汽笛声：“嘟——呜！嘟——呜！嘟——呜！”

“喔，”太阳城的小不点儿说，“这是‘行星号’干完活了！我得赶快过去！你们想看看‘行星号’吗？离这儿不远，一分钟就能到。”

插图选自《小无知游太阳城》

尥蹶子

铆钉锤

小方块

插图选自《小无知游月球》

小章鱼

星辰教授

小百科

插图选自《小无知游绿城》

小慌张

小螺丝和小榫条

小水彩

身上看到过去不曾看到的东西。于是他勇敢地跨进童话王国，为孩子们带来一个更神奇的天地。他于 1954 年开始创作既有科学幻想又有讽刺意义的长篇童话三部曲“小无知历险记”系列，就是展现在读者面前的这套新书。

这个系列共分三卷:《小无知游绿城》(1953—1954)、《小无知游太阳城》（1958）、《小无知游月球》（1964—1965）。

这套书在今天看来，似有明日黄花之感，作品创作于五六十年前，当时的环境在一定程度上影响了作家幽默风格的尽情发挥，尤其是第二卷，带有比较明显的乌托邦色彩。但瑕不掩瑜，这位有世界影响的著名作家用他的大手笔，不仅对星际旅行、宇宙飞船、宇航员登月等尖端科学技术进行了通俗浅显而又准确的描写，开阔了小读者的视野，而且在字里行间流露出作家的幽默和灵气，为小读者增添许多欢笑。因此它在当下依然是一套值得一读的好书。不信，请读一读试试看。

诺索夫和“小无知历险记”系列

蒋风 | 中国儿童文学理论家、第十三届国际格林奖获得者

尼古拉·诺索夫（1908—1976）是苏联儿童文学创作领域最活跃、最有成就的作家之一。他出生于一个演员家庭，从十六岁就开始独立生活，在伐木场、水泥厂、砖瓦厂当工人，通过自学考入基辅艺术专科学校，后又转学至莫斯科电影专科学校学习，毕业后当了近二十年导演。1938年开始发表作品，以儿童故事和儿童小说的大手笔、幽默风趣的风格，深得孩子们的喜爱。1951年出版儿童中篇小说《马列耶夫在学校和家里》，一举荣获世界声誉。他对“儿童的生活有那么多的发现，有那么多的机智的幽默，有那么多丰富多彩的东西”（苏联著名诗人阿·巴尔托），确实令人赞叹！这部作品获得1952年苏联国家奖，并改编成电影《两个朋友》播出，为他赢得了更广泛的读者，使他的作品更具生命力。诺索夫也成为深受每一个苏联儿童喜爱的作家之一。诺索夫为孩子们创作的故事每一天都会迎来新的小读者。人们从童年时开始阅读诺索夫的作品，每个家庭的个人藏书中也都保留着他的作品。

已经获得了众多荣誉的诺索夫没有止步不前，也没有在花径上踱方步。作家的责任感，促使他在艺术上做更多的探索，他想从事更有意义的工作，他又在儿童

花脸斯基

小按钮

小无知

小油饼

“小无知历险记”

导读

苏联国宝级儿童文学作家诺索夫作品

上海世博会俄罗斯馆设计灵感来源

小子弹

如花

似玉

大伙儿都十分想看，于是纷纷上车准备去看“行星号”。但太阳城的小不点儿说，他们最好都坐他的摩托车过去。让百花城的旅行者们感到惊讶的是，摩托车的车座竟然真有那么长，四个人都坐得下。司机先上车，然后是小无知，再后面是小按钮，花脸斯基坐在最后面。

司机发动了马达，摩托车沿着地面滑出去，速度快得让大家都紧张得屏住了呼吸。只过了一分钟，至多一分半钟以后，四个人就到达了另一台联合机旁边。这台机器刚刚耕完了一块圆形的地。在哨子的帮助下，太阳城的小不点儿把这台联合机开到另一根柱子旁边，又重新启动了它的工作模式。联合机的侧面用漂亮的字体写着——“行星”。

“这台机器的构造是不是跟刚才那台不同？”小无知问。

“不，它们的构造是一样的。”太阳城的小不点儿回答。

“那为什么那一台名叫‘圆规’，而这一台叫‘行星’呢？”

“在我们这儿每台机器都有自己的名字，因为把名字印在它们身上比数字编号要好看得多。”

“您要同时操控两台机器的运转吗？这样骑着摩托车，管完‘圆规’再来看‘行星’？”小按钮问。

“不，我同时负责十台机器，它们是‘离心’‘向心’‘回旋’‘圆规’‘蜗牛’‘磨坊’‘风车’‘轨道’‘卫星’‘行星’。”

“十台机器你管理得过来吗？”小按钮好奇地问道。

“一点儿都不费劲儿。我甚至还有工夫看会儿书、晒晒太阳呢。不过说实话，这些机器也已经陈旧了，有不少毛病呢。”

“能有哪些毛病？”小无知问。

“第一，它们的运转半径有点儿小。得靠钢索才能控制它们，而钢索又不能无限地延伸拉长。因此，它们耕完了一块地总得再换到另一块地上，每次耕的土地面积比较小，生产效率很低。”

“难道还有不用钢索也能自动运转的机器吗？”小无知问。

“当然有。在我们这儿最新式的机器已经不再用钢索这种东西了，而是用上了无线电磁。在一块田地的中央安装上强力的无线电磁——也就是一块能远距离发生作用的磁铁。同样，在机器的方向盘上也安装上尺寸较小的磁铁。两块磁铁离得越近吸引力越大，方向盘转的角度也就越大。相反，它们离得越远，吸引力就越小，方向盘转动的角度就越小。这样一来，一开始联合机会围绕着田地中间的磁铁画小圈，每走完一圈，方向盘就会一转，下一圈就会更大，一圈一圈，联合机画的圆圈可以达到无限大。要是你们想看，我可以带你们去看看这种新型联合播种机。”

“远不远？”小按钮问。

“不远，近得很。咱们爬上那座小山丘就能看到啦！”

所有人都高兴地欢呼一声，骑上那辆怪模怪样的履带摩托车出发了。

第九章　无线电控联合机

履带摩托车跟普通摩托车有很大不同，它不靠轮子行驶，而是像履带拖拉机一样，靠履带行驶。但它又与拖拉机不同，拖拉机有两条履带，它却只有一条，与骑两个轮子的自行车一个道理，骑在履带摩托车上要格外注意保持平衡。此外，履带拖拉机的履带是金属的，而这台摩托车上的履带却是橡胶做的。这是为了让摩托车能在各种路况下更平稳、更快速地行驶。因此，履带摩托车可以在最糟糕的路面上行驶，就算是没有路的地方，它也能前进。

当然，这一切都是太阳城的新朋友告诉三个旅行者的。听说他们打算去太阳城，这个小不点儿高兴极了，说自己正是太阳城的居民，名叫小面包。小不点儿们谈着话聊着天，不一会儿就到了山丘脚下，摩托车不停地向山上开去。上山的坡道有些陡，坐在最后的花脸斯基一点儿一点儿地向后滑去。

终于他感觉到自己几乎已经悬空了，大叫起来：“哎，哎！停一停！我觉得我——我觉得我要掉下去了……”

话音未落，花脸斯基就已经掉了下去。离山顶还有一段距离，小面包停下了摩托车，飞快地跑去救花脸斯基。小无知和小按钮也跟在

后面。不过花脸斯基好好的，哪儿也没伤到，大家都高兴起来。小面包说："履带式摩托车的最大好处是因为没车轮，所以车座很低，即便摔下来，也不会像从普通摩托车上摔下来那么严重。"

小不点儿们如今又站在了高处，那些他们刚刚看到的大小圆圈又重新展现在眼前。

"啊！"小按钮大声喊着，激动地拍着手，"我知道了！地上的大小圆圈就是你们的机器耕种的田地。"

"一点儿都不错，"小面包肯定了她的猜测，"你们看右侧那些黑色圆圈，那是前不久刚刚开垦的田地，现在还没种东西。那片绿色的，庄稼已经吐芽了；黄色的是一大片开着花的蒲公英。"

"那白色的呢？"小按钮又问。

"白色的也是蒲公英，不过那一片花已经开败了，现在长出了白色的绒毛。"

"你们为什么要种蒲公英呢？难道能吃吗？"小无知很好奇。

"不，不是为了吃，从蒲公英的根部可以提取出橡胶，而它的茎可以做成各种塑料和织布用的纤维，种子还能用来榨油。"

"那请问，"花脸斯基问小面包，"我还有点儿不明白——我知道那些五彩缤纷的大圈小圈是田地，那里种着……蒲公英一类的植物，可是你看那儿，一个个跟豌豆一样大的圈圈是什么？"

"啊，你在这儿看觉得它们才豌豆大小，其实那也是圆形的田地，只不过离咱们远，所以看上去有点儿小。"

"哦，这个道理谁都明白，"花脸斯基说，"那你再看那儿，更远的地方，那里密密麻麻的全都是一些小碎片、小点点，那是些什么？"

"那也是圆形的田地啊，它们离咱们更远，所以看上去更细碎。"

"要耕种这么多的田地，那得需要多少台机器啊？"小按钮问。

"十台。"小面包回答。

“就十台？”小无知不敢相信，“这不可能！”

“千真万确。”小面包说，“你们站在这里所能看到的田地，都是由我所管理的十台机器耕种的——‘离心’‘卫星’‘行星’，还有其他七台。”

“但……但这得有一千块田地吧！”

“不，远远不止一千。我给你们算算——一台机器要在一个小时之内耕完一块地。要是它一天耕种十个小时，那就能耕完十块地。十台机器一天就是一百块地。十天就是一千块。我们这儿的庄稼一年成熟三次，也就是说每年耕翻期大约有一百天。一百天能耕种的地就是十天的十倍，也就是一万块地了。”

“一万块！”小无知赞叹，“这比天上的星星都多吧！一万块地的耕种全都是你一个人在管理？”

“不，不止我一个。我们一共有五个人。四班倒，总有一个人是在休息的。”

“那也差不多。”小无知不觉得五个人轮班倒和一个人有什么区别。

“现在我想为你们展示一台更神奇的机器。”小面包对客人们说。

于是，小不点儿们又跨上了履带式摩托车，一眨眼工夫，他们就到达了山顶。山丘的另一面是一片宽广的谷地。谷地上遍布的不再是彩色的大圈小圈、小豌豆或是细碎的小斑点。整片山谷构成了一个完整的巨大圆圈，它从山脚下开始，一直延伸到远方树林的边缘。这个巨大的圆圈中套了一个又一个小圈，就如同天文书中的土星环。圆圈中央竖立着一座白色的圆形建筑，它的周围套着一个粗粗的黑色圆圈。黑色圆圈外面又套着一个金色的圆圈，金色圆圈外面套着的是一个更粗的绿色圆圈，最后，绿色圆圈外套着一个黑色的圆圈。

“这一大片土地都是由一台无线电控联合机耕种的，这里种的是小麦。”小面包说，“春天它从最中心的地方，也就是白色建筑周围，开始翻地。然后一圈一圈地向外延伸。几天以后中间地方已经开始冒出小绿芽，接着就是小麦抽穗，然后就到了收获的季节。联合机不停地翻地耕地。你看，这会儿它正绕着圈收割那些已经成熟的小麦。看到围绕着白色建筑的那圈黑色土地了吗？那里的小麦已经割完了。那圈黄色的土地是成熟的小麦，而绿色的是还没抽穗的小麦。最外面黑色的那一圈是刚刚翻过的土地，地里种着的庄稼还没有发芽。”

“那中间的白色房子是做什么用的？”小按钮问。

“那是粮仓和磨坊。收割好的粮食会被运到那里，然后在里面被磨碎贮藏起来。粮仓顶上安着磁铁——就是那个像灯塔一样的小塔楼，看见了没有？”

“那无线电控联合机在哪里呢？”小无知问。

“它就在那儿，左边，最边上。在这儿站着看不清楚，咱们再开过去一点儿。”

小不点儿们又坐上了摩托车，向山脚下开去。摩托车沿着耕过的田地边缘疾驰了好一阵儿，停在了联合机旁。只见这辆联合机的外形与装甲车相似，顶着几个四角形的漏斗。这辆类似汽车的机器既没有窗也没有门，连轮子都没有。车身有一半都陷在泥土里。在车的前部有一个大洞，洞内侧面有一把大刀，随着联合机的移动，刀子便不停地翻动着泥土。两个铁质的机械手臂像扫雪机的

铲子一样，不停地把泥土连同草叶一起铲起，送进那个大洞之中。大洞的上方写着——无线电控联合机。

“不知道你们注意到没有，”小面包说，“那些泥土进到了联合机内部，却看不到它们最后去哪儿了。”

“一点儿都没错，之后它们去了哪儿完全看不到。”花脸斯基回答。

“机器的内部究竟发生了什么呢？”小面包自问自答道，“铲进机器里面的泥土被弄松，然后把肥料和种子细细地搅拌进去。除此之外，那些杂草的草籽和害虫的幼虫也被清除干净了。”

“怎么清除干净？”小无知问。

“用超声波来消灭害虫的幼虫，至于杂草的草籽，加热烤烤，它们就失去活性不能再发芽了。咱们现在去看看机器的背面吧。看，这里也有一个大洞。我刚才说过的搅拌好了的泥土就从这个洞里再倒出来。这样一来，凡是联合机经过的地方，土地被翻过，种子也被种上了。机器昼夜不停地运转——无论晴天还是雨天，无论天冷还是天热。生产效率当然特别高啦！”

“这样说来，这台机器完全用不着人工操作，也不用专人看管啦？”小无知问。

“不是，无线电控联合机还是有专人看管的，但是是远程操控的。”小面包说，“看见机器前面的那个球面镜了吗？那是电视发射机的球形屏幕。那里能呈现联合机和周围情况的图像。然后这些图像又会由电视发射机传送到无线电控联合机中心站那儿。操作员就在中心站里，联合机本身的运转情况和周围的工作环境都会在电视接收机的球形屏幕上出现。这样一来，利用无线电信号，操作员可以轻而易举地操控联合机，让它停下、发动，或是在遇到障碍物时左转右转。”

“那为什么要让操作员在中心站操控？难道他不能就在这儿控制机器吗？”小按钮问。

“如果一个操作员只管一台联合机，那他可以就在这儿看着；如果一个人要管十六台分别在太阳城的不同地方工作的联合机，他就得在中心站操控了。在中心站安装有十六块球形电视接收机，操作员要同时监控十六台机器的运作情况。”

“那中心站在哪儿？”小按钮又问。

“中心站设在太阳城的西街上。”

“太有意思了！”小按钮笑着说，“用这种联合机，人们不用出城就可以耕地了？”

“没错。”小面包说，“而且同时还能管着十六台位于不同田地上的机器。”

“操作员在中心站从球形荧幕上能看到什么呢？”小无知问。

“就跟咱们站在这儿从这块球形荧幕上看到的一模一样。你们瞧，这块球形镜面上能反映出联合机前半部分、联合机前面和四周的土地、整片天空，当然还有我们大伙儿。这一切操作员坐在中心站能看得清清楚楚。你们要是不相信，我现在就给他发个信号，让他把机器停下。”

于是小面包走到联合机前面，向上举起了手臂。联合机马上停了下来，马达不响了，一个声音响了起来，那声音就如同从一个大桶中传出来似的：“出了什么事？”

“没什么事，”小面包喊着，“我就想检查一下，看电视发射机有没有什么问题。”

“发射机已经修好了。”那声音回答。

“那继续工作吧。”小面包回答，走到了一边。

发动机又隆隆地发动起来，联合机继续向前进。

“太神奇了！”小按钮赞叹道，“这辆联合机不但有视觉，还有听觉，甚至还能跟人说话！”

“说话的可不是这台联合机，而是操作员。”小面包解释，“联合机上装有

扩音器和麦克风。信号被收进麦克风通过无线电发回到中心站，操作员的声音也同样通过无线电被传回联合机。如果操作员打开无线电通信设备，就能听见咱们的声音了，而通过扩音器咱们也能听见他的声音。”

“这没什么新奇的，”花脸斯基说，“跟电话差不多嘛！”

“那联合机用什么燃料呢？酒精？或者用的是核能吧？”小无知问。

“既不是酒精，也不是核能，而是无线电磁。”小面包回答。

“这是一种什么燃料呢？”

“其实和电差不多，只是电需要靠导线传输，而无线电磁通过空气就能输送了。”

“我还有一个问题，”小无知说，“你刚才说过，在中心站的操作员可以看见这块球形镜子里的一切，现在镜子里也有我，也就是说操作员也可以看到我啦？”

“那自然。”小面包十分肯定。

小无知开始动脑子，突然吐个舌头给操作员看看会怎么样？他离得那么远，肯定拿自己没办法。于是他朝着镜子走近几步，趁大家都没注意到他的时候，迅速吐了下舌头，扮了个鬼脸。

“哼，还吐舌头，也不害臊！”那个声音又从扩音器中响起。

一句话把小无知说得害臊起来，他干笑几下，试图掩饰自己的窘态，嘴里嘟囔着：“我就是想试试看，中心站的操作员到底看不看得见我。”

“看得见，看得见！你不用再怀疑啦！”花脸斯基打趣他，“我还有一个问题没弄清楚，现在我明白了什么是无线电磁能，也知道这台联合机可以远程控制，操作员看得见也听得见这里发生的一切，我甚至还弄懂了泥土在联合机里面是怎么被加工的，怎么和种子拌在一起的。但是联合机里面的种子、肥料又是从哪儿来的？就这点我怎么想也想不明白！”

“其实解释起来特别简单！”小面包笑了起来，“种子和肥料由卡车一天运送两次，就倒进这个大洞里。”

“噢！那也没什么神奇的地方！”花脸斯基嚷嚷着，“没种子进去，而种子却源源不断地从里面出来，那才神奇呢！”

就这样，旅行者们参观完了太阳城的联合机，他们要返回到相遇的地方。这一次小面包特意绕过了小山丘，因为他担心摩托车上坡的时候花脸斯基会再被摔下去。

第十章　到达太阳城

几分钟后，小无知、小按钮和花脸斯基他们已经坐上了自己的小汽车。他们与小面包告别，继续上路，迎接新的奇遇。一圈又一圈圆形的田地渐渐消失了，路的两边开始出现房屋。这些房子都不大，最高不过两层，但十分漂亮——屋顶尖尖的、高高的，涂着鲜艳明亮的颜色，有凉台，有露台，屋顶上搭着瞭望台，还有怪模怪样的塔楼。院子里则搭着小亭子，各种各样的见都没见过的花朵争奇斗艳。

渐渐地，房子越来越多。公路也变成了宽敞的城市街道，两旁的建筑也变高了。人行道上的小不点儿和大马路上的小汽车也越来越多。小伙伴们渐渐地发现，路上的车辆川流不息起来，道路也变得拥堵，开到十字路口还得停上那么一会儿。城中的汽车各式各样，有的小无知他们见过，有的则是第一次见到。有的汽车就像玩具木马一样，这些木马汽车有四条腿，每条腿都蹬着滑轮。乘客则骑在马背上，脚套在马镫中，手拉着马耳朵。木马的眼睛是两个前灯，也就是照明灯，木马的嘴巴是一只喇叭，是用来警醒发愣的行人的。这种木马汽车有供一人驾驶乘坐的，也有供两人乘坐的——两个人可以一前一后。竟然还有供四个人乘坐的——就是把两匹木

马并联在一起。

除了木马汽车，这里还有所谓的螺旋汽车。这些车没有轮子，但都装着螺丝状的金属杆，或是类似绞肉机上的螺旋杆。螺旋一转，车子就向前开动了。这种车子看上去不是很灵巧。螺旋一转，它就会歪向一边。但双排螺旋汽车就没有这样的问题了。坐在这种汽车上面，开起来不但不会东倒西歪，反而会更加灵活。想要往哪个方向转弯，直接刹住那一侧的螺旋就可以了。而单排螺旋汽车上没有侧车闸，所以如果想拐弯，就必须得用脚踩住地面，特别磨损皮鞋。

这里还有一种叫作滑轮式火箭筒的车。这种车拥有一个长长的筒状车身、四个滑轮。长筒里装的全都是喷气燃料。燃料在筒里面燃烧，燃烧产生的气体就通过圆筒的尾部喷出去，就依靠这股力量，圆筒推动着四个滑轮向前迅速移动。这种火箭筒车靠安装在车身后部的方向盘来转弯。火箭筒喷出的热气碰到方向盘上面，就会让火箭筒汽车自如地转弯。但夏天坐这种车会很热，因为火箭筒的筒身在快速行进的过程中会发热。不过冬天就再好不过了，筒身下面的滑轮可以替换成雪橇，开起来速度快得会让乘客感到头晕，如果前方遇到不太宽的山谷，火箭筒车甚至可以飞越过去。除此之外，在寒冷的冬季坐在这种汽车上面，就如同坐在炉子上一般，暖暖和和的。

除了上面这些新奇物件，这里还有履带式自行车、履带式摩托车和其他各式各样的交通工具——有使用车轮的，也有运用履带的。小无知一直痴迷于各式各样的汽车和机械，他一时间看花了眼，差点儿撞上迎面开过来的汽车。于是他提议："咱们还是步行逛逛吧，要不什么都瞧不真切……"

说着他就把车开到人行道旁边停了下来。三个人钻出汽车，开始在街上漫步。四周值得一看的新鲜事儿还真不少。街道两旁是美得让人惊叹的楼房。它们的墙壁上绘着缤纷繁复的花纹，房顶屋檐下有一圈用明艳的色彩描绘的大幅图画。墙壁上、房门前，都刻着栩栩如生的动物图像。

人行道上熙熙攘攘，处处欢声笑语，还有不知从哪里传来的音乐声。

三个人没走多远就看到一座跟寻常房子完全不同的奇怪建筑物。房子的每一层都位于一个台阶上，也就是说整个房子如同一个大台阶一般。住在二层的住户踩着的是一楼的屋顶，住在三层的小不点儿踩着的又是二楼的楼顶，以此

类推，其他各层也是如此。楼中没有安装直上直下的电梯，住户都是靠一种扶梯——也就是可以动的楼梯上楼，站在上面可以登到最高的那一层。如果想要下楼，那就更简单了，房子的另一边有一个滑梯，坐在一块小毯子上沿着滑梯就能一口气滑下来了。在扶梯旁边摞了一摞小毯子，每一个上楼的人都得取一块小毯子，以备下楼的时候垫在屁股下面。

百花城来的三个小伙伴站在那里看了半天，才弄明白这座大楼里的住户是怎么坐扶梯上楼回家，又是怎么坐着毯子从家里出来的。

“花脸斯基，你觉得是乘扶梯上楼的感觉好，还是坐毯子滑下来的感觉好呢？”小无知问。

“这得两样都试试，才能说得准到底是哪种感觉好啊。”花脸斯基回答。

“没错！”小无知跃跃欲试，“咱们试试去！”

“不吓人吧？”小按钮表示担心。

“这有什么可怕的！人人都坐。快，拿块小毯子。”

三个人一人拿了一块小毯子。小无知第一个迈到了扶梯的一个台阶上，花脸斯基和小按钮紧随其后。不到一分钟他们就已经到达了顶层，他们跳下扶梯，踩在倒数第二层光滑的房顶上，走向了滑梯。

“喂喂，你让开，先让我来。”小无知对花脸斯基说。

“为什么让你先来？”花脸斯基不干，“是谁先说要滑滑看的？是我想出来的点子，就得让我第一个滑下去。”

花脸斯基一把推开了小无知，迅速地把小毯子放进滑梯的凹槽里，正想赶快坐上去，小毯子却突然滑了下去。花脸斯基连忙去抓毯子的一角，没想到一个重心不稳，头朝下栽了下去。他的手紧紧地抓着毯子，肚皮贴着凹槽，被吓得魂飞魄散。一眨眼工夫，他已经滑到了地面上，整个人飞到了人行道中央，还扬起了一团灰土。

“好家伙！”他爬了起来，“就跟太空飞行一样！”

“怎么样，滑下去的感觉好吗？”小无知站在楼上喊着。

“棒极了！”花脸斯基吐了吐嘴里的土，回答道，“该你了，你试试吧！”

小无知也把自己的小毯子放进了滑梯的凹槽里，小心翼翼地坐上去，迅速滑了下去。滑梯的坡度有急有缓，每一层都因为有可能上人，在那里坡度会变小。但一过上滑梯的那个地方，坡度就变大了，小无知就飞快地冲了下去。由于害怕，他的双手紧紧地抓住滑梯的两边，而原本垫在他屁股下面的那块小毯子就自顾

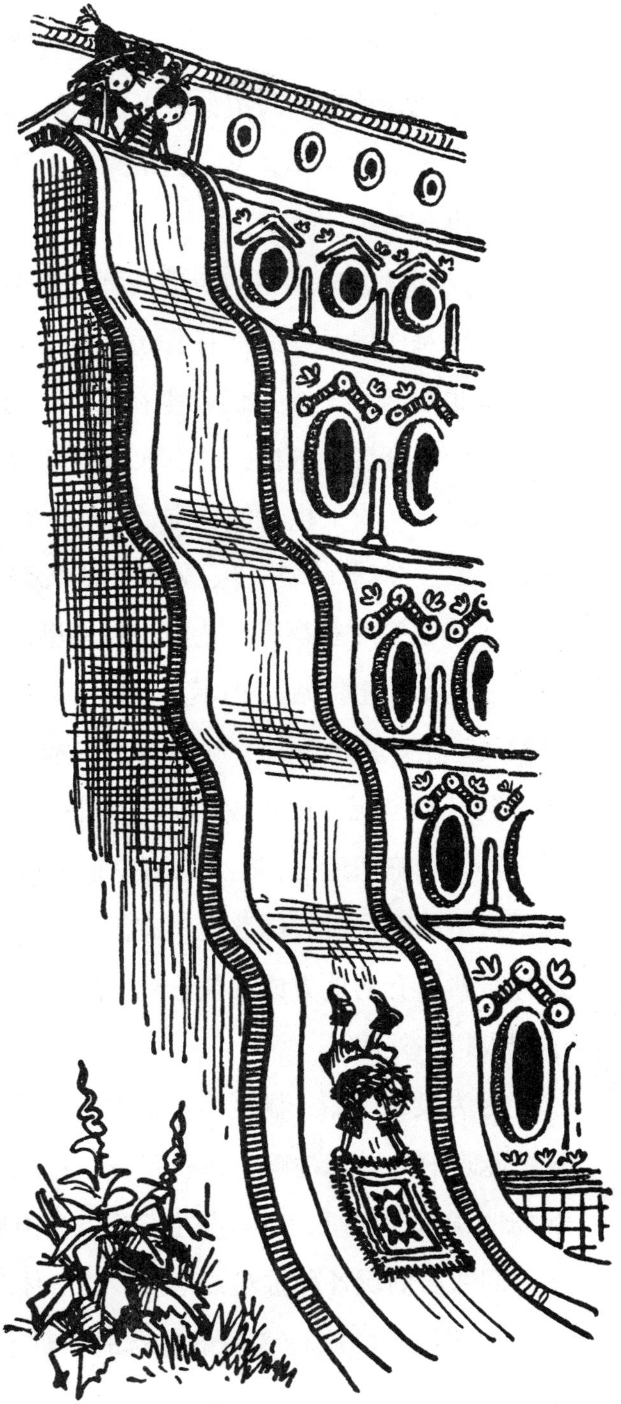

自地滑下去了，于是小无知只得磨着自己的裤子，跟着毯子向下滑去。

小按钮滑得比谁都顺利。她就是规规矩矩地坐在小毯子正中间，往下滑的时候也不死抓着滑梯两边，所以她非常顺畅地就滑到了底部。

三个人意犹未尽，又上去下来地滑了好几次，这才依依不舍地与这栋建筑告别，继续参观这个城市。

必须承认，太阳城的街道在所有的小不点儿城市中是最宽的，而且人行道格外宽。每座房子里面都有餐厅。不光餐厅里面有一排排桌子，餐厅外面的人行道上也有。小不点儿们就坐在桌旁。有的在吃饭、喝茶、品咖啡、啜果汁，有的在读报纸、看画报，还有人玩着纸牌、骨牌之类的游戏。下象棋的人格外多，凡是能摆得下棋盘的地方，都有人在下。在大街上还有小不点儿在玩捉迷藏、追人、弹球、跳房子、猫捉老鼠之类的游戏，不亦乐乎。

每一家餐厅里都有游艺室，在那里，小不点儿们可以玩各种桌游。在许多地方还设有“租赁站”，小不点儿们可以借到自行车、滑板、网球拍、足球和排球，以及玩地滚球用的木柱、乒乓球、击木棒之类的游戏器具。

到处都是玩各种游戏的小不点儿——在街心公园里、专门的游戏场上、院子里等等。确切地说，在太阳城里根本就没有院子，更准确地说，院子是有的，就是这里的院子没有围墙也没有篱笆，大门也从不上锁，因为这里也没有大门这种东西。有的地方或许能看到一些矮篱笆，那也是为了保护植物，并不是为了把人拦在外面。

因为没有围墙、栅栏、篱笆之类的障碍物，所以在院子里修建一些网球场啊，跑道啊，游泳池啊，以及足球、排球、篮球、板球、击木棍和其他运动游戏场地就非常方便。小不点儿们可以自由地从自己家的院子穿到别人家的院子里，同邻居们玩各种游戏，这对锻炼身体和增长肌肉都大有帮助。

百花城来的旅行者们最喜欢的新鲜事物还是那些戏院和电影院，太阳城中几乎每栋房子里都有，尤其是那数量众多的木偶戏院。几乎每走两步就能

看到挂着五颜六色招牌的戏院，上面写着“大木偶剧院”“小木偶剧院”“木偶剧院”“木偶喜剧”“快乐的彼得·鲁什卡”……剧院里的舞台是双面的，两边各有一块幕布。一面对着观众们的看台，另一面对着大街。这样冬天小不点儿们都坐在剧院大厅中看戏，到了夏天，就坐在院子里或直接坐在大街上。只要把布景调个位置，再把椅子从大厅搬到室外就可以了。

小无知瞪着两只眼睛痴痴地看着周围的一切，时不时地撞上其他行人。这让他很恼火。而那些被小无知撞上的行人往往会向他说“对不起”，而小无知不但不客客气气地回答人家“没关系”，反而低声说道：“真讨厌！”

“这可不好，”小按钮对他说，“别人向你道歉，你应该回答人家‘没关系’。”

“凭什么！”小无知嚷嚷，“要是冲谁都说‘没关系’，那等着瞧吧，别人非骑到你头上不可！”

说着他们就走到了一栋带阳台的楼旁边，阳台与阳台之间用绳梯相通。位于不同高度的阳台之间也连着绳梯。这些绳梯上又连接着许多根伸向四面八方的绳子。这样一来，这栋高楼看上去倒有些像正要扬帆起航的大船。这栋楼里住的是一些消防队员，他们平日里就是靠攀爬绳索和消防梯来训练自己的业务能力的。

小无知被这栋怪模怪样的房子吸引了。因为房子特别高，所以他只好把头扬得高高的，结果帽子掉了下来，于是他又弯下腰去捡帽子，这时却发生了意外。就在小无知弯腰捡帽子的当口，一个名叫小书页的小不点儿走了过来。他一边走路还一边看着一本书，书名是《小鹅牙什卡历险奇遇记》。小书页是个小书虫，在任何环境任何条件下他都能读书——家里，路上；早餐时，午餐时；亮的地方，暗的角落；坐着，躺着，站着，甚至是走着。

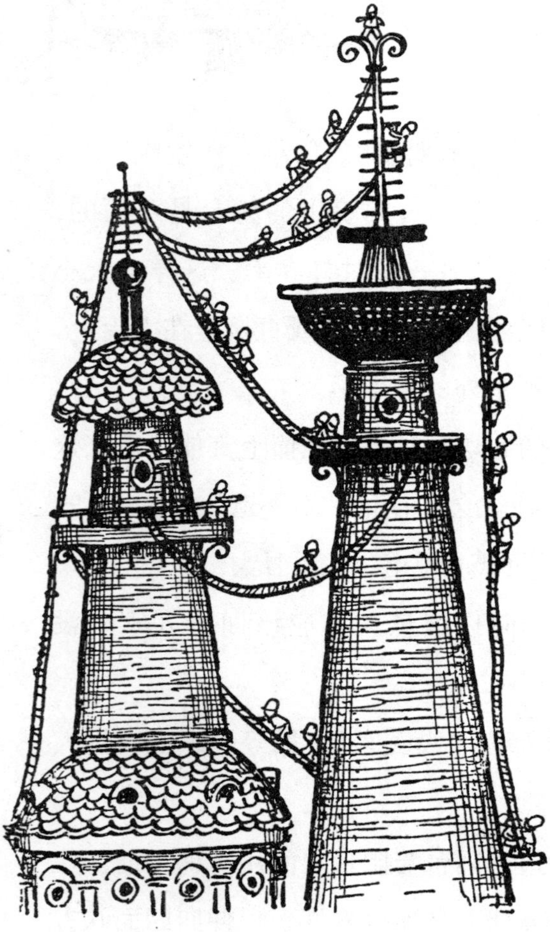

这不，小无知弯腰捡帽子的时候，小书页读书读得正入迷，他直接撞到小无知身上，被小无知绊了一下，压着小无知跌在了地上，脚还重重地踢了小无知的脑袋一下。

“看吧看吧，这不，已经有人骑到我头上来了！”小无知大叫，“你这头驴子！”

“您说谁是驴？”小书页一边爬起来，一边问。

“除了你还能有谁？难道我是吗？”小无知仍然哇哇直叫。

“我不敢苟同您的话，”小书页特别有礼貌地回答小无知的话，“驴——是一种有四条腿、长耳朵的动物……”

“没错，你本人就是一种有四条腿的动物！”

“不，您才是！您才是一种有四条腿的动物！”

“我是一种四条腿的动物？”小无知气疯了，“我这就证明给你看，看到底谁才是四条腿的动物！”

“来啊，您证明啊！”

“等着瞧！”

“您撒谎吧！您怎么可能证明出这一点！”

“你说什么？你说我撒谎？我撒谎？”小无知大叫着，一时气得哑口无言，于是他抓起魔杖一挥，说道，“我要这个……这个小不点儿，让这个小不点儿给我变成驴子！”

“您想要的东西……”小书页刚刚开了个话头。

他本来想说：“您想要的东西还真不少！”可话还没说完，就变成了一头驴。这头驴摇了下尾巴，蹄子“嗒嗒”地踏在人行道上，踱着步子走开了。他刚才掉在地上的那本书孤零零地躺在人行道中间。恰好这时人行道上的行人不多，没人看到这不寻常的一幕。小按钮和花脸斯基也没发觉小无知因为看楼看得出神，落在了后面。当他赶上两个同伴的时候，他们两个正站在一栋大楼前面，大楼门口的牌子上写着——玛尔维萨酒店。

“咱们就在这儿住下吧，”小按钮提议，“旅行者总是住旅馆的。”于是，三个小伙伴一起朝旅馆的门口走去。

第十一章　一天结束

话说百花城的三个旅行者就这样来到旅馆的门口。旅馆大门突然打开了，就像有人在里面为他们开了门，这吓得三个人急急忙忙地躲到了一边。

但等了一会儿，并没有人从门后出来，他们便走了进去。刚一进去，门就在他们身后合上了。他们三人胆怯地打量着周围的一切：右边是一个宽大的楼梯，左边摆着一张桌子和几把椅子。正对着他们的墙上有一扇黑色的门，门上的一块白色电视屏幕突然亮了起来，上面出现了一个女孩儿的影像。女孩儿的脸圆圆的，脸颊有玫瑰色的红晕，一头漂亮的金色头发，头上还绑着两个大大的黑色蝴蝶结。她戴着耳机，桌子上摆着一台扩音器。女孩儿非常有礼貌地朝他们微笑着，口中说道："麻烦你们再走近一些。"

小无知和他的两个伙伴怯生生地向前凑了凑。

"请问几位是打算入住我们酒店吗？"女孩儿问完，并不等这几个手足无措的客人回答，又接着说道，"五楼还有空房，请你们穿过这道门，乘电梯上去。"

女孩儿又笑了一下，接着就从荧幕上消失了。荧幕所在的那道门打开了。小无知、小按钮和花脸斯基陆续穿过那道门，就进了电梯间。黑色大门立刻又合上了，电梯开始向上升。到了第五层，电梯停了下来，门重新打开，三人迈步走进了走廊。这时候，他们面前的墙壁上又出现了一块荧幕，刚才那个女孩儿的笑脸再一次出现。

"我为你们安排了第 96 号房间，走廊走到头，右手边。"女孩儿说，"但先麻烦各位在你们面前的登记簿上写下自己的名字。"

小无知打开躺在面前桌子上的那个本子，扫了一眼最后一页的那些名字，然后郑重地在上面写下——"自驾游旅行者不知道·不知道维奇·小无知"。花脸斯基看到小无知郑重其事的签名，差点儿"扑哧"一下笑出声来。他也煞有介事地想了一会儿，挠了挠鼻尖，才拿起桌上的笔，认认真真地在登记簿上写下——“外国人邋遢鬼·花脸里尼”。只有小按钮，没玩任何花样，只是简简单单地在本子上写下了自己简短的名字。

登记完，三个人沿着走廊向前走。他们路过许许多多房门，终于看见一扇门上面写着“第 96 号”。小按钮说：“第 96 号房间。这是我们的房间。”

小无知打开房门，三个人发现自己置身于一个宽敞的前厅之中。面前墙壁上的荧幕又亮了起来，那个满脸笑容的女孩儿又出现在上面。

“各位到家了，”她说道，“想不想休息一下？各位的左侧是卧室。别客气，快去休息一下吧。帽子可以挂在这儿，前厅有一个衣架，或者把衣服放进你们面前的柜子里面。那是改良版的自动吸尘柜。它可以清洁衣物，自动除尘。各位的右手边是浴室。各位在休息之前要不要先淋个浴、泡个澡，或者是洗洗脸？”她边说着，边带着微笑望着花脸斯基。

“我们会考虑您的提议的。”花脸斯基回答。

“好的，好的，请考虑一下，还有其他问题吗？”

“我有问题，”花脸斯基说，“您是谁？您在哪儿？叫什么名字呢？”

“我是本家酒店的值班经理，我现在在经理室中，我的名字叫莉莉娅。”

“我叫花脸斯基，就……哦！我是说，我叫邋遢鬼·花脸里尼！”

“我还有一个问题，”小无知发话了，“这个自动吸尘柜的开关在哪儿？怎么启动它？”

“自动吸尘柜不用启动。您就把自己的衣物放进去，然后关上门，它的机械设备就会自动开始运转。还有什么问题吗？”

“暂时没有了。”小无知回答。

莉莉娅冲小无知和小按钮点了下头，然后将目光投向了花脸斯基，意味深长地笑了一下，然后消失在荧幕之上。

“真奇怪，她为什么总是笑？”花脸斯基问，“为什么一看着我就笑呢？”

“这有什么费解的，”小按钮回答，“看到你这样‘干净’，她能忍住不笑吗？”

小无知却被自动吸尘柜深深地吸引了。他打开柜门，伸头打量着，柜子内壁上密密麻麻地布满了小孔，犹如蜂巢一般。小无知把魔杖放进了柜子，又把自己的帽子挂了进去，然后关上柜子的门，凝神听着。柜子中开始传出细小的嗡嗡声，就像真的蜂箱一样。小无知打开柜子——嗡嗡声就停下了；他又合上柜子——那声音再次响起。

“来，花脸斯基，咱们来做个试验。”小无知说，“我钻进柜子里，你在外面帮我合上柜门。我就是想弄明白，它里面的工作原理到底是什么。”

小无知真的打开柜子钻了进去，花脸斯基“砰”的一声把门关上了。小无知身处一片黑暗之中，渐渐地听到了嗡嗡声，感受到突然有风向他吹来。风变得越来越大，一分钟不到他被风吹得连站都站不住了。他被风吹到另一面柜壁上，紧紧地贴在上面。突然，吹向他的风变换了方向，又从另一面吹了过来。小无知又被吹到了柜子的另一侧。然后风又从脚下吹来，他的裤子和衬衣都被吹得鼓起来，像是被空气灌满了一样，头发被吹得竖在头顶。小无知觉得自己就要飞起来了，就如同乘坐了热气球一样。小无知坚持不下去了，他艰难地坐了下来，并迅速从柜子里把门打开了。

“喂，如何？试验成功了吗？”花脸斯基看到小无知手脚并用地从柜子里爬出来，打趣地问他。

“十分成功，”小无知回答，“非常有趣的体验！你也可以进去试一试！”

“在里面是什么感觉？不可怕吗？”花脸斯基心里有些怕。

“有什么可怕的！就是吸一吸你身上的灰尘罢了！”

“那是种什么感觉？”

“嗯，让我想一想，就像是在乘坐热气球一样。太有意思啦！快进去快进去吧，真的没什么，别怕！”

不容花脸斯基再多说，小无知一把把他推进了吸尘柜里，利索地关上了门。然后微笑着听着柜子里发出的嗡嗡声、闷闷的碰撞声。终于，柜子门被撞开了，花脸斯基滚了出来。

“太有趣了！”他一边爬起来一边说道，“嘿，小按钮，轮到你了。”

“想得美！”小按钮回答，“我才不干这种蠢事！”

“别，别这么说！这不是什么蠢事！这是一件非常严肃的事情。”

可是小按钮不想再继

续这个话题，她说："别浪费时间了。咱们还是看看房间如何吧！"

她打开房门，带领同伴走进了一间宽敞的卧室，黄色的镶木地板干净得发亮。房间的中央摆放着一张圆桌。房间的一侧是餐台，旁边是铺着绿色布罩的大沙发，还有两把柔软的扶手椅和几把其他的椅子。窗户旁边有一张不大的桌子，上面摆着象棋、跳棋和骰子棋。房间的角落里摆着一台收音机，另一角摆着一台电视机。

这个房间的左边隔壁是一个有两张床的双人间，右边隔壁是个单人间。

"这间房我住了，"小按钮说，"你们两个去住双人间吧。"

"中间的这个房间应该是公共房间，"花脸斯基说，"我们可以在这儿听广播，看电视，谈天说地。现在，我建议咱们先聊一聊吃饭的问题……"

"吃饭的问题不用担心，"小按钮说，"有魔杖的人从来都不用担心午餐和晚餐没的吃。我觉得你应该先去洗个澡再说。"

"为什么还要我洗澡？我刚才不是已经被吸尘柜除尘了吗？"花脸斯基大声反对。

"就算你刚才被吸了一下，也不代表你现在干净了。这么脏兮兮的，绝不允许你上桌吃饭！要么去洗澡，要么别吃饭！"

花脸斯基不得不屈服。他走进浴室，决定只把脸洗一洗，然后告诉小按钮说自己全身都洗了。可一走到盥洗盆旁边，他就立刻被那特殊的构造吸引住了。上方安装着一块塑料板，就像控制板一样。控制板的中央是一面圆镜，圆镜下方有一排画着图画的按钮，按钮下面又有几个 Y 形的把手。控制板的上半部分，镜子的上面竖着一个喇叭状的东西，喇叭和镜子中间的面板上钉着一个毛茸茸的滚轴。在更高的几乎顶着天花板的地方，一个弯管伸下来，管子的末端连接着一个如同园丁浇花用的花洒一样的东西。镜子两侧各有几个活动的小抽屉。花脸斯基看到一个抽屉上面画着肥皂，于是就把它拉开来，只见里面果真躺着一块肥皂。又看见另一个小抽屉上画着牙刷，打开里面果真有一支牙刷。然后他又从画着牙膏的小抽屉里找出一管牙膏。

“这倒也没什么稀奇的，不就是外面画着什么，里面就放着什么嘛！”花脸斯基一脸的不以为然，开始研究镜子下面的那一排按钮。

有一个按钮下面画着一个喇叭状的管子。花脸斯基按了一下这个按钮，只见翘在控制板上的那个喇叭稍稍转低了一些，一阵暖风从里面吹出来。

“啊哈！”花脸斯基恍然大悟，“毫无疑问，这个管子是可以吹干湿发的吹风机。”

然后他又按下了第二个按钮，这个按钮下面画着一把刷子，就跟刷碗用的一样。只见那个毛茸茸的滚轴立刻伸到他的头上，就在他头上转起来，帮他梳着头发。花脸斯基被吓了一跳，本能地就蹲下身去，但后来他发现刷子除了不停地转，也不能把他怎么样，于是胆子大起来，主动把头伸到它的下面，“没什么大不了的！就是一个帮人整理头发的自动梳子而已。”

梳完头发，他又按了一下画着古龙水瓶子的按钮，从镜子旁的一个洞里面立刻喷出了一股古龙水，直直地喷到他的脸上。花脸斯基都没来得及眯起眼睛，就袭来一阵刺痛。他连忙用拳头猛揉眼睛，又把眼泪抹得满脸都是，自言自语地嘟囔着：“没什么好奇怪的！那里画着古龙水瓶子，当然喷出来的会是古龙水。要是画着古龙水瓶子,喷到你眼里的却是墨水，那才奇了怪呢！”

摆弄完按钮，他又开始研究水龙头下面的那些小把手。把手下面的小图标让人十分费解。有一个把手下面画着一个红色的光着身子

的小不点儿，另一个下面画着同样的一个小不点儿，只不过是蓝色的。第三个下面画着一只红色的手。第四个下面画着一只蓝色的手。花脸斯基弄不懂这些图标的含义，随手扳了一下离他最近的第一个把手，立刻有水瓢泼般浇到他的身上。

他以为又是古龙水在喷，赶忙闭上眼睛。过一会儿才明白过来，这回不是古龙水了，他睁开了眼睛，才发现是头顶上的花洒在往他身上浇水哩！他其实很吃惊，但又立刻控制住自己："淡定！用不着大惊小怪。我不过是一不留神站在了淋浴的花洒下面罢了。"

穿着衣服被浇了一身冷水，这滋味可不好受。花脸斯基急急忙忙想去把阀门关上，让水停下。但他忘记了刚才自己扳的究竟是哪一个开关，于是他气急败坏地拧这个一下，拧那个一下。凉水并没有停下，热水却也被他打开了。于是浇在他头上的"倾盆大雨"变得越来越热。等他费尽力气好不容易让水停下的时候，他已经被淋成了落汤鸡，从头到脚没有一处是干的了。

"怎么样？洗澡了吗？"小按钮见花脸斯基从浴室出来，连忙问他。

"洗过了。"花脸斯基随口答道，他不愿多说，想要就此蒙混过关。

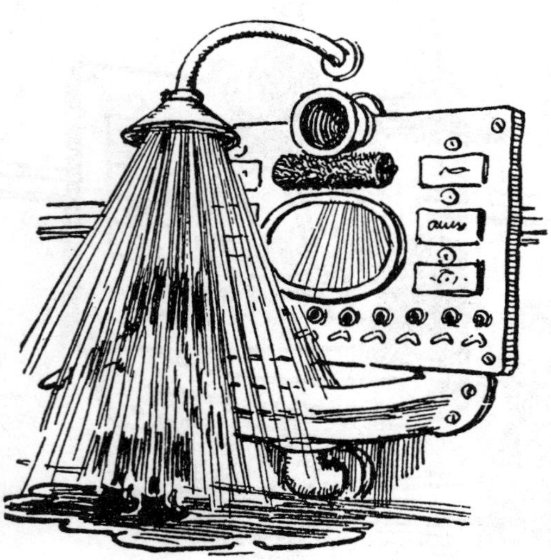

小按钮这才发现他整个人浑身上下都在滴水。

"喂！你怎么搞的！难道你是穿着衣服洗的澡吗？"她叫起来。

"你们想让我怎么洗？浴室里的机器真是狡猾，不管你乐意不乐意，不由分说地就浇上来了。"

"什么机器？"小无知几乎两眼放光。

"你自己进去看看就知道了。"花脸斯基回答他。

于是小无知推门进了浴室，一分钟不到，也是从头到脚都湿漉漉地走了出来。这还不算，他的头顶上还冒着白花花的蒸汽，大概是因为他一上来就开了热水阀。

“跟你们两个在一起还真倒霉！”小按钮叫。

她第三个进了浴室，想要弄明白那些把手的功能，小无知和花脸斯基就站在她的身后。

“你也需要猜测，也要亲自试一试。”小无知说，“为什么那儿画着一个光身子的小不点儿，而那个按钮下面却画着一只手呢？”

“显然，”小按钮说，“如果你扳下这个画着手的把手，盥洗盆的龙头中就会流出水来，要是扳那个画了一个小不点儿的把手，就表示淋浴模式开启，莲蓬头里会喷出水浇遍全身。”

“没错！”花脸斯基立刻就明白了，“这些都是显而易见的。那为什么这个小不点儿是红色的，而那一个是蓝色的？”

“这个我知道，”小无知说，“打开红色小不点儿标注的那个龙头，浇下来的热水能把人烫得通红；如果拧的是画着蓝色小不点儿的龙头，流出来的就是凉水，会把人冻得发蓝。就是这么一回事儿。”

“好吧，既然你们都弄明白了，那就把浴缸里放满水泡泡澡吧。”小按钮说。

等小无知和花脸斯基都梳洗妥当，浴室就归小按钮一个人用了。然后，三个人都来到桌子旁边坐了下来。小无知拿着魔杖挥舞一下，念道：“小桌子，上菜吧！”

桌子上立刻就出现了全自动的桌布。它自己展开，铺好……然后桌子上出现了各种好吃的，应有尽有！爱吃什么就能吃什么，想吃多少就能吃多少——吃掉的美食还会被自动补足。小无知和花脸斯基的衣服被小按钮洗了，现在正挂着晾干，因此，两个人只能裹着毯子坐在那儿。花脸斯基主攻甜食，一边拼命吃还一边暗暗可惜不能偷偷地把糖果都塞进自己的衣服口袋里。不过他还是想出了好点子，把一大堆糖果都藏到了自己床上的枕头下面。

大家终于吃饱了，纷纷站起来离开桌子。全自动桌布自己卷了起来，连同那些五花八门的好吃的一起消失了。这样一来，吃完饭既不用收拾碗筷，也不必抹桌子了。小按钮一瞧窗外，发现天已经全黑了，于是提醒大家该睡觉了。说完，自己率先走进了自己的房间。小无知和花脸斯基也回他们的房间了。他们关上灯，各自爬上床。花脸斯基躺在床上，嘴里仍在不停地嚼着糖果，剥开糖果以后，就干脆把糖纸扔到地板上。最后，他睡着了，嘴里还含着没吃完的糖。小无知则久久都无法入睡，自早晨开始，旅途中发生的事一直在他的脑海中回放。他有一种感觉，他们并不是今天才离开的百花城，也不是昨天，而似乎是好久好久以前……或许是一个月以前。这也不奇怪，因为小不点儿身材矮小，对于他们来说时间总是过得特别慢，比大人们的世界要慢得多。

第十二章　小无知与良心交谈

小无知的双眼渐渐适应了房间里的黑暗。房间里的陈设全部成了模模糊糊的轮廓，可以看出有一幅镶在黑色大画框中的图画，正好挂在小无知床的对面。床头处摆放了一个小柜子,一开始小无知以为那就是一个普通的床头柜，但现在他发现这个床头柜可不一般——这个小柜子没有柜门，只有一块平整的板子，上面密密麻麻地排布着许多白色小按钮。每个按钮旁边都标注着一个童话故事的名字，其中有《小红帽》《拇指仙童》《金鸡的故事》《猫先生》这些故事。此外，这个柜子上面还竖着一面镜子。

“这到底是个什么东西呢？”小无知自言自语，“按那些按钮，会不会从柜子里跳出这些童话书来？临睡前读一读童话也不错。”

小无知想了想，顺手按了手边的一个按钮。什么书也没从柜子里跳出来，却响起了一阵轻柔美丽的音乐，然后一个动听、温柔的声音开始用不急不缓的语调讲起故事来：

“从前有一对小姐弟，姐姐叫阿廖努什卡，弟弟叫伊万努什卡。有一天姐弟俩出发去旅行……”

“啊！”小无知恍然大悟，“原来这就是一个讲故事的机器啊。还不错，比自己读要强。还没睡着的时候躺在床上听听故事吧！”

可这会儿，柜子上的那面镜子亮起来，镜子里面出现了一片绿草地。草地上蜿蜒着一条小路，姐姐阿廖努什卡和弟弟伊万努什卡手牵着手走在小路上。

为了让自己更舒服一些，小无知变换了一个姿势，侧躺着看着屏幕。那个声音继续响着：

“弟弟伊万努什卡和姐姐阿廖努什卡走啊走啊，突然看见了一个池塘，池塘旁一群牛在吃草。

"'我想喝水。'伊万努什卡说。

"'弟弟，先忍一忍，要不你会变成小牛的。'阿廖努什卡劝弟弟……"

小无知听啊，听啊，一直听到故事的结尾。他挺喜欢这个故事的，就是觉得伊万努什卡好可怜，变成了一只小羊羔。这让他想起了今天在路上遇到的那个小不点儿，想起自己把人家变成了一头驴。原本小无知已经把这个小不点儿忘得一干二净了，但这下又想起了他。小无知想了又想，整个脑子里都是他，都是这件事情发生的经过——想起变成了驴的小不点儿是怎么踏着蹄子沿着人行道走开的，那长着一对长耳朵的脑袋转了过来，用善良悲伤的眼睛望着小无知，其中似有无声的责备。

故事讲完了，而小无知却久久不能入睡，他躺在黑暗之中，翻来覆去，不住地叹气。他自己跟自己谈着天，就如同跟一个住在自己身体里的声音在聊天。

"要怪也只能怪他自己，"小无知为自己开脱，"是他先撞的我！我该怎么办？难道一言不发？"

"是多大的一件事情啊！要不你也撞他一下！"那个声音说道，"人家撞到了你，你就也撞人家一下啊！"

"我也撞他！"小无知嘟囔，"照你这么说，我是应该跟他打一架了？打架是不对的！"

"看，你自己也知道'打架不对'！"那个声音中充满了嘲讽，"难道你把那个小不点儿变成一头驴，这件事就做得对吗？"

"谁让他乱撞？"小无知固执地说。

"你算是咬住不放了——左一个'乱撞'，右一个'乱撞'！你又不是不知道，他不是故意的。"

"我什么也不知道！"

"你当然知道，你知道！喂，小老弟，你瞒不住我！"

"你是谁？我怎么就不能瞒你了？"小无知警惕起来。

“我是谁？”那个声音笑了起来，反问道，“你真的不知道？我是你的良心。”

“啊！”小无知大叫，“你是良心？那么你就好好地待着，什么都不要说！没人看见我做了什么，也就没人会说什么。”

“扪心自问，你害怕别人指责你那不光彩的行为吗？你一点儿都不害怕我是吗？我不会放过你！我要开始折磨你，让你闷闷不乐、郁郁寡欢。我要让你意识到，当别人知道你的行为后对你进行惩罚，你反而会觉得轻松一些。现在你快起来，把你做的好事儿讲给花脸斯基听！”

“你听我说，”小无知说，“你早干吗去了？你为什么不早对我说这些？为什么别的小不点儿的良心就是好好的良心，而我的良心却是一条阴险的蛇！躲在角落里冷眼旁观，什么也不说……然后等到我做了什么错事，便爬出来开始拼命折磨我。”

“我不是你说的那样，我没有什么不对。”良心开始为自己辩解，“你的悲哀在于我——你的良心还不够强大，可以说是十分虚弱。我的声音是那么微弱。除此之外，周围那么喧哗，尤其是白天——到处都是小汽车、公共汽车、人们的交谈声，还有音乐声。因此我喜欢在夜深人静之时同你对话，这时候周围都静悄悄的，我的声音不会被别的声音冲淡。”

“啊！我知道你怕什么了！”小无知高兴起来，“现在就让别的声音把你压下去！”

他又按了一下床头柜上的按钮，机器开始讲述一个关于约尔什·约尔绍维奇的故事。良心消停了一会儿，但马上，小无知又听到他说：“你现在是躺在一张柔软的床上，盖着同样柔软的被子，你感到温暖舒适。可是你想过没有，被你变成驴的那个小不点儿现在正遭受着什么？也许他正躺在驴棚的地板上。驴可不是躺在床上睡觉的。也许他正胡乱滚在荒郊野岭之上……他又没有主人，谁又会照看他呢？”

小无知长吁短叹着，不安地翻来覆去睡不着。

“或许，他正饥肠辘辘，”良心不打算放过他，“他也不能去向人乞求食物，因为他不会说小不点儿的语言！要是你一个字儿都说不出来，你又该如何向别人开口说出自己的请求？”

“现在这是放的什么烂故事啊！”小无知简直要骂人，“为什么盖不过这个声音！”

他又去按其他的按钮，打算听听别的故事，又在床头柜的侧面找到了一排音乐键，按下去，不同的进行曲、波尔卡舞曲和圆舞曲响了起来。但他的良心却一刻都没有闭嘴，那声音反而越来越大。小无知又看到一个旁边标注了“早操”的按钮，他按了下去。于是在大半夜里一阵激昂的节奏响起来：“预备起！打开窗户，换换空气！早操开始，踏起步来！深深呼吸！一、二、三、四！”

小无知光着脚丫在房间里踏着步，渐渐地开始跳起来——分腿跳，并腿跳，分腿跳，并腿跳……然后又弯腰又下蹲。一时间，房间里充满了音乐声。

小无知努力认真地做着早操，但他的良心并没有安静下来，他继续在小无知的耳边聒噪着：“叫醒花脸斯基！叫醒他！叫醒他！叫醒他！……”

终于，小无知再也受不了了，他径直走到花脸斯基旁边，伸手去摇他的肩膀：“花脸斯基，醒醒！我有话要说。”

花脸斯基毫无反应，仍睡得如同一头小猪，恐怕天塌下来都不会醒。小无知想起来，花脸斯基最怕的东西就是凉水。于是他灵机一动，去浴室接了一杯凉水，对着花脸斯基的脸蛋就泼了过去。花脸斯基一下子被惊醒，一个激灵就从床上跳了起来。

“我又做错了什么，你要这么惩罚我！”花脸斯基欲哭无泪，擦着眼睛上的水，“我今天明明洗了脸！”

“喂，花脸斯基，我要跟你说一件事，但你得答应我，千万别把这件事告诉小按钮。”

“我为啥要告诉她？”

“你得先向我保证。”

“好吧好吧，我保证！快说吧！我还想睡觉！”

“花脸斯基，你知道吗，我今天把一个小不点儿变成了驴。”

“那又如何呀，”花脸斯基快哭了，“你就为了这点儿事半夜叫醒我？变成驴就变成驴了呗！”

“可是，也许他根本就不想当驴！”

“管他想不想！行了，别想他了！”

“不行，这件事太糟糕了！花脸斯基，你骂我一顿吧。”

“为什么要骂你？”

“唉，我正在遭受良心的折磨！你骂我一顿，或许我会觉得轻松一些。”

“骂你什么呢？”

“你自己想。”

“我不知道，我也想不出……我完全不知道该怎么骂人！”

“你就骂我是一个不理智的蠢蛋。”

“你这个不理智的蠢蛋。”花脸斯基跟着他重复。

“你骂——你这个没大脑的野蛮人。”

“你这个没大脑的野蛮人！”

“丑八怪！”

“丑八怪！”

“嗯，还得再骂一句……”

“你这头蠢驴！”

“这就对啦！”

“怎么样，心里好受一些了吗？”

“没有，一点儿都没有变轻松。看来你一点儿都不擅长骂人。要不这样吧……你狠狠地打我一拳吧！”

“往哪儿打？背上还是脖子上？”

“就打后背吧……就是这儿，好！再冲脖子打一拳……对对，就是这样！来，再来一拳……哎哟！别担心！打就行！……哎哟！……好了好了，够了！够了！你还打起来没完啦！我让你打，你可逮到机会啦！能打别人，你是不是可高兴了！”

“是你自己让我打你的！”

“是我让你打的没错！但凡事总有个度吧。”

小无知没好气地讲完，又重新钻进了被窝之中。

“你等着瞧，早晚我得找你算账！”他恨恨地说，手揉了揉被揍痛了的后脑勺，“今天就算了。”

“你就是头忘恩负义的猪！”花脸斯基气呼呼地说。

“瞧你！”小无知说，“刚才还说——‘我完全不知道该怎么骂人’，可现在却叫别人是猪。”

然后，两人就都没了动静，原来是都睡着了。

第十三章　小书页和小字母

那个在前面已经提到过的小书页，是一个很好的小不点儿。他住在太阳城的冰糖街。还有一个叫小字母的小女生，也住在这条街上，不过是在另一栋房子里。小书页和小字母都因酷爱读书而闻名。他们爱读书已经达到如痴如醉的地步——为了读书，他们可以不去看戏也不去看电影，不听广播也不看电视，就是安安静静地坐在那里读书。他们先把家里所有的藏书都读完了，然后开始从朋友那儿借书看，去书店里买书看。最后，他们又爱上了去图书馆借书，因为在图书馆总是能找到有意思的新鲜书。

其实，很久之前，小书页和小字母彼此之间还不认识。后来两人都办了图书馆的借书证，常去图书馆借书，也就在图书馆认识了。而在从图书馆步行回家的路上，两人津津有味地交换了对已经读过的书的看法。很快，两个人就成了好朋友。小字母是一个非常聪慧的小女生，她想出了一个好主意——两个人总是同时去图书馆，其实挺浪费时间的，去图书馆，相应地就占掉了一部分阅读的时间。不如两个人说好，轮流去图书馆，一下子把两个人要读的书都借回来，这样就大大地节省了一个人的时间。而且，两个人轮流去，谁都不会感到吃亏。

于是，两人之间达成了默契——一个人去图书馆的时候，另一个人就坐在家里读书。

日复一日。小书页和小字母常常见面，很快，两人都感到如果有一天两人不能见面不能聊天，那么那一天真的是太难熬了！有一次小字母对小书页说，她现在感到特别幸福，因为她有了一个可以一起聊书聊阅读的朋友。

小书页也对小字母说，他也觉得幸福极了，但他还是忍不住老为一件事而感到苦恼，那就是现在并非所有的小不点儿都同他们两个一样热爱读书，有的小不点儿甚至从来不看书上的文字，只愿意翻一翻书浏览上面的图画，更有甚者，天天就知道在大马路上踢足球，玩捉人游戏。

“我为那些小不点儿感到遗憾，”小书页说道，“他们自己恐怕都没有意识到，他们的生命错失了怎样的一种享受。要是他们也能爱上读书，那么他们一定会发现读书是多么有趣的一件事！”

小字母想了想，然后说道：“要不，小书页，咱们两个创办一家书剧院如何？”

“什么是书剧院？”小书页没听懂。

“书剧院就是可以在里面读书的剧院。在这个剧院里面没有演员，没有布景，也没有舞台，只有观众。他们坐在一起，听故事，听有意思的书上所写的故事。”

“你见过这样的剧院吗？”

“我从来没见过，是我自己想出来的。咱们两个挑选最有趣的小说、童话故事，然后轮流给大家朗读。”

小书页特别喜欢小字母的这个想法，他们两个立刻着手做起来。他们开始搜集适合朗读给大家听的故事，他们选择的标准十分严格——第一个故事要感人的，第二个故事要悲伤的，第三个必须是快乐的，第四个是恐怖的，第五个……第五个必须跟前四个的类型完全不一样。他们尽量让每个人的口味都能得到满足。

他们还为自己的剧院找到了完美的地点，就是小书页家附近的一个好地方——说那是院子但也不像院子，说是一个花园但也不是花园。确切地说，那是一个街心小公园。那里四周都种着木榍，小公园的中心有一张棋桌，爱好者们可以在那里下象棋或跳棋。四周还摆放了一些长凳，供小不点儿们在此休息，呼吸呼吸新鲜的空气。这个小公园位于两座楼房之间，每个路过此地的小不点儿都能看到这里的棋桌、木榍和长凳。

“咱们就在这里开办书剧院吧！”小书页和小字母异口同声地说。

说干就干，他们把棋桌拖到路边上，为听众们摆好长凳，又从家里拿来两把小椅子给自己坐。然后小书页跑去拿来了一本故事书，小字母则找来了一只小小的铜铃。

傍晚时分，太阳城中的大小剧院都敲响了最后一遍铃，提醒观众演出就要开始了，赶快走进剧院大厅。小字母也晃动起手中的铜铃，小书页则大声喊着：“过来看看吧！这里有一家全新的剧院开张！大家请入座！我们的演出将非常精彩！”

路过的小不点儿听到他的话，纷纷走进小公园，坐在长凳上，开始等待好戏开场。小书页看到长凳渐渐地都被坐满，于是大声对大家说道：“现在有请小字母为大家演出，她将为大家朗读一个故事。”

小字母开始读第一个故事。她读得非常好，声情并茂。所有人都听得津津有味，但有一个坐在前排的小不点儿，轻蔑地皱起鼻子，失望地伸了一个懒腰，阴阳怪气地说道：“原来就是读书啊，这算是哪门子的剧院！”

“什么鬼东西！一点儿意思都没有！”另一个小不点儿也开始起哄。

两个人说完都站起来离开了，然后也有其他小不点儿开始陆陆续续地离开了。隔壁剧院里的开场铃响了起来，又有许多小不点儿跳起来，急急忙忙地奔去了那里。到最后，书剧院的观众几乎都走光了，只有一个人留了下来，因为他不知为何已经睡着了。小书页和小字母叫醒了他，继续读故事给他听，可他听得不太专心，像坐不住似的动来动去，还时不时张开大嘴打个哈欠，磕头似的打着盹儿。终于，他也站起来离开了这个街心小公园。

就这样，开办书剧院的初次尝试失败了。第二天也是同样的情况——起初

来了不少观众，但小书页一开始读书，又都走了。小字母沮丧极了，几乎要哭出来，可是小书页这样对她说：“不管有没有观众，咱们的剧院都要开办下去。要是谁都不听咱们读书，那咱们就互相读给对方听。”

他把小字母按到观众席坐下，继续读起故事来。陆续有过往行人开始驻足，但他们听一小会儿也就继续赶路了。直到小书页开始读一个特别好笑的故事，情况才发生了改变——有一个小男生和一个小女生走进了剧场，他们停下来先听了一分钟左右的故事，结果被深深地吸引了，于是索性坐在了长凳上。他们非常喜欢小书页讲的这个故事，哈哈大笑起来。其他路过的行人听见他们的笑声，都好奇起来。

“喂，这里正在讲好笑的故事呢！”他们相互打听着，纷纷走进了街心公园。

很快，小公园里的长凳已经座无虚席了，小不点儿们听故事听得聚精会神，不放过小书页讲的任何一个词，被逗得前仰后合。

一个故事读完了，小书页就开始读另一个，然后又接着读另外一个……没有一个观众中途离场，因为所有人都感受到了愉悦，体会到了乐趣。当天所有的故事都讲完的时候，所有人都真诚地向小书页和小字母表示感谢，因为他们让自己度过了这样一个愉快的夜晚。有一个年纪小小的小不点儿走过来问他们："这样的读书会明天还会有吗？"得到肯定的答复之后，这位小朋友立刻兴高采烈地表示他明天还要来听。大伙儿渐渐地散去了，这位热心的小朋友也走了。但没过一会儿他又回来了，他特别关心地问小书页和小字母："明天将要读的故事会和今天的一样吗？还是会有新的故事？"小书页回答他说明天的故事将会是新的。这个小家伙高兴极了，又兴奋地说了一遍"我明天还会来"之后，才放心地离开。

从那时起，小书页和小字母每天都会在街心公园为大家伙儿读书。起初他们读的都是短篇小说和童话故事，后来他们开始尝试读一些篇幅不是太长但很有趣的中篇小说，一晚上可以读完一篇。后来他们开始读长篇小说给大家听，一篇小说可以读好几个晚上。一天天过去了，来听他们读故事的小不点儿变得越来越多，最后他们不得不又加摆了二十条长凳，才能让来的观众都坐下。他们还给自己搭了一个小台子，就像是剧院舞台一样。冬天来临的时候，他们在

街心公园后面又专门开辟了一个温暖的冬日书剧院。

太阳城的居民们渐渐地爱上了书剧院。很多居民竟由此养成了读书的好习惯。他们往后回想起自己与书的第一次"邂逅"，就是发生在这个书剧院里，便对小书页和小字母都格外感激。小书页和小字母也不辜负众多小不点儿的厚爱，十分认真地对待这项事业。他们还同过去一样，轮流去图书馆，挑选出最有意思的那些书。小书页说，他从来没像现在这样感到如此幸福和满足。

"每当我读到一本特别有趣的书的时候，我总是感到非常快乐，非常幸福。我想与别人一起分享这份快乐。"小书页说起书来脸上闪着幸福的光，"我想要把这样的书读给其他的小不点儿听，让他们也能像我一样从中得到莫大的乐趣和满足，但我不可能走到大街上给每个我遇到的人都读一读！现在我们有了书剧院，我就能给想听故事的小不点儿读书了。在这里我真的找到了无穷的乐趣！"

日子一天一天地过着，一切都挺顺利的，直到发生了那件可怕的事情。那天小书页照旧去图书馆借书，临去前他告诉小字母，自己回去的时候会去找她，然后两人一起去书剧院。于是小字母就在家里等啊等啊，不知为何小书页始终都没有出现。一开始小字母想，小书页一定是在图书馆耽搁了，并不怎么感到担心，但随着时间的流逝，她开始担心起来，便走出家门想去街上迎迎小书页。

她一路走到图书馆，图书管理员告诉她，小书页的确前不久来过，借了一本叫《小鹅牙什卡历险奇遇记》的书之后就离开了。小字母又想，一定是小书页忘记之前说要去找她的事了。她直接去了他家，可还是没找到他。小字母安慰自己，一定是小书页在半路上碰见了某个熟人，于是跟人家回家了。于是她又回到自己家，焦急地等着小书页，不停地看看窗外，但小书页终究还是没有出现。

天色渐渐暗下来，夜幕降临了，小字母要出发去书剧院读书了。她还抱着最后一丝希望，也许到了书剧院，小书页已经在那儿了。但当她走进街心小公园时，并没有看见小书页的身影。而公园的长凳却已经座无虚席了，听众们都在焦急地等着她开始读书。小字母知道不能让大家久等，她打开书，想要开始这一天的演出，她张开嘴，却因为焦急担心而说不出一个字。每个夜晚，小书页总是跟她一起坐在这张桌子旁边，一起度过美好的读书之夜。可是今天，他突然不见了。小字母心中明白，小书页一定是发生了什么意外。她难过极了，无助地垂下了脑袋，眼泪夺眶而出。

其他小不点儿看见她哭了，都觉得莫名其妙。大家围住她，关切地询问她到底出了什么事。小字母抽抽噎噎地回答说，小书页不见了。于是大家又你一句我一句地安慰她，说一会儿小书页就会出现。但小字母并没有感到好受一点。她说小书页是一个特别漫不经心的人，他喜欢边走路边读书。他经常从图书馆出来就拿着书如痴如醉地看，也许会撞在电线杆上，撞破自己的脑门。或许走到十字路口，鲁莽地闯红灯过马路，被飞驰而过的小汽车或者是筒形飞车撞到。

小不点儿们被小字母的悲伤感染了，大家决定要帮助她。有人去警察局找警察，有人跑去了医院。要知道要是真有人在马路上出了车祸受了伤，一定会被送进医院，没受伤一定会去警察局的。他们很快就问遍了所有的警察局和所有的医院，还是没有小书页的音信。

警察局的每个分局都派出了一部分警察去寻找小书页。大家找了整整一夜，毫无所获。有人把这个消息告诉了报社。于是第二天清晨，报纸上刊登了小书页和小字母的故事，讲了关于小书页失踪的事。文章的最后写道，希望知道小书页下落的人，能尽快提供线索，帮助找到小书页。

第十四章　小书页去哪儿了

一大早小无知就被一阵奇怪的声音吵醒了。睡梦中他老觉得似乎有一只蜜蜂在耳边嗡嗡叫着，又似乎是吸尘柜在工作着。小无知睁开眼睛，看到床尾处地板上立着一个怪模怪样的小机器，它从房间的这面墙爬到那面墙，一刻不停地嗡嗡响着。机器的样子跟乌龟有些相似——背部是半弧形，底盘是平的。小无知使劲儿猫着腰跟在这个小机器的后面，想把它看个仔细。只见这个机器周身都涂着深绿色的珐琅，上面像漏勺一样布满密密麻麻的小孔，下部围着一条闪闪发亮的镀镍绦带，带子上有几个如同眼睛一样的大孔，侧面写着“控制”。

“什么意思？‘控制’这个词是什么意思？”小无知问自己，“难道是这台机器的名字？”

这时机器爬到花脸斯基的床边，床边散落着一堆糖纸。只见它直接爬到这些糖纸上面，蹭来蹭去，一会儿，糖纸就都消失了，好像它们根本就没在那儿存在过一样。然后，那台奇怪的机器又钻进了床底下。不一会儿，从床底下传来它的嗡嗡声。花脸斯基被吵醒了，他刚想伸腿下地，突然看见从床底下爬出一台机器来，吓得他又立刻跳回到床上。

“这是什么啊？”他被吓得瑟瑟发抖。

“它叫‘控制’。”小无知回答。

“什么……什么……控自？”

“不是‘控自’，是‘控制’——就是一种扫地的机器。”

“那它干吗爬到我床底下去了？”

“你这个怪人！床底下难道不用打扫吗？”

这时候那台机器已经爬到门边去了，似乎是鸣了声笛。就像是接到信号一样，门竟然打开了。机器就爬到隔壁房间去了。在那儿它仍是爬来爬去，连桌

子下面都没有放过。直到最后，房间里一点儿垃圾都没有了……

这时候小按钮也醒了过来，听到动静后她从房间里探出头来："你们那儿是什么动静？"

"是'控制'在动，"小无知指着机器对她说，"它能自己移动着打扫地板，你看！"

"太神奇了！"小按钮赞叹道。

"这有什么神奇的！"花脸斯基摆了摆手，"要是它专门弄脏地板，那才叫神奇哩！可它是打扫地板，那也就没什么可大惊小怪的了。"

结束打扫之后，小机器爬到房间的正中央，原地转了个圈，就好像是环视四周，检查一下自己的劳动成果一样，然后心满意足地爬到了墙角，钻进墙上的一扇小门之中消失不见了。

吃完早餐之后（当然，在早餐之前他们已经穿好了衣服，洗了脸刷了牙），百花城来的旅行者们决定去城里逛逛，因为他们还没来得及仔细看看这个城市呢。走下楼梯，走出旅馆，他们看见此时路上已经有不少行人了。他们几乎是人手一份报纸。有的坐在长椅上看着报纸，有的就干脆站在人行道的中间入神地读着，还有的边走边读，十分忘我地把头埋在报纸里，结果大家都你推我我撞你的。好就好在每个被撞的人都似乎浑然不觉、毫不在意，因为每个人都在专心读报。而那些没有读报的人，都急急忙忙地奔向街角的报亭，争先恐后地取着报纸。

“报纸上一定是登了什么重大消息。”小按钮说。

她看到一个小女生正靠在一个小柜子上津津有味地读着报纸,便走了过去:“请问，您知道出什么事了吗？”

“小书页不见了。”小女生回答。

“什么小书页？”

“小书页是一个小男生。”

“那他怎么就不见了呢？”

“这我也不知道啊。我现在读完这篇文章以后再告诉你。”

这下小按钮也立刻想跑到报亭那儿去拿份报纸了，这时迎面快步走来了一个小男生，手里拿着一大摞报纸，把报纸发给每个想看的人。他径直走到小按钮跟前，递给她一份。

小按钮和小无知、花脸斯基一起走到长椅边坐下，开始放声念起那篇关于小书页和小字母的文章来，一直读完了上一章我们所讲的那个故事。

小无知全神贯注地听着，当他听到那个叫小书页的小不点儿最爱边走路边读书的时候，就立刻明白了这个小书页不是别人，正是昨天在路上遇到，然后被自己变成驴的那个小男生。良心又开始折磨他了。但他还是把这件事藏在了心里，一个字都没有跟小按钮提。

小按钮是一个特别容易被感动的人，读完了整个故事，眼泪从她的眼中夺眶而出。

“小无知，你还记不记得，我们也曾像小书页和小字母一般相亲相爱，互相为对方读故事听。”她说着，“如果你失踪了，我该怎么办呢？”

“你这个傻瓜，哭什么哭！”花脸斯基嚷嚷着，“小无知哪就失踪了呢，他不在这儿好好地坐着嘛！”

小无知拿过报纸，读起其他消息来。有一则新闻很快就吸引了他的注意。

“喂喂，你们听，这儿还有一则新闻，”他对同伴说，开始放声读起那则新闻来，“昨天晚上，在饼干街发现了一头没有主人的驴。这头驴在人行道中间游荡，出其不意地出现在行人面前，把大家吓了一跳。它还跑到车来车往的马路上，危险极了。大家都在想方设法找这头驴的主人，但毫无头绪。警察已经捉住了这头没人看管的驴，把它送到动物园去了。”

“哦，就是捉住了一头驴，然后把它送进动物园了。”小按钮没好气地说，“这有什么好关注的。”

“这就是……”小无知欲言又止。

他本想说，这就是昨天被自己变成驴的那个小不点儿呀，但他立刻意识到自己说漏了嘴，于是连忙住了口。

“就是什么呀？”小按钮问他。

“唉，就是……就是……”小无知支支吾吾的，“就是说，太阳城准是有一个动物园，咱们什么时候可以去看看动物！”

“好啊！”花脸斯基高兴起来，“我早就想去动物园看看了，我想去瞧瞧野兽。”

必须说，小不点儿的王国跟咱们这儿一样，也有各种各样的动物——狮子、老虎、狼、熊、鳄鱼，甚至大象……只是小不点儿世界中的动物也是小小的，是咱们这儿的动物的缩小版。他们的狼跟咱们这儿的小耗子差不多大，熊跟咱们的大耗子差不多大，就连小不点儿王国中最大的动物——象，也不过跟咱们的猫差不多大。不过这些在咱们看来很袖珍的小动物，在小不点儿看来，也够可怕的了。毕竟我们也知道，小不点儿本身也只有我们的手指头那样大，但他们以勇敢著称。他们敢去捕捉那些对他们来说十分凶猛庞大的野兽，把它们关到动物园里去，供大家去参观游览。

一听说要去动物园，花脸斯基立刻就从长椅上跳了下来，恨不得抬腿就奔去："可是该怎么去呢？我们又不知道动物园在哪里。"

"小事一桩，马上就能打听到。"小无知回答道。

他走到一个正在读报的小不点儿面前，有礼貌地问道："对不起打扰一下，请问，动物园在哪儿？我们想去看那头驴……不……哦……不是专门去看驴的……我们想去参观动物园，看看各种动物。"

"到动物园去要坐九路公交车。"那个小男生回答他，"车站就在那儿，旅馆旁边。"

小无知向他道了谢，跟伙伴们一起朝公交车站走去。三个人没等多久，也就是一两分钟，他们等的车就来了。只见车门热情好客地向他们打开。小伙伴们走上车，车就向前开去，车子开得很稳，乘客们压根就察觉不到它的震动。这是因为车子上安装了特殊的减震轮胎和弹簧装置。公共汽车的内部设施也很不寻常。每扇车窗旁都摆放了一张小桌子，桌子两边各配备了两张双人小沙发。桌子上面摆着报纸、杂志，也有象棋、跳棋、纸牌、多米诺骨牌以及许多其他的桌上游戏的工具。窗与窗之间的车壁上绘着美丽的图画；顶上挂着五颜六色的旗子，整个公交车里满是节日般欢乐的气氛。车厢正前方摆放了一台电视机，播放着电影、球赛以及其他有趣的电视节目；车厢后面还有一个射击靶；等等。咱们的介绍到这里还没完，这辆车上可没有乘务员，代替他的是挂在车壁上的一个扩音器，由它来向各位乘客播报站名。

小无知他们一上车，就发觉车上的乘客都在悠然自得地干着自己的事。有几个人在桌旁埋头读报，有几个围在一起玩牌，还有两对小不点儿在下象棋，有三个小女生坐在前面看电视，甚至还有两个小男生在用气枪练习打靶，但一切都静悄悄的，并不互相影响。还有几个人正在饶有兴趣地讨论报上登的小书页失踪的事件。一个乘客说，有一次自己的一个熟人——一个名叫小铃铛的小不点儿就大半夜在街上迷路了，而且怎么都找不到回家的路。

小无知听到他们的谈话，对这位乘客讲述的故事感到格外好奇，他特别想知道小铃铛最后怎么了。但公交车很快就到达动物园站并停了下来，小无知不得不跟自己的同伴们一起下了车，至于那个故事的结局，就不得而知了。

第十五章　动物园

在百花城，小不点儿们还没来得及给自己建造一座动物园，所以，小无知和他的伙伴们从没有去过动物园。在他们的想象中，动物园里的动物都被关在一些黑乎乎的大铁笼子里。但实际上，在太阳城动物园中，动物们居住在绿草和百花之间一栋栋明亮的、五彩缤纷的花房子里。每一栋房子的前墙都是用铁栅栏做的，因此住在里面的动物可以被瞧得清清楚楚。除了笼舍，动物园里还建有池塘和水库，那里居住着各种各样的水禽，还有海象、河马之类的动物。飞鸟们住在专门的宽敞的铁丝鸟笼中。孔雀和火鸡之类既没有飞行能力也不会在水中划行的禽类，则生活在完全自由的环境中，它们想去哪儿就可以去哪儿。在动物园的中心有一座假山，假山上设计了陡峭的岩壁，山羊、绵羊就在山上漫步。

一走进动物园的大门，小无知就睁大眼睛认真仔细地观察着动物们，一心想要从中认出被自己变成驴的小书页来。他想要尽快找出小书页把他再变回来。因为良心一直在折磨着他，不肯放过他，片刻都不让他感到安宁。小按钮饶有兴趣地看着周围的一切，不住地赞叹。她是个善良的小姑娘，因此她总是忧郁地叹着气，嘴里念念叨叨："唉，你们是多么可怜！为什么要把你们关进笼子里呢？或许，你们也想出来散散步……"

但花脸斯基却似乎对一切都司空见惯，只是尽量离笼子远些。看见了狼以后，他说："狼，也没什么了不起的！不过是一只大狗罢了。"

看见老虎以后，他又说："不过是一只大猫罢了，一点儿也不可怕。"

"要是你觉得没什么可怕的，那不如走近一些。"小无知对他说。

"走近了我就看不清了，我是远视眼。"

在离老虎笼子不远的地方有一个汽水亭，可是那里并没有售货员，要是谁想要喝汽水，就直接摁一下按钮，汽水就会自动接满一杯。花脸斯基看到这一切,就嚷嚷说自己热极了，想要来杯甜味汽水。

“那好吧，可以试试看。”小无知同意了。

他们走到亭子旁边，只见柜台旁边有一整排带着按钮的龙头。

“我们该按哪个钮呢？”花脸斯基感到困扰。

“喏，就按那个画着樱桃的吧。”小无知建议他。

于是花脸斯基用手指摁了一下那个旁边画着红樱桃的按钮，立刻从龙头下面的圆洞中跳出来一只干净的玻璃杯。然后，一股粉红色的樱桃味汽水汩汩地从龙头中流进了杯子。花脸斯基心满意足地喝干了玻璃杯中的饮料，把杯子放回到龙头的下面，台面上立刻又出现了一个圆洞，杯子顺势掉进了洞里。

“喂喂！”花脸斯基不高兴了，“我还想再喝一杯呢！”

“那你就再按一次吧！”小按钮建议他。

于是，花脸斯基按了一下那个旁边画着橘子的按钮。洞里又跳出来一个干净的杯子，一会儿就接了满满一杯橙黄色的橘子汽水，花脸斯基又一饮而尽。

“我这次要试试这个，我要按这个画了柠檬的按钮。”他说。

“那我要按这个画了蔓越莓的。”小无知说。

“而我要试试这个画了草莓的。”小按钮说。

于是，三个人开始争先恐后摁着按钮，不停地喝着汽水。终于，花脸斯基最先撑不住了，汽水在他的肚子里咕噜咕噜地直响，汽水分解出来的汽儿直扑他的鼻子。他对两个伙伴说自己多一口都喝不进去了。三个人离开了汽水亭，继续向前走。很快他们来到了猴山旁。猴子们灵活好动，小伙伴们饶有兴致地看着它们一刻都不停歇地动来动去。笼子里搭着梯子、爬杆、秋千和跷跷板。猴子们在爬杆上蹿上蹿下，在秋千上荡来荡去，四肢并用在梯子上灵巧地爬上爬下，连尾巴也不闲着。这时，一只猴子不知从哪里弄来了一面镜子，于是抓着它满笼子飞跑，一刻都不放手。它还时不时照照镜子，做出一些让人啼笑皆非的鬼脸。小无知看到这一切，放声哈哈大笑，他嚷嚷着，说这只猴子可真像花脸斯基。

“一点儿都不像！”花脸斯基动了气，“它有尾巴，我又没有尾巴！”

他俩就这样斗起嘴来。花脸斯基越来越气，最后大动肝火：“我要告诉小按钮，告诉她你把一个小不点儿变成了一头驴！”

“你给我听着！你明明向我保证了你谁都不告诉的！你这个叛徒！”小无知握起拳头，朝花脸斯基挥了挥。

“别吵，都别吵！你们真不害臊！”小按钮也不高兴了，“就算是猴子也得顾顾自己的面

子！快走，别在这儿丢人！”

“我不想走！”花脸斯基气呼呼地嘟囔。

“你不走在这儿干吗？难道是要在这儿瞧上一整天的猴子吗？咱们还得去看大象呢！”

终于，他们达成一致，离开猴子去看大象。在路上他们看见了一道不高的栅栏，栅栏的后面搭着一个板棚，棚子旁边有一头灰色的驴站在那里。它的耳朵长长的，眼睛大大的，眼睛中流淌着悲伤。它忧郁地耷拉着脑袋，似乎正沉浸在思考之中。花脸斯基看到这头驴的模样立刻嬉笑起来，他用手肘碰了碰小无知说：“快看，那就是你的驴。”

“你给我闭嘴！”小无知冲他低吼，“管好你的嘴。你听明白了吗？”

“你们俩在那儿鬼鬼祟祟地叽叽咕咕说什么呢？就跟两只鹅一样！”小按钮问他们两个人。

“我们才没有叽叽咕咕，”花脸斯基回答，“我刚才说，可能这就是报纸上写的那头驴。”

讨论完驴的事，三个人并没有停留，继续往前走，几分钟之后，他们就来到了象笼旁。但要想一睹大象的风采，并不是一件容易的事情。因为笼子旁边密密麻麻地围着好几圈小不点儿，小按钮一个劲儿地往笼子边上挤，花脸斯基也不甘落后地跟在她身后。

小无知发现，现在终于只剩下他一个人了，于是他立刻转身朝刚才看见那头驴的地方跑去。

那头驴仍然站在那里。只是站的地方离栅栏更近了一些。小无知打量了一下四周，发现旁边没有别人，于是就从怀中掏出了魔杖，口中念念有词地挥了一下："我想让这头驴再变回小不点儿。"

他甚至都没来得及说完一整个句子，就看见眼前的那头驴开始用后腿站立起来，挺起了身子……它再也不是一头驴了，而成了一个彻头彻尾、不折不扣的小男生。他穿着绿色短袖上衣，袖口窄窄地紧贴在胳膊上，下身穿着宽大的黄绿色裤子。头上戴着带有豌豆般大小橙黄色圆点的亮蓝色贝雷帽。贝雷帽下面露出了长长的刘海，直直地搭在额头上，一直盖到眉毛。

这个小不点儿看了小无知一眼，熟练地从牙缝里吐出一口唾沫，大声地擤了擤鼻子，使劲儿用拳头擦了下鼻子。他攥起的拳头特别大，相较之下，鼻头却小得像枚纽扣，鼻头上长满了雀斑。做完这一系列动作，小男生抬腿把栅门踢开，径直就走了出来。他停下脚步，转身看着小无知，小眼睛中闪烁出挑衅的目光，厚厚的上嘴唇一直噘到了鼻子下面，嘴巴咧得大大的，几乎要咧到耳朵根。这个刚由一头驴变回来的小不点儿冲小无知笑了一笑，把手插进口袋之中，大摇大摆地扬长而去。小无知盯着他的背影看了半天，似有千斤重的担子终于从他的肩膀上卸下。良心终于安静下来，不再折磨他了。做完这一切，他愉悦地离开驴棚，折回找自己的伙伴们去了。

就在小无知跑去驴棚的时候，小按钮已经挤到了大象跟前，终于有机会能好好地瞧一瞧大象啦。对于

眼前这头稀罕的庞然大物，小按钮感觉新鲜极了。它有长长的鼻子，就如同一只手一样，可以抓取任何东西。花脸斯基依旧害怕靠近这么庞大的动物。他在人群中钻来钻去，穿过人群的肩膀看着大象。结果，他看到的只有一个耷拉着两扇大耳朵的象脑袋。看到这些，花脸斯基觉得已经足够了，于是他开始从人群中往外挤。刚好碰见归队的小无知。

“喂，你看到大象了？”他问花脸斯基。

“看到了啊，不过也没什么可大惊小怪的！”花脸斯基把手一摆，“大家都在那儿激动地叫‘大象！大象！’，可是有什么看头呀，一个大脑袋配上两只大耳朵而已！”

这时，小按钮也从人群中挤了出来：“咦，小无知你去哪儿了？为什么不去看大象？”

“唉，尽是些大耳朵有什么好看的！咱们还是去喝汽水吧！”

“这就对了！”花脸斯基高兴起来，“我还真的不知为啥又想喝了。”

但小按钮可不想去。

“那你们两个去吧，我就坐在这儿的长椅上等你们。”说着，她就在路边的长椅上坐了下来。

小无知和花脸斯基两个人朝着汽水亭走去。

“花脸斯基，我刚才把那头驴又变回小不点儿了！”小无知得意扬扬地说。

“噢……”花脸斯基拖着长音，“我还纳闷，你刚才跑到哪里去了。”

没过一会儿，两个人又路过之前的那圈栅栏，花脸斯基发现，很靠里面的地方还有一头驴站在那里。

“哟，你变得可真不赖！”花脸斯基笑起来，“你看它不还在那儿呢！”

“谁在那儿？”小无知感到奇怪。

“就是你的那头驴呗！”

“唉，真是活见鬼！”小无知看到果真有一头驴在那儿，这头驴看都没看他一眼，只是无精打采地眨着眼睛。“不可能！那个小不点儿绝不可能又变回驴的样子。我说，也许这不是那头驴吧？”

“哦，对！”花脸斯基也恍然大悟，“也是，这是另外的一头驴。可能是刚从驴棚里出来的。”

“那，幸亏咱们又看见一头驴，”小无知说道，“是不是，或许，刚才被我变成小不点儿的那头驴，不是该被我变的那头驴呢？”

“完全有可能！”花脸斯基也明白过来，“或许，当然啦，这就是那一头；也许，恰恰相反，那一头也不是那一头，而这一头才是那一头……”

“等等，等等，这驴那驴的完全把我给弄糊涂了，”小无知打断他，“干脆我也直接把它变成小不点儿吧。”

“好啊。”花脸斯基完全同意，因为他实在是想看看驴是怎样变成小不点儿的。

于是小无知挥了下魔杖，口中念道：“我想让这头驴也变成小不点儿！”

小无知和花脸斯基甚至连眼睛还没来得及眨一下，眼前的驴就不见了，取而代之的是一个小不点儿。这个小不点儿也穿着紧袖子的短上衣，脑袋上同样也戴着一顶贝雷帽，顶端有一缕穗子。不同的是，这个小不点儿的上衣不是绿色的，而是火一般的红色，帽子也不是蓝色的，而是天蓝底色带白点的。至于裤子呢，同样也是那种有点儿让人恶心的黄绿色。眼前的这个小不点儿跟刚才那个长得挺像——一模一样的黑色小眼睛，长长的刘海也搭在前额上，长着不合比例的上唇，以及那布满雀斑的小鼻头。不过有一点不同，第一个从驴变来的小不点儿的雀斑只集中在鼻头上，而眼前的这个小家伙，不但鼻头上有，鼻子周围的脸颊上也都是雀斑。这个小不点儿茫然地看着四周，抽了抽自己的雀斑鼻子，发出了个怪动静，既像是打

喷嚏，又像是擤鼻子。他既没正眼瞧小无知一眼，也没正眼看花脸斯基，而是自顾自地走向栅栏，翻了过去，大摇大摆地走了。

花脸斯基见证了这神奇的一切，被惊得目瞪口呆，哑口无言。他一直目送那个从驴变成的小不点儿消失在眼前，才开口问道："那这是那个吗？"

"什么——哪个？"小无知莫名其妙。

"就是，这是不是那个被你变成驴的小不点儿啊？"

"天知道！"小无知无奈地摊开双手，"我都已经忘了那个小不点儿的模样了，不过也无所谓了，两个之中总归会有一个是那个的，等等，那儿又是什么？"他叫出声来。

"我的天！又是一头驴！"花脸斯基看见一个长着长耳朵的脑袋从驴棚的门伸了出来，忍不住低声惊呼。

"真糟糕！"小无知大喊，"又得变一个……"

"别忙，"花脸斯基劝他，"我觉得这不是一头驴，而是一匹马。"

"瞎说！马要比这个大得多！"

"也对，"花脸斯基表示同意，"从这边看——特别像马，从另一边看——又确实像驴。可能这就是一头驴，一头大驴而已。"

"唉，没完没了！"小无知说，"本以为变完一头事情就结束了，没想到一会儿又多出一头来。"

他们还在讨论着，那头驴已经走出了驴棚，径直朝他俩走来。小无知连忙对着它的鼻子一挥魔杖，口中念道："我想让这头驴也变成小不点儿。"

说完这句话，他便闭起了眼睛，待他再睁开双眼，眼前的驴果真不见了，取而代之的是另外一个小不点儿。他长得也和之前那两个几乎一样，只是个儿高些，嘴唇也是长得吓人，只不过他脸上的雀斑不仅仅长在鼻头和鼻子周围的脸颊上，而是满脸都是，甚至连拳头上也都是雀斑。他走到栅栏旁，盯着小无知看，突然厉声问道："尥蹶子和小飞马呢？"

"谁是尥蹶子和小飞马？"小无知被他吓到了。

"就是驴。难道刚才你们没有看到在这里的两头驴吗？"

"没有啊。"小无知有点儿惊慌失措，就撒了谎。

"你张嘴就胡说八道！你是想挨一脑门儿吧！"

"什么叫挨一脑门儿？"

"就是这样！"

说着这个小不点儿就把手伸过栅栏，在小无知的脑门上狠狠地弹了一下，差一点儿就把他弹倒在地。

"原来是这样！"小无知气得喘着粗气，大叫起来，"你到底想怎么样？想打架还是怎么着？我这就让你好看！让你好看！"

"你鬼叫什么？"那个小不点儿也嚷嚷着，"咱们现在就好好算一算账！"

他立即身手矫捷地爬过栅栏。瞧见这一切，小无知没等他接近自己，就飞快地逃走了。花脸斯基也不甘落后地跟在他后面。他们狂奔过兽笼，而那个刚刚变成的小不点儿像一匹马一样大声地喘着粗气，两只脚犹如马蹄一样踢踢踏踏地紧追不舍。不过，要不是刚从驴变来的那个小不点儿被树根绊倒在地，这场激烈的追逐还不一定以什么结果告终。但当摔倒的小不点儿再从地上爬起的时候，小无知和花脸斯基已经跑远了，追上他们已经是不可能的事了。

"走着瞧！早晚让你好看！"他还不甘心地冲他们喊着，"咱们后会有期！我一定会把你

收拾得服服帖帖。”

他收起那双把小无知吓得魂飞魄散的大手，插到了自己那肥大的黄绿裤子口袋中，大摇大摆地走开了。小无知和花脸斯基跑啊跑啊，终于发现身后的威胁已经解除了。于是他们回去找小按钮。

“你们究竟跑到哪儿去了？”小按钮生气地问他们，“我都要去找你们了。”

“刚才有一头疯驴在后面狂追我们。”小无知回答道。

“什么疯驴？”

“我以后再好好跟你讲。”

“哟，还是什么了不起的大新闻吗？干吗以后再讲？现在就说！”

小无知很无奈，只好把事情从头开始原原本本讲了一遍。从他是如何把小书页变成了一头驴开始。

“快瞧瞧你！小无知！你真是个坏人！”听他讲完以后，小按钮如此说，“难道魔法师给你魔杖，就是让你把小不点儿变成驴的吗？”

“我不是坏人，小按钮！自从那件事发生了以后，为了这个小书页，还有……小按钮，我一直在遭受良心的折磨。说实话，良心真的让我痛苦不堪！你不要生气。现在一切都过去了。现在，小书页已经回到小字母身边了！”

“幸亏咱们在报纸上读到了消息，知道去哪儿找小书页！”小按钮也舒了一口气。

第十六章　遇到小飞马

三个旅行者都一直在动物园里逛到太阳快要下山，尽管逛了一天，但还是有许多动物他们还没来得及看。傍晚时分，他们回到了旅馆，吃过晚饭后，就都洗洗睡了。这一晚，良心终于不再折磨小无知了，他很快就睡着了。

不过，如果这时候有个人出现，告诉他，在今天他变的三个小不点儿中，没有一个是小书页，他恐怕就不能如此安然入睡了。

原来是报纸出了错。其实刚被发现的没有主人的驴是被送去了杂技团，而不是动物园。因此，现在小书页仍然是一头驴，待在杂技团里，而动物园里原有的三头驴，却平白无故地变成了小不点儿。他们之中的第一个叫作小飞马，第二个叫作尥蹶子，第三个则叫愣头青。虽然在动物园，大家都当愣头青是一头普普通通的驴，但事实上，它并不是一头驴，而是一头骡子。众所周知，骡子——一半像马，一半像驴，是这两种动物杂交生出的动物，因此它的体形比马要小一些，比驴又稍稍大一些。尥蹶子和小飞马的个儿跟普通的小不点儿没有差别，愣头青却高得多。他有九个半指甲那么高。指甲——是小不点儿王国衡量人个头儿高矮的标准。如果换算成咱们的尺寸，一个指甲就等于一又四分之一厘米。然后用一又四分之一乘以九点五，得出的就是愣头青的身高了。

这三个新晋小不点儿——小飞马、尥蹶子，还有愣头青，都对发生在自己身上的重大变故感到惊诧无比。最让他们感到不习惯的是，如今他们要用两条腿走路，而不是用四条腿了，而且他们莫名其妙地就学会了讲话。最最让他们奇怪的是，如今他们的蹄子变成了手指。不知为何，这让他们觉得特别好笑。他们三个人一看见自己的手，哪怕是瞧见一个小指甲，都能被逗得哈哈大笑。

但无论是愣头青也好，尥蹶子也好，小飞马也好，都说不清这究竟有什么好笑的。总而言之，这三个小不点儿都是属于懒得动脑子的类型，往往听风就是雨。关于这点，读者朋友们你们慢慢会明白的，因为在后面你们还会再与他们相见。

第二天，小无知、小按钮和花脸斯基一起床就开始考虑，新的一天再去哪里玩儿，要不要还去动物园。但小按钮觉得，最好就在大街上逛一逛，因为他们到现在为止，还没能好好地看看这个城市呢。

早餐过后，三个旅行者沿着楼梯走下楼去，走出旅馆，来到了大街上。这会儿，宽阔的人行道上已经有了成群结队的小不点儿。早晨新鲜的空气让人感到神清气爽。各种各样的鲜花沿着人行道绽放着，清晨的微风吹过，带来淡淡的沁人心脾的花香。太阳刚刚升到房顶，阳光照到行人的肩膀上、后背上、脸颊上、鼻子上和耳朵上，照得大伙儿暖洋洋的，每个人的脸上都洋溢着满足和愉悦的神情。

小无知和他的小伙伴们看见在人行道的边上有一个小不点儿，他身穿白色围裙，脚蹬亮晶晶的黑色胶靴。他的名字叫小刘海。只见他手里拿着橡皮管，正在浇着花。水从橡皮管中猛烈地喷出，小不点儿灵活地掌控着水流方向，让它们都浇在花上面，尽量不让一滴水溅到路人身上。

百花城的旅行者们不由自主地驻足，站在不远处欣赏他的工作。就在这时，不远处又来了一个小不点儿，他身穿紧身窄袖的绿色短上衣，黄绿色的裤子，头戴吊着穗子的贝雷帽。小无知立刻认出，这就是昨天被他从驴变成人的那个小不点儿。没错，这正是小飞马。从一大早他就开始无所事事地在城中四处游荡、东瞧西瞧了。他看见有人浇花，也停下脚步认真观看。

不知为何，他突然想试一试拿着皮管喷水的感觉，于是他脱口而出：“喂，把皮管子给我，我也想浇一会儿花。”

小刘海一点儿都不介意，他亲切地笑了一笑，二话不说把管子递给小飞马：“请拿去吧！”

小飞马高兴起来，双手接过水管，一个水柱就直直地朝花朵上喷去了。

“请你把水管抬得高一些,这样水可以从花朵上面洒下去。”小刘海向他建议，“你这么直直地喷下去，植物会受到伤害的。”

听了他的话，小飞马规规矩矩地把水管抬得高了些。

“瞧，就是这样！”小刘海对小飞马表示赞许，“依我看你对浇花这项工作十分在行。那你就在这儿浇一会儿吧，我回家一趟，当然，如果你不嫌麻烦的话。”最后小刘海补充道。

“不，不！哪儿的话！一点儿都不麻烦！”小飞马连忙应下来。

于是小刘海就离开了，留下小飞马独自继续浇花。在水的冲力下，水管在他的手中不住地发颤。小飞马突然觉得水管活起来，他觉得自己在做一项特别重要的工作，因而为此感到骄傲。突然，他看到了站在他身后的小无知、小按钮和花脸斯基，立刻打起了馊主意，“哎，要是突然浇他们一身水会怎样？”

这个念头一出现，他的双手就不由自主地把水管转向了小无知，把他从头到脚都浇湿了。

“哎呀！”小无知大叫一声，“你为什么要浇我？”

小飞马就像是没听见他的大呼小叫一样，把水管转到另一边，然后又似乎是漫不经心地，把水向小无知身上浇去。小无知气得直跳脚，要立刻冲上去还以颜色，但小按钮抓住了他的手，说道：“咱们走吧！要不你们非打起来不可。”

三个人转过身，正想离开，可这时小飞马又把水管对准了小按钮的后脑勺，水柱直直地冲了过去。

“哎呀！”小按钮尖叫了一声，感到冰凉的水钻进了领子，后背也湿透了。

“你连小按钮也浇！”小无知简直要气炸了，大叫着，“现在我就给你点儿颜色瞧瞧！”

他冲向小飞马，试图抢下他手中的管子，但小飞马把管子扭向另一边，水柱喷向人行道，浇在了过往的行人身上。小无知从侧面抢过去，拼尽全力去抓水管，可小飞马转身用背对着他，躲闪着，还使劲儿用腿踢着他。

“好哇，你还踢人！”小无知低声怒吼。

终于，小无知抓住了水管，与小飞马展开激烈的争夺，但小飞马就是不松手。就在这时，水管从小飞马手中掉了下来，在水冲力的作用下，管子一会儿扭向东，一会儿折向西，路上的行人为了躲避从水管中喷出的冷水，东逃西窜。

他们逃到人行道两侧，挤成一团。大家无论如何也想不明白，好端端地走在路上，为什么会被冰凉的水浇一身呢？有人开始朝着小无知和小飞马大叫，让他们不要再嬉闹了。可是小无知和小飞马正抢得不可开交，对他们的话置若罔闻。

“我们得把水管从他们手中抢下来。”有人提议。

“好主意！”人群中有人喊道，“大家伙儿一起上去抢管子——这样他们就浇不了咱们了。”带头人是一

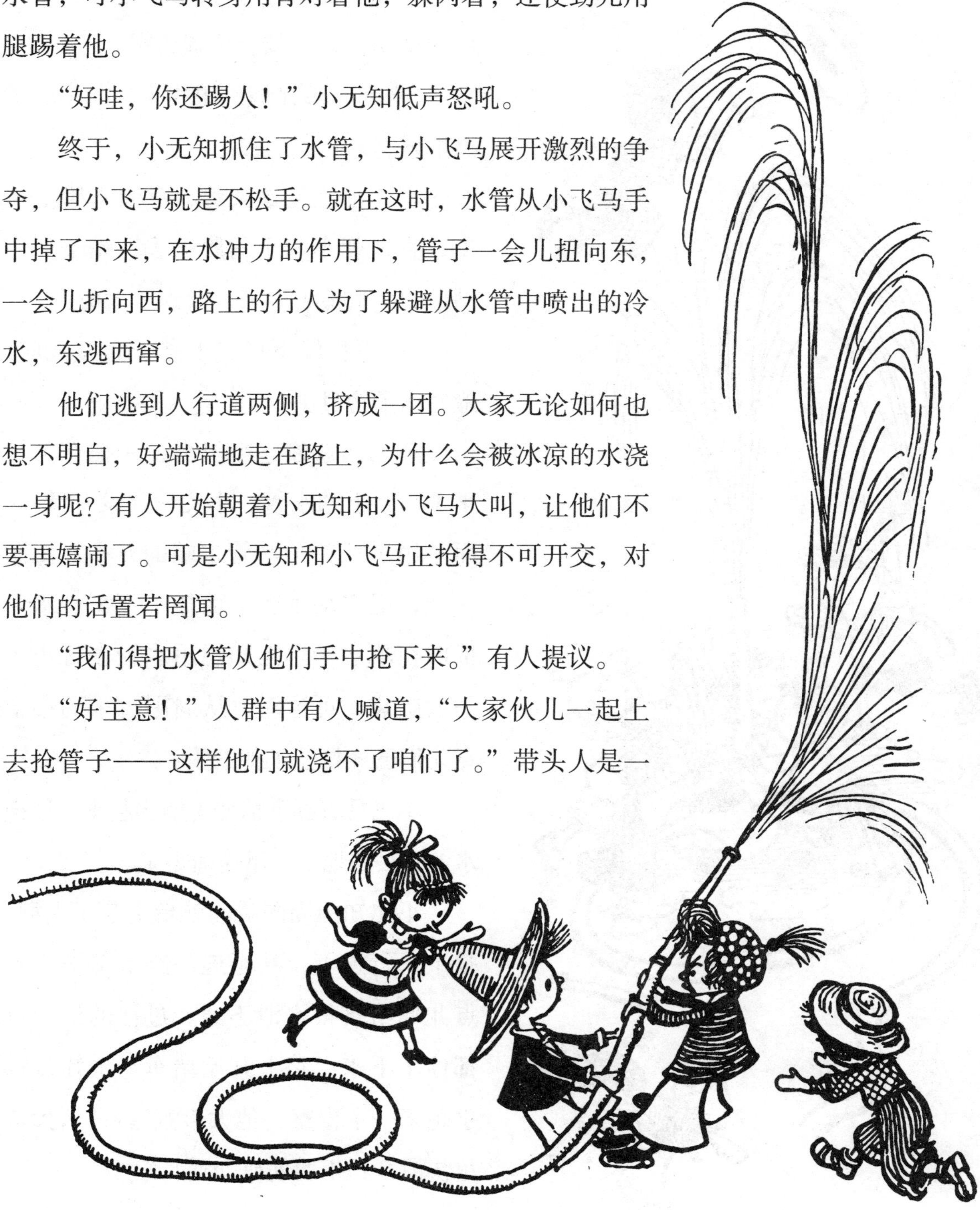

个名叫小刷子的小不点儿。他穿着浅棕色的运动衫，头戴一顶阔边帽。

“来吧，弟兄们，跟我来！”小刷子嘴里喊着，扑了上去。

小飞马瞧见这架势，拿起水管把水流直直地朝小刷子的脸喷去，帽子从小刷子的头上掉了下来，滚到了大街上。

“停下！停下！”小刷子大喊大叫，追着帽子跑过去。

小无知逮住这个机会，一把夺下了小飞马手上的水管。小飞马并没有慌神，而是用手抓住了水管末端的龙头，使劲一扯，把它从水管上面扯了下来。水管依旧在喷水，小无知想用水管去打小飞马的脑袋，可这时，从周围过来的小不点儿们已经拉住了他的手。

小飞马看到事情变得糟糕起来，便把水龙头丢在地上，迅速溜走了。

小无知的周围瞬间就聚集起了人群。整个人行道上，甚至连马路上都被小不点儿们给挤得水泄不通。过往的汽车也都停了下来，路上开始堵车。不知从哪里跑来一个警察，他大声喊道：“请大家尽快散开！不要妨碍交通！”

“就是这个人往大家身上浇水！”小

刷子指着小无知，大声喊着。

“不是我！”小无知嚷嚷着，“我自己也被浇了一身。”

“大家都瞧他！”小刷子喊着，“他还被浇了一身！哈哈！”

来自四面八方的小不点儿越聚越多，人群越来越壮大。汽车堵满了整条大街，一直堵到了十字路口。那个可怜的警察急得不知如何是好。

“大家都散开！请大家散开！”他喊着。

但没用，谁都不肯散开。所有目睹事情经过的人都不肯离去，都想看看这件事到底如何收场，好把整件事情的来龙去脉讲给不在场的人听。大家都争先恐后地想要看小无知。那个手足无措的警察这才意识到，只要小无知还在这儿，那谁都不会走的，于是他决定把小无知带到警察局去。

警察抓住了小无知的手，拉着他向停在胡同拐角的一辆汽车走去。小按钮和花脸斯基眼看着警察把小无知关进了汽车里，连忙也赶了过去，他们对着那辆车子大喊：“也带我们去吧！也带我们去吧！”

但汽车还是发动起来径直开走了。小按钮和花脸斯基在后面拼命追，但有什么用呢？难道他们靠自己的两条腿能追得上四个轮子的汽车吗？很快他们就被远远地甩在了后面。不过还好，警察局离得并不太远。拐了一个弯儿，又开了两分钟，车子在一座不太大的平房旁边停了下来。房子的圆形屋顶上涂着银色的颜料，在阳光的照耀下闪闪发光。小按钮恰巧看到警察和小无知在那栋房子前面下了车，于是便同花脸斯基一起朝那栋房子奔去。

小无知被警察带进了屋子，小无知发现自己置身于一间明亮宽敞的房间之中。另有一位警察坐在一把圆形转椅上，他的面前是一个分布着各式各样的开关、转换器、闸门、麦克风、电话和扩音设备的操控台。操控台上面还挂着四排一共五十二块球形电视屏幕，每块荧幕就如同弧形镜面一样，播放着城市中五十二个路口的实时影像，上面有房子、来来往往的车辆、过往的行人、热闹的街道。房间的正中央也挂着一个相同的球形荧幕，只不过比其他的五十二块要大得多。

这两个警察——把小无知带来的那一个，以及坐在操控台旁边的那一个，都跟其他小不点儿穿得一样，只有从头上那顶闪闪发光的消防队员式的铜盔，才能看出他们是令人敬畏的警察。坐在操控台旁边的那位警察是个矮胖子，名叫小卫兵；而那个把小无知带到警察局的小不点儿呢，则是个瘦高个儿，大家都叫他小哨子。

警察小卫兵看见警察小哨子带来了小无知，说道："这就是刚才那个浇别人的家伙？喂，老兄！你是怎么想的，怎么就在大街上浇水了呢？"

"我没有浇别人。"小无知不知所措地辩解。

"什么？你说你没浇？"警察小卫兵感到诧异，"我们又不是没看见，我们在警察局里面看得清清楚楚。请您走近一些。"

警察小哨子轻轻地推了小无知的背一下，让他离球形荧幕更近了一些。

"我们这个警察分局管辖整整五十二个十字路口，"小卫兵说，"我们通过这五十二块球形荧幕，就能看到每条街上发生的一切。要是在小球面上看不清，我们就打开大一些的球面。"

警察小卫兵一边说着话，一边拧开了开关，那个挂在房间中央的球形荧幕上，立刻亮起了神秘的蓝光，荧幕中出现了十字路口的画面，只见马路上面停着各式各样的汽车。

"你瞧，就在甜饼街和干饼街相交的十字路口有很严重的拥堵，交通停滞了。"小卫兵说，"要想恢复交通，还得等上好一段时间。但你需要知道每一辆车都有自己要去的地方。交通一旦瘫痪，整个城市正常的生活也就被破坏了。"

这时，警察小哨子盯着另外一块荧幕说："到现在东大街上的人群还没散去呢。"

"现在就切换到东大街的画面。"警察小卫兵说道。

说着，他又扳动了另外一个开关，在房间中央的大荧幕上出现了东大街的画面，那正是小无知和小飞马为抢夺水管而打架的地方。小无知走得离荧幕更近了一些，看见拥挤的人群把整条街堵得水泄不通，那个名叫小刷子的小不点儿站在众人面前，给大家讲述着那里刚刚发生的事情。

“咱们这儿的居民就是喜欢看热闹！”小卫兵皱着眉头说道，“我看他们在那里挤着是不会自觉离开的。小哨子，我看你还得再走一趟，请他们尽快散开。让他们再找一个地方去聊天吧！他们为什么要挤在那里，交通都瘫痪了！”

“我现在就过去。”小哨子立刻答应。

他把小无知带进隔壁的一间屋子里，屋子中间有一张桌子，几把椅子，他说：“请您在这儿等我一下，我很快就会回来。”

警察小哨子带上门离开了，而警察小卫兵则继续监视着五十二块播放五十二个十字路口情况的球面镜。他瞧了一眼那块最大的荧幕，看见小哨子已经赶到事发地点。小哨子成功地劝服聚集在一起的小不点儿，他们开始慢慢散去，人群变得稀疏起来。

小哨子疏散交通以后，便坐进小汽车返回了警察局。

“咱们该怎么处置这个刚刚被带回来的人呢？”一回到警局,他就问小卫兵。

“我也不知道。”小卫兵耸了耸肩膀。

“我也不知道，”小哨子说道，“我当了这么多年的警察，从来没遇到过拿着水管浇路人这种事情。我想，对他进行简短的教育，就可以放他回家了，要不他肯定会怪咱们的。”

“我也担心他会记恨我们。小哨子，你就放了他吧。但是要给他灌输一个想法，和和气气地告诉他，用水浇别人是不好的行为。然后再客客气气地向他道歉，请他原谅咱们羁押了他。最后向他解释，就说当时的情况下咱们不得不这样做，为的是让人群尽快散去，以恢复正常的交通秩序。”

“好。”小哨子赞成。

“把他带到这儿吧，我也想向他说声对不起，刚才我跟他说话的时候好像过于严厉了。”

也许这两个警察之间的对话听上去有点儿奇怪，甚至不切实际。人人都知道，任何一个警察都会对被自己拘押的社会秩序破坏者施以惩罚，哪怕是小小的惩戒，无论如何也不会向对方道歉的。但是，也必须考虑到，太阳城中总有自成一派的规矩。很久以前，太阳城也跟其他城市一样，城中也有一些品行不端的小不点儿。他们喜欢打架，互相投掷石头和泥巴，朝别人泼水，有的甚至还偷别人的东西，总之，就是人与人之间相处得不那么和谐愉快。为了同这些破坏秩序的人做斗争，太阳城成立了警察局，警察局有权对犯错的小不点儿进行惩罚。如果有小不点儿戏弄别人、朝别人吐舌头，违反交通规则、在马路上乱开车，乱泼水，随地吐痰，甚至是戏弄小狗，警察都有权对其进行训诫。按照犯错情节的严重程度，警察对犯错误的小不点儿的训诫可以持续五分钟至五十分钟不等。犯的错误越大，训斥的时间也就越长。对于严重的过失会有严厉的处罚措施。比方说，如果有小不点儿用拳头击打了别人的胸部、背部、腰部或是后脑勺，要被拘留一昼夜；如果打的是别人的面部和头部，则要被关两昼夜；若是向他人投掷了石块，或是用棍子击打了别人，则要被关三天；如果把别人打到出现淤青、受伤的地步，那就要被关五天；如果伤人致对方流血，则要被关上十天；要是拿了别人的东西，那就要面临最严厉的惩罚——被关十五天。

也许有人会说，对于偷窃这样的罪行来说，关上十五天实在算不上什么。但对于小不点儿来说，十五天着实是一段很长很长的时间，因为小不点儿们的时间比我们的时间要慢得多。因此在小不点儿的世界中，十五天是漫长无比的，足以让犯错的小不点儿感到懊悔。

在小不点儿还没变得那么聪明之前，用这种方法来惩罚破坏秩序的人并没有收到很好的效果。不过到了后来，小不点儿们渐渐变聪明起来，再没有打架、伤害别人、欺负别人、偷别人东西的了。每个人都明白了一个道理——己所不欲，勿施于人。破坏社会公共秩序的小不点儿变得越来越少，警察甚至忘记了

自己以往的工作——他们曾经执行过各种各样的类似于逮捕拘留之类的可怕惩罚。“拘留”一词渐渐被人淡忘了，以至于现在谁都想不起来这个词到底是什么意思了。

因此，在过去的所有惩罚手段中，只剩下口头训诫和警告这两种方式了。就是由警察向破坏秩序的小不点儿——主要是汽车驾驶员朗读交通规则。一言以蔽之，如今警察的主要职责是维持交通秩序，领着那些怕过马路的小孩儿过马路，为路人指路。警察们对这种现状感到十分满意，因为在训导小不点儿方面他们需要做的工作非常少，要知道随着车辆的增多，维持交通秩序的压力正一天一天大起来。

第十七章　遇见小方块

小卫兵和小哨子交谈的时候，小无知就一个人坐在空荡荡的屋子里。一进到这里，他就害怕了。他首先想到的就是逃跑，于是他去推门，却发现门已经上了锁；于是又去推窗户，同样没有成功。最后他决定用拳头去把玻璃敲碎。可是那玻璃又厚又结实，无论如何也砸不碎。

小无知折腾了好一会儿，筋疲力尽地坐在了窗台上。从窗户里他只能看见院子的一角，还有隔壁房子的灰墙。小无知望着这堵墙，望着望着，突然感到一股寂寞袭来。他从来没被人关起来过，一直是想做什么就做什么，想去哪儿就去哪儿，他的周围总有朋友陪伴着他，他可以随时与他们说笑聊天、打闹嬉戏。可是如今，他完完全全是孤单一人了。不知道为什么，他突然有点儿想哭，豆大的泪珠已经从眼眶里一滴滴滚了出来。正在这时，他看见了走进院子的小按钮和花脸斯基。他们正慌张无助地四下张望着，果然，他们看见了房间里的小无知，便朝他大喊大叫起来。小无知竭尽全力去听，但因为玻璃实在是太厚了，隔绝了几乎所有的声音，小无知一个字都没有听见。小按钮朝小无知挥舞着手臂，用手指比画着什么。作为回应，小无知只是摇着头，竭力向伙伴们示意，自己其实什么都没有听懂。这时，小按钮拾起了一根木棍，在空中比画起来。

“她在比画什么呀？”小无知自问自答，“真是个傻丫头！从地上拾起一根木棒，就在那儿瞎比画！”

但突然，小无知拍了一下自己的脑门，喊了起来：“我真是蠢！竟然把自己的魔杖忘得一干二净！”

他急忙从怀里抽出了魔杖，可这时门被打开了，警察小哨子走了进来。他朝小无知伸出手，并想对他说些什么。小无知惊慌失措，跳到一边躲闪开来，抓着手中的魔杖，急急忙忙地喊道：“我想让这个警察局的墙壁都倒塌，我想让自己好好地离开这个警察局。”

一阵噼里啪啦声传来，周围轰隆作响。房间的四壁开始坍塌，天花板也掉了下来，浓烟滚滚升起。有什么东西在小无知的脑袋上面散开，撒了小无知一身。一块砖砸在警察小哨子的头盔上面，震得他耳朵嗡嗡作响，他直接倒在了地上。小无知毫不犹豫地逃到院子里去了。小按钮和花脸斯基一把抓起他的手，拉着他向院子大门跑去。警察小哨子艰难地从废墟中爬起来，头盔从他头上掉了下来，滚到了地上。他不去理头盔的事，急急忙忙地去追赶小无知。

他一边大口地喘着粗气，一边奔跑着。他的脑袋嗡嗡作响，晕得厉害。他甚至没办法跑直线，跑出的路线都是S形。他真的感到头疼欲裂，那挥之不去的嗡嗡声让他痛苦不堪，于是他无奈地朝小无知的背影挥了下手臂，不再继续追下去。

小无知、小按钮和花脸斯基头也不回头，一口气跑出去好远。过了一会儿他们看了看身后，发现并没有人追上来，才不再继续跑下去。小按钮立刻开始念叨小无知。

“你呀你！我们的大旅行家！”她的口气里全是责备，“我们为什么要来太阳城？难道是为了跟人家打架、用冷水浇行人吗？咱们明明说好出来逛逛这个城市，你却因为一条水管跟别人打起了架！”

“小按钮，别生气！”小无知说道，“我再也不会这样做了。现在咱们就像真正的旅行者一样，好好地逛一逛这个城市吧！”

三个小伙伴在大马路上走啊走啊，仔细欣赏着路边商店的橱窗。就在路边他们瞧见了一个跟动物园里的汽水亭一模一样的小亭子。花脸斯基立刻就找到了水龙头和按钮，他嚷嚷着：“跑了半天，终于能喝点儿甜味汽水解解渴了。”

朋友们凑到汽水亭跟前，按着不同的按钮喝起各种口味的汽水来。花脸斯基足足喝了六七杯，虽然到最后他一杯也喝不进去了，但仍不肯离开汽水亭。小无知瞧见在离汽水亭不远的地方摆放着一条长椅，于是他对花脸斯基说：“咱们坐一下，休息一会儿吧，如果还想再喝汽水，再到汽水亭这儿来接也方便。”

于是三个人都走到长椅边坐了下来。街道的另一边有一栋五层高的楼正对着他们。从屋顶开始，整面墙上都绘着图画，讲述的是小红帽在森林中遭遇大灰狼的故事。于是小按钮就开始讲起大灰狼和小红帽的故事来。这还挺有意思的呢，一边听故事一边看图画让故事本身变得更生动了。但小无知和花脸斯基听得心不在焉，因为他们一直在不停地跑到汽水亭接饮料喝。这当然让小按钮感到非常不满，因为当你讲故事的时候，听众不仅不用心听，还不停地打断你，再没比这更可恶的事情了。

小按钮终于把故事讲完了，她足足讲了半个小时。小无知一下子跳起来，打算再跑去汽水亭接一杯汽水喝，可是他突然一个趔趄没站稳，双手抓住了小按钮和花脸斯基。

“你怎么啦？”小按钮被吓住了。

“我头晕！”小无知呻吟着，站都站不稳，差点儿跌倒在地。

小按钮和花脸斯基紧紧拉住他的手，让他重新坐在长椅上面。

“是不是汽水喝得太多了？”花脸斯基说。

“你到底感觉怎么样了？”小按钮担心极了。

“现在觉得好一些了，刚才觉得房子都是旋转着的。”

“什么房子在转？”

“就是对面的那一栋。”

小按钮和花脸斯基也朝那栋房子的方向看去，顿时用双手抓住了对方。

刚才明明正对着他们的房子莫名其妙地变成侧面对着他们了。如今那幅关于小红帽和大灰狼故事的图画只能看见一角了，小红帽和大灰狼的轮廓已很难辨认了。这让花脸斯基感到突然极了，头一昏，也瘫坐在小无知的身旁。这时，一位太阳城本地的小不点儿走了过来，关切地问道：“你们怎么啦？”

“头晕。不知为何，我们觉得那栋房子在旋转。”小按钮回答道。

“你们不是本地人吧？”小不点儿一面说着，一面在旁边的长椅上坐了下来。

“我们是从外地来的。”小按钮回答，“您觉得这是什么缘故？”

“其实也没什么想不明白的，这是因为我们这儿所有的居民楼都是可以旋转的。”

“你说什么？它真的在打转？”小无知和花脸斯基异口同声地问。

“没什么值得大惊小怪的。”太阳城的小不点儿解释道，“它真的在转，不过速度很慢，所以第一眼看上去不易察觉，但如果仔细地观察一会儿，就会发现它是转动着的。”

三个旅行者的心神稍稍平复了一些，开始重新打量眼前的那栋房子，发现它已经将反面呈现在众人面前，那面画着小红帽的墙已经完全看不见了。

“实在是太奇怪了！”花脸斯基赞叹道,“啊……呸呸！……瞧我说了什么！其实没什么好惊奇的，太稀松平常啦！这不就是一栋最普通的打转房子嘛！”

“确切地说，应该是自转房子。”与他们交谈的当地小不点儿纠正道。

“我还是闹不明白，为什么房子会转动呢？”小无知问。

“这并不难向你们解释清楚，我恰巧就是一个建筑设计师，我了解这栋房子的构造。”

“那麻烦您给我们讲一讲，我觉得这栋房子非常有趣！”小按钮请求这位建筑师。

“不知你们见没见过那些可以挪动的高楼？”建筑师开始了自己的介绍，他得到了否定的答案，然后继续说道，“其实在房子的地基下面铺设了轨道，于是房子就如同被安上了轮子，可以移动到其他地方去。而建一座能自转的房子其实要简单得多，因为在修建之初就在它的下面铺设了环形轨道。安装一个功率很小的电机就能让它转动，这比要挪动房屋所需安装的马达的功率可是小多了。”

“这点我懂了。”小无知说，“可是，为什么要让房子打转呢？难道让房子静止在原地有什么不好吗？”

“静止不动的房子当然也没什么不好，”建筑师赞同，“不过自转房有一些独特的优点。众所周知，普通房屋都有朝向东南西北四面的窗户。朝南的窗户总能见到太阳，朝北的一面总处在阴面。住在那样的房子里太没有趣味了，因为人人都想时时刻刻见到太阳。自转房就可以完全解决这个问题了。就像咱们面前的这栋房子，它在一个小时内可自转一圈，因此，房子上的每一扇窗户，不管是开在哪一边，每隔一小时都可以朝阳一次。这样一来，这栋房子里的所有房间都能得到充足的阳光，住在每一间公寓里的人都会因此变得更加愉快。”

“我好像明白了。”小无知说，“我还想知道，这些自转房屋是谁设计的呢？”

“第一栋自转房是由建筑师小转瓶设计建造的。那是几年前的事了。从那之后，这种设计得到了许多建筑师的支持，于是我们这儿兴起了建造这样的房子的风潮。有的房子不是一小时转一圈而是两小时转一圈，有的甚至要三小时、四小时。要是你们感兴趣的话，我可以带你们展开一次小小的参观游览，好好看一下我们城中的建筑。”

“那真是太好了！”小按钮兴奋地叫起来，“不过会不会太麻烦您了？”

“这有什么麻烦不麻烦的？”花脸斯基插嘴道，“又不是劈柴！”

“喂，你！花脸斯基！你要是这么没礼貌，那最好就别说话！”小按钮气呼呼地说。

“花脸斯基说得没错，”那个建筑师小不点儿好脾气地说道，“的确又不是劈柴。再说，我喜欢结交有探索精神的旅行者。我的名字叫小方块，我是建筑师小方块。”

“我叫小无知，她叫小按钮。”小无知介绍着。

“咱们如今就算是认识了！”小方块一面说着，一面同自己的新朋友们握了握手，“非常高兴能认识你们！非常高兴！现在请你们跟我来。”

小方块在街上信步走着。小无知、小按钮和花脸斯基在他身后快步跟着。首先，小方块为三个旅行者介绍了一座呈阶梯状的房子。他告诉百花城来的客人，这种房子叫作梯房。在梯房中没有电梯，但安装有类似于传送机的自动传送通道，住户们坐在通道中上楼或是下楼。然后他们又去参观了一条街道，街道两边遍布的是圆塔式自转楼房，楼房外壁上配备了螺旋坡道，小不点儿们可以坐在毯子上滑下来。在另外一条街上，建筑师小方块向三个人介绍了两栋非常漂亮的房子。第一栋是个由石头堆砌成的半球，楼房上的窗户和门也都是半圆形的。可想而知，这栋楼里面的房间大概也都是半圆形的。另一座是由许许多多桶堆在一起形成的楼房，每一个桶都有两层楼房那么高，每一层上面都有窗户。小方块告诉三个旅行者，这两栋房子都是由热衷于居住在圆形房子里的小不点儿建造的。

转过一个弯，众人来到了音乐巷。在这里，所有的房子都被建造成乐器的模样。第一座是立式钢琴，第二座是三角钢琴，第三座是竖琴，第四座则是手风琴，第五座是小鼓。只是有一栋位于角落的房子，不知为何被建成了瓦罐状。在另外一条街上，三个旅行者又看到了一栋与众不同的房子。因为这栋房子并没有立在地上，而是被一个硕大的热气球吊在了空中。

“难道还有人喜欢住在这种空中楼房里吗？”小按钮诧异极了。

“有太多人想了！”小方块回答，“想住在这里面的人有很多，因此我们只好决定再建造一批类似的房屋。有些人喜欢克服困难、挑战极限，他们喜欢攀爬铁索梯子、跳伞和滑绳子的感觉。”

“要是让我住在这样的房子里面，我也没啥意见。”小无知说。

“请各位再多走一段距离，我想向各位介绍我们太阳城里的老建筑。”小方块说道，“咱们马上就要进入所谓的建筑保护区了。”

旅行家们跟着小方块穿过巷子，来到一个陌生的地方。在这个地方，房子都带有柱子——直柱子、斜柱子、弧形柱子、麻花状柱子、螺旋状柱子；有断了的，有弯弯曲曲的。有的房子的柱子竖在了屋顶上，而不是撑在下面；还有一些房子的柱子虽然立在土地之上，但房子本身已经悬空了起来；甚至有的房子就吊在房檐下面，在过往行人的头顶上晃来晃去。有一栋房子，它的房檐在下面，而柱子却歪斜着冲向天空。还有一栋房子，柱子本身好好地竖着，而房子却歪到了一边，似乎就要在路人的脑袋顶上崩塌。更奇怪的是，有一栋房子，柱子朝着一个方向歪着，房子却朝另外一个方向歪着，让人看得心惊肉跳，似乎下一秒钟这栋房子就要瓦解成碎片一样。

“不要去看这些歪斜的房子，”小方块说，“有一阵子在我们这里特别流行建造这种四不像的楼房。于是就盖出了这么多不伦不类的东西来，现在光是看看都觉得惭愧。你们瞧，就比方说那个好像被某种力量压扁，然后把它推向了另外一边的房子。那种房子里面的一切都是歪斜的——窗子、房门、墙壁，以及天花板。试想一下，住在这种房子里面一个星期以后，人的性格会发生怎样的变化。住在这里的小不点儿慢慢地变得凶狠、阴沉、暴躁和易怒。人们感到仿佛生活中随时随地都会有可怕恶劣的事情发生。那一面面倾斜的墙壁无时无刻不在威胁着小不点儿们的生活，似乎总有什么不可抵御的灾难在前方等待着大家。不过幸好，如今再没有人住在这些楼房里面了。一度人们想要炸掉它们，但后来还是决定将这些房屋保留下来，以提醒后人，不要再建造类似的荒唐建筑。”

“这有用吗？”小无知问道。

“有用，”小方块回答，“但没持续多久。还是有一些建筑师一时还不能摒弃老习惯。这些建筑师头脑一热，又盖出了让人十分无语的房子。不过，从那以后著名的建筑师小西瓜想出了一个绝妙的方法，不必用一些哗众取宠的法子就能建造出非常好看的房子。而且他还发明出很多新型的建筑材料，比方说轻便压缩泡沫橡胶，可以用来建造可拆卸便携式房屋；一种防水硬纸材料，耐寒耐热，还能防火，不怕风吹雨淋；还有一种合成塑料，可用于塑形装饰；以及一种建筑用的泡沫塑料，浸到水里烧不着、投进火中不会沉，也就是说……不，见鬼……我是说这种材料投进火中不会燃烧，浸到水里不会沉底；以及一种五颜六色的泡沫酚豆，是用真正的豆荚制成的，这种材料可以抵御任何事物的侵蚀，几乎没有什么重量，却坚硬得像钢一样。我马上向你们介绍一栋由建筑师小西瓜设计建造的房子，使用的就是建筑用泡沫塑料和泡沫酚豆。离这儿挺近的，就在创造街。”

小方块走在前面，带着大家前往创造街。必须得向各位介绍一下，在太阳城中每走两步几乎就能碰到一座汽水亭。小无知和花脸斯基觉得有必要看见一个汽水亭就停下来接一杯汽水喝。因为他们觉得这样不错，还能消除一下参观建筑物的枯燥。小方块却突然停了下来，他看了一眼手表，用手掌拍了一下自己的脑门，大叫道：“天哪！被我忘得一干二净！今天我还有一个建筑委员会的会议要参加呢！这次会议上，我们会讨论建造自转房屋的问题。你们想不想跟我一起去？以后我再继续向你们介绍我们这儿的建筑，我一定把小西瓜的作品介绍给你们看！”

“好啊，我想去。”小无知回答，“我长这么大还从没参加过建筑委员会的会议呢。”

“我也挺想去的。”小按钮也赞成这个主意。

“那好吧，我也乐意去。”花脸斯基也赞成道，“当然，如果不是特别麻烦您的话。”他最后又补充道。

“不，一点儿都不麻烦。”小方块微笑着回答，“毕竟这又不是劈柴！”

第十八章　建筑委员会

小无知老早就发现了，在太阳城中的几乎所有角落中都竖着不是特别高的木柱，柱子被漆上了耀眼鲜明的黑白条，就因为有这些条纹，人们从很远的地方就能看到这些柱子。

小方块带着三个旅行者走到了这么一根条纹柱子前面，他按了一下柱子顶端的按钮。

“这个按钮又是做什么用的？”小无知问。

“用来呼叫出租车，”小方块解释，“谁需要叫出租车，就可以按一下这个柱子上的按钮，一分钟不到，出租车就来了。”

果然，一分钟不到，远处就出现了一辆出租车。

出租车同样被漆成了闪亮的黑白相间的颜色，就像他们面前的那根木柱一样。这辆出租车飞快地开过来，停在人行道边上，车门打开了。

“可是司机在哪里？”发现方向盘后面并没有驾驶员，小无知诧异极了。

“不用司机，”小方块回答，“这是无人驾驶的按钮汽车。代替司机的是这些，瞧见了没，就是标注着各条街道和车站名字的按钮。只需按一下你想去的地方的按钮，这辆汽车就会把你带到你的目的地去。”

于是大家都坐进了车里。小方块为大家演示：“你们瞧，我按一下这个‘建筑大街’的按钮，然后……”

只见他按了一下仪表盘上的按钮，汽车就发动了，飞快地开了出去。

“喂喂，停下！你这是在干什么？”花脸斯基抓着小方块的手臂大叫，“这样会撞到行人的！”

“不会撞到、轧到任何人，因为车里面配备有超声波定位设备，通过这种设备可以防止任何轧到人、撞到人的事故发生。”小方块说，“请注意看前面的

两个喇叭状的装置。其中一个不断地向前方发出超声波信号。如果前方有障碍物，超声波信号就会反射回来，进入第二个喇叭中。在这个喇叭中超声波转换成电能，然后这个信号可以控制汽车停下或者转弯。如果前方的障碍物不是非常大，汽车就采取转弯措施，绕行过去；要是障碍物特别大，汽车就进行制动，停下来。这样的喇叭形装置在汽车的尾部、侧面都有，超声波信号可以向四面八方发射出……”

“超声波信号是什么样的呢？”小无知问。

“这……怎么跟你解释呢……那是一种非常非常细微的声音，细微到你和我都没办法听到。可这种信号跟咱们能听到的声音一样，都具有能量。”

这时候汽车开到了一个十字路口，在信号灯旁边停了下来。

“这辆汽车上还安装了光学装置，在红灯亮的时候该装置会启动汽车的制动系统。”小方块解释说。

果真，汽车就停在十字路口的信号灯前面，一直等到绿灯亮了以后才发动开走。

“这有什么，也没什么可值得大惊小怪的。”花脸斯基开口说道，“奇怪的是汽车怎么会知道该开到什么地方去呢？”

“汽车当然什么都不知道，”小方块回答，“不过，在乘客按下按钮之后，它一定会把乘客带到该去的地方。因为在操作系统中有一种电子存储装置。这种装置可以记住汽车走过的全部路线。每一台安装有这种装置的新车，起初都先由司机驾驶，这好比是一次训练。在进行这种教学行驶之前，驾驶员需要按一下写着某条街道名称的按钮，然后再把车开到这条街上去，然后再按一下写着另一条街道名称的按钮，再把汽车开到这条街上去。汽车的方向盘同电子存储设备相连，因此，当再次按下按钮时，电子存储装置会自动将汽车开到您需要到达的地方，这样，汽车也再不需要由司机来驾驶了。”

“哦，如果是这样，那真的没什么可值得大惊小怪的了。”花脸斯基开口了，“要是什么设备都没有，这辆车还能把咱们送到该去的地方，那才叫奇怪呢！”

“太有趣了！那么这个电子存储设备究竟是什么样的呢？”小无知饶有兴趣地问道，“它使用的是电灯泡，还是什么其他的东西？”

“不是电灯泡，是半导体。”小方块解释，“不过，我不能向你详细地介绍说明，因为我自己也不是十分了解。”

“如果这辆车能自动开到任何地方去，那为什么还需要安装方向盘呢？”小无知又问。

“方向盘是在长途旅行中需要使用的。按钮汽车不能开到城外去，因为开出城以后，就需要一个非常复杂的存储装置了。不过这时候，你就可以自己坐在方向盘前驾驶汽车了。只要你握住方向盘，存储装置就会自动关闭，停止运行。那么这辆车子就跟普通的小汽车没什么区别了。”

没过一会儿，车子便转了一个弯儿，停在一栋漂亮的四层楼前面。在这栋房子中，任何东西都是不重复的，墙壁五花八门，阳台千奇百怪，廊柱各式各样，门和窗户的样式也各不相同——有圆形的、半圆形的、三角形的、方形的、菱形的，还有椭圆形的。绕着这栋房子转一圈，立刻就能了解到窗户、门、阳台、柱子以及其他建筑细节都可以设计成哪些样式。在房顶上矗立着不少小塔楼和砖砌的亭子，有的带尖顶，有的则不带。它们一个紧挨一个，就像是在老树桩周围丛生的蘑菇。这些塔楼就像是竖立在屋顶上的一片塔林。如果有谁盖了一座新房子，并打算在上面盖一座塔楼作为装饰，那么他只要到这儿来，就可以从中挑到自己最喜欢的塔楼的样式。

这栋大楼前面是一座宽阔的柏油广场，那里停满了各式各样的汽车和摩托

车，入口处旁边还停放着一大堆自行车。

“看样子，大伙儿都到齐了，咱们稍稍迟到了一会儿。不过没关系。”小方块说。

百花城来的旅行者们下了车，由小方块领着走进这栋大楼。他们沿着宽大的楼梯上楼，穿过一扇门，来到一个又宽敞又明亮的大厅之中，里面坐满了小不点儿。他们坐在整整齐齐的椅子上面，就如同在剧院中一般。最前方的桌子后面坐着主席，他的右边有一个讲台，讲台后面站着一个身穿黑衣的小不点儿，他正在做报告。讲台上堆放着一卷卷图纸，他把图纸一卷卷拆开，展示给听众们看。在做报告的过程中，他频频忘词，老是不停地翻看着自己的笔记本，因为那里什么都记着。可是他的视力也不是很好，于是又不得不把眼镜架在鼻子上然后再去翻笔记本。他的眼镜又老是乱塞，就这样，每一次都得在口袋里翻好一会儿。

“这就是小转瓶，”小方块低声告诉他的新朋友们，“他已经开始做报告了，不过不打紧，只要认真听，咱们就能明白他讲到哪儿了。”

小方块在最后排找到了三个空位子，让小无知、花脸斯基和小按钮坐下来，自己则坐在另外一排的一个空位子上面。

小无知和小按钮立刻认真投入地听起来，但他们什么都听不明白，因为小转瓶用的全部都是专业术语。花脸斯基也跟着努力听了几句。他用力地运转着自己的大脑，但没用，只见他的脑袋向旁边一耷拉，便打起盹儿来。小无知也竭尽全力支撑着沉重的眼皮，他已经昏昏欲睡了。

不过幸亏小转瓶很快就结束了自己的报告。会议的主席对大家说："现在大家讨论一下吧，到底该不该建造自转楼房？"

立刻就有一个小不点儿走到主席台旁，他身穿细白条纹的蓝色衣服，领带也是细白条纹的。他开口侃侃而谈："小转瓶的报告很好。自转楼房，经实验证明，是可以建造的，没有人反对这一点。不过咱们有没有必要再去建造这种类型的房屋呢？这才是应该考虑的问题！这种自转楼房最糟糕的地方在于，住在里面的居民对周围的一切已经丧失了感知能力。我很清楚我在说什么，因为我自己就住在这种自转楼房中。我来讲述一下我的生活感受——在一天当中，太阳会在我的窗上出现十至十二次，也就是说，相应地它也会消失十至十二次。太阳一出现，我就觉得早晨到来了，而太阳一消失不见，我就觉得夜幕降临了，是时候上床睡觉了。到了中午，我简直不太确定这是今天，或者还是昨天，要么已经是明天了。而到傍晚的时候，我觉得在

这一天中自己不止过了一天，而至少是经历了十二天。我已经有种感受，就是现在一昼夜不是由二十四小时组成，而是总共只有一个小时。所以我总是急急忙忙的，因为我感到什么事情都来不及做。似乎现在太阳已经不是在天上慢慢地走，而是如同苍蝇一样在急速地飞。”

大伙儿都笑起来。这时一个穿着白色连衣裙的小不点儿走到主席台旁边，说道：“您说的这些还不是最最可怕的。您会有这样的感受是因为您住在自右向左转的房子里，所以您看向窗外的时候，感到天上的太阳从左向右经过，也就是从东方升起西方落下。而我有一个朋友，她的房子跟您的房子转向不同，所以她觉得太阳是反着转的。如今，她已经分不清早晨还是夜晚，也分辨不出哪边是东，哪边是西了。她脑中的一切都成了糨糊，最近，她甚至已经开始分辨不出自己的左手和右手了。”

大伙儿又笑起来，这时又有一个建筑师走到台前。他个子小小的，身材瘦瘦的，脑袋长得像一根黄瓜。他用极快的语速说话，就如同是蹦豆子一样，而且口齿含糊不清，只听他说道：“这一切都是弗（胡）说！太阳才不是昌（苍）蝇，它不可能烂（漫）天乱飞。科学证明，太阳是不动的，是地球一直在绕着太阳转，咱们跟随着地球一起，也绕着太阳在转。所以，在我们看来，似乎是太阳在天桑（上）周（走）。要是太阳在天桑（上）周（走）这件事本来就是咱们的感觉，那它究竟是周（走）得快还是周（走）得慢，是重（从）左向右，还是重（从）右向左，是重（从）西向东或是重（从）西向东，又有什么关系吗？反正都是一个样！”

这时，立刻出现一个小不点儿冲到台子前面大叫道：

“什么叫作反正都是一个样！必须要让大家伙儿对周围世界有正确的感觉，而不是混乱的感觉！必须要让咱们分得清左和右！等大家都用后脑勺朝前走路的时候，你是不是就满意了！”

“哎哎，离这一天还远着哩！”下面有人喊着。

争论越来越激烈了。小无知特别想知道，建筑师们最终会做出什么决定。他非常精神，睡意全无。但花脸斯基仍旧睡得昏天暗地，跟死人一样，任凭小按钮怎么摇，都摇不醒他。于是，她决定不去管他，就让他好好睡觉。起初还算省心，可到了后来花脸斯基便开始从椅子上往下滑，小按钮不得不紧紧抓住他的衣领，以免他滑到地板上。不过事情还是变得越来越糟糕，因为花脸斯基大声地打起呼噜来了，任凭小无知怎么晃他，他都停不下来。

于是，小无知和小按钮只好把他拖出了会议厅。花脸斯基的两条腿尚且还能下意识地交替着行走，但脑袋却不住地从一侧耷拉到另一侧，就像是风暴中的麦穗一般。

“瞧瞧花脸斯基，都累成什么样子了！”小无知说，“但没什么，咱现在把他拖到大街上去。也许呼吸一下新鲜的空气，他就马上能清醒过来了。”

第十九章　在剧院里

走出会议大厅，三个人来到室外，小无知和小按钮决定把花脸斯基拖到旁边的一个小花园里。花园中间有一个喷泉，旁边摆放着桌椅。看样子，这里是供建筑师们在会议间隙呼吸一下新鲜空气、休息片刻的地方。

小无知和小按钮把花脸斯基拖到喷泉池边，用手捧起凉水洒在花脸斯基的脸上。花脸斯基立刻从梦中惊醒过来，不满地说："这是在做什么？为什么给我洗脸？咱们是不是该吃午饭了？"

"没错！你先洗脸吧，咱们的确该吃午饭了。"小无知一边说着，一边抽出了魔杖。

三个人都用喷泉池里的水洗了洗脸，坐在了桌旁。魔杖挥过以后，桌子上立刻出现了桌布和各种各样的食物。

午餐过后，旅行者们打算重新回到建筑委员会的会议厅去。可就在这时，街上传来了音乐声。小无知、小按钮和花脸斯基跑出花园，看到两个小不点儿正在街上一边走一边演奏着一种很特别的乐器。其中一个小不点儿的肩上用小皮带挂着一个小桶一样的东西，桶的两边密布着白色的按钮。只要一按那些按钮，桶里就会发出声音来，跟手风琴的声音一样。而另一个乐手的手中拿着一个同样带按钮的小喇叭。他把手指按在按键上，小喇叭就发出动听的声音，那声音既清脆又柔和，像是芦笛的声音，旋律是那样欢快，让人想一直听下去。

三个人——小无知、小按钮和花脸

斯基，全都不再说话了，不由自主地跟在两个乐手身后走着。乐手边向前行进，边演奏乐曲。一支曲子演奏完毕，接着便继续演奏另一支。过往的行人纷纷愉快地看着他们，并为他们让出路来。

显而易见，太阳城的居民们都十分爱听美好的音乐。

过了一会儿，乐手们停止了演奏。那个身挂小桶的小不点儿说："老兄，咱们停一会儿，休息一下吧。它没气了，我需要打点儿气。"

只见他从口袋里掏出一个自行车打气筒，接通小桶，开始向里面打气。

小无知好奇极了，这究竟是一种什么乐器呢？于是他问道："请问，您演奏的这个小桶究竟是一种什么乐器呢？"

"这不是桶，而是一个鼓风琴。"那个乐手回答他。

"您为什么要向里面打气呢？"

"怎么能不打气呢？"乐手诧异地说，"如果里面没有空气，它就不能发音了。"

说着，他便把小桶的底部打开展示给小无知看，桶身里面有许多带有金属薄片的小孔。

"您瞧，空气通过这些小孔，振动这些金属薄片，然后就能发出声音了。演奏普通的手风琴时，要想让空气通过，就必须不停地拉动风箱。可是弹奏这种鼓风琴就不会那样费劲，因为空气都储存在这里面专门的储存器里。你瞧，这就是专门的储存器。"

"而这是鼓风长笛，它也是利用压缩空气来发声的。"另一个乐手也向百花城来的客人们展示自己手中的笛子，"吹普通的笛子时，乐手需要时时吹气，一直吹到头昏脑涨为止。而我演奏这种鼓风长笛一整天，都

不会感到头疼。以前我们这儿也吹奏普通的长笛，但现在已经没人吹了。”

休息片刻，两个乐手又继续出发演奏起来。小无知和他的同伴们也继续跟着他们在大街上游走。他们边听着音乐，边观察当地小不点儿的生活。正是吃午饭的时候，有不少小不点儿都坐在桌旁享用户外午餐。有些用完午餐的小不点儿便就地下起了象棋、跳棋，或者是玩起其他的桌游来。还有人正在读报，翻看杂志。

不得不说，太阳城的居民都十分外向，乐于与人交往。如果有谁读到什么好笑的事情，自己笑够了不算，还要立刻去读给其他的小不点儿听，让大家都跟着一起乐一乐。要是谁从杂志上看到好笑的图片，哈哈大笑过后也赶紧要去拿给其他小不点儿看，然后大家伙儿一起再哈哈大笑……

很快就到了傍晚时分。阳光不再那么炙热强烈，街上的小不点儿越来越多。迎面走来的乐手们也越来越多。小男生们多半弹演奏手风琴、长笛和小号，而小女生们大都打乐鼓。乐鼓是一种像筛子一样的圆形乐器。一面像是铃鼓，另一面上弦，就跟竖琴一样。除此之外，乐鼓四周还挂着一些小铃铛，可以发出各种声音。

乐声从四面八方传来，这样棒极了。大家伙儿站在原地就能想听多少曲子就听多少曲子了。

小无知、小按钮和花脸斯基停在一栋房子旁边，这栋房子有巨大的半圆形拱门，门上挂着漂亮的幕布。有一些小男生陆续从房子里搬出一些长凳来，就放在幕布前面的马路上。

“这些长凳是做什么用的呢？待会儿这里要干什么？”小无知问。

“这里是曲艺剧院，”一个小男生回答他，“请坐，一会儿你就知道了。”

“咱们坐一会儿吧？”小无知征求小按钮和花脸斯基的意见。

“坐吧。”两人均表示同意。

三个人都坐在了第一排，紧挨着幕布。渐渐地，一排排长凳上面都坐上了观众。天色暗下来，钟声响起。拱门的两侧打出灯光，在灯光的照射下，幕布前面出现了一个小不点儿。他穿着一身簇新的黑色西装，系着白色领结。这种领结特别受演员们的青睐，因为这样一下子就跟寻常的小不点儿区分开了。他的黑色头发梳得服服帖帖的，在灯光的照射下闪闪发亮。

“大家好！”身穿黑色礼服的小不点儿说，“演出现在开始！首先请允许我自我介绍一下。我是今天演出的报幕员，我的名字叫作小糖纸。由我来向各位介绍出场的演员。马上要为大家带来表演的是著名的变戏法艺术家小煎饼！”

听到这个可笑的名字，小无知和花脸斯基“扑哧”一下笑出声来。这时幕布拉开了，从后台走出一位身穿白色礼服、手持长笛的演员。他胖鼓鼓、圆嘟嘟的，脸蛋也是红红的、圆圆的，就跟煎饼一样。

“瞧，真正的小煎饼呢！”花脸斯基低声在小无知耳边说。

两个人笑得直颤。这时演员小煎饼向观众鞠了一躬，便演奏起长笛来。

小无知和花脸斯基止住了笑。他们非常喜欢小煎饼演奏的乐曲，立刻打心眼儿里对他敬佩起来。

小煎饼演奏完毕就下台了，从侧幕后立刻又走出了一位身穿深蓝色礼服、手持铜号的演员，那把铜号在他的手中闪闪发光。

“怎么小煎饼这么快就下台了？”小无知问。

“你这人莫名其妙！”小按钮笑着说，“这不还是小煎饼吗？”

“你才莫名其妙！”小无知晃着手，“小煎饼明明穿的是白色衣服。”

“现在他换成蓝色的了。”小按钮说。

“胡说！他怎么能在这么短的时间内就换了衣服！”小无知反驳道。

就在他们争论的时候，台上的演员已经吹完了铜号，走下台去消失在侧幕后面。但一秒钟过后，台上又出现了一位穿着绿衣服、拿着手风琴的演员。

“这又是谁？”小无知惊异，“或许，有没有可能，还是小煎饼？”

“当然，这还是小煎饼。”小按钮回答，“你不懂，这是一位能在很短的时间内变装的演员。你没听小糖纸刚才介绍他吗？他是一位‘变戏法艺术家’！你知道变戏法艺术家是什么样的人吗？”

“变戏法艺术家？我不知道。我只知道没有人能换衣服换得那么快。要只是换上衣也就罢了，

还有裤子呢。”

“你别老盯着裤子不放。你看一下这位演员的脸，你肯定能认出，这就是小煎饼。”

小无知仔仔细细地盯着穿绿色礼服的演员的脸瞧了一会儿，发现他的脸果真也是圆圆的、红通通的，就跟小煎饼的脸一样。

“果真是小煎饼！”小无知惊呼，“花脸斯基，你快看！真是小煎饼！”

“哪个小煎饼？”花脸斯基莫名其妙。

小无知从头开始给花脸斯基讲，从一开始到现在都一直是同一个演员在台上表演。花脸斯基一开始没明白到底是怎么一回事，但等他明白过来以后便开始高声大笑起来。而这时小煎饼仍然在不停地变换着自己的衣着，演奏着不同的乐器。过了一会儿，他变的不仅仅是衣服，甚至还有脸。起初他是没有胡子的，后来他给自己粘上了长长的胡子，后来变成了黑色的络腮胡子，头上戴上了褐色的假鬈发。后来络腮胡子不见了，他变成了一个秃顶，后来他的鼻子变得长长的、红红的，并逗趣地歪到了一边。看着这些戏法，小无知哈哈大笑起来，甚至都没发觉变戏法艺术家的表演就这样结束了。报幕员小糖纸走出来，向大家介绍一个名叫小星星的歌手将带来下一个节目。

歌手小星星走上台来。她穿着拖地白色晚礼服长裙，这款礼服非常别致，有毛茸茸的白色领子，长长的半透明的袖子。

小无知一看到这位女歌手，又哈哈大笑起来：“哟！快看她的袖子！”小无知对着花脸斯基叽叽咕咕，“亏他想得出，竟然穿连衣裙上场了！”

“谁穿着连衣裙上场？”花脸斯基又糊涂了。

“哎，就是小煎饼呀！”

“这难道是小煎饼？”

“不然是谁呢？当然是小煎饼。”

“我以为是歌手小星星！”

“哪有什么小星星！这还是变戏法艺术家呀！”

“啊……”花脸斯基摊开手放肆地大笑起来，“我一看，从哪儿突然冒出来个女歌手？原来还是小煎饼啊。这节目可真有趣！”

这时乐队奏起了音乐，女歌手唱起歌来。小无知和花脸斯基笑得几乎喘不过气来。他们无论如何也想不到，小煎饼竟然有如此细腻温柔的嗓音。周围的人不答应了，纷纷要求他们两人不要再喧哗，小无知笑得越发放肆起来。他对花脸斯基说道：“这些怪人！他们肯定以为这真的是一位女歌手！”

一曲完毕，观众们都热烈地鼓着掌，小无知却拼命地冲台上喊着：“唱得好哇！小煎饼！”

“你不要再胡说八道了！”小按钮对他说，“难道你没看出来这根本不是小煎饼吗？”

“不是小煎饼又是谁？”小无知感到很奇怪。

“这是歌手小星星。你刚才难道没有听见小糖纸的报幕吗？”

“啐！”小无知懊恼地唾了一口，“怪不得我看这人的脸完全不像小煎饼……喂，花脸斯基，这不是小煎饼。”

“什么？这不是小煎饼？”花脸斯基吃了一惊。

“不是就不是，少啰唆！”

“那这到底是谁呢？”

“天晓得！说是什么女歌手小星星。”

“你瞧瞧！”花脸斯基不高兴地嚷嚷着，“一会儿说是小煎饼，一会儿又说是别人！把观众都弄糊涂了。你是不是快发疯了！”

这时，女歌手又唱了一首新歌，但小无知已经不听了。自从他知道了站在面前歌唱的是一个真正的女歌手，不是由谁变装变来的以后，他已经觉得无趣了。他无聊地在长凳上动来动去，张大嘴不住地打着哈欠，后来终于替自己想出了一个消遣的办法，就是迅速地掩住耳朵再迅速地放开，这样一来，传入他耳朵的不再是歌声，而是蛙鸣。因为他坐在前排最显眼的位置上，他的动作显然给台上的歌手带来了影响。女歌手不安地瞧了他几眼。不过，她还是耐着性子演唱完了整首歌曲，然后就下台了，没有再出来。小无知高兴起来。小糖纸再次走到台上，向大家报幕：“下面有请著名歌手小三角来为大家演唱。”

歌手小三角走上了舞台，他穿着一身漂亮的棕色礼服，侧面的口袋里露着带花边的手帕的一角，脖子上系着白色的领结，就跟小糖纸的一样。小三角向观众们彬彬有礼地鞠了鞠躬，开始了自己的演唱。他的嗓音是那样柔和，让人心旷神怡。所有的观众都沉浸在歌曲带来的愉悦之中。一曲唱毕，全场立即沸腾了，有的人拼命地鼓掌，有的人不住地跺脚，有的人高叫着“太棒啦！”，小按钮也拼命地鼓掌，大声地喊着：“太棒啦！”

一直到歌手小三角开口演唱第二首歌曲，暴风雨般的热烈掌声才渐渐平息下去。

“这都是什么呀！”小无知气呼呼地嘟囔，“简直就是折磨人！先是小星星在这儿好一阵子吱呀乱叫，现在又出

来一个什么小三角不住地聒噪！”

“喂，你！小无知，你真是个怪人！”小按钮说，“大家都很喜欢听歌，只有你一个人，不知道为什么会不喜欢。”

“唉！”小无知晃着手臂，“因为所有人都想表现出他们在歌曲中听出了很多情绪，所以才纷纷装出他们非常喜欢这些歌曲的样子来。”

“才不对！”小按钮反驳说，“比如说我吧，我可不是装样子。我就是喜欢小三角的演唱。”

“小三角，小三角！”小无知做了个鬼脸，怪里怪气地说，“你不如直接说，你喜欢小三角好了！”

“我?！”小按钮火冒三丈。

“你！”小无知没好气地嘟囔一句。

“喜欢?！”

“没错。”

“你……你……”

小按钮被气得说不出话来，她握紧拳头试图朝小无知的脑袋挥去。但在最后关头，她控制住了自己，收回了拳头，轻蔑地对小无知说：“你要是再跟我说一次这个词，我就给你点儿厉害瞧瞧。我再也不同你讲话了，你给我记住！”

音乐会还在继续。小三角表演过后，陆续又有魔术师、杂技演员、舞者和小丑登台进行了表演。所有的节目都是那样欢快，但小按钮一直都没有一丝笑容。她是真的生小无知的气了。这也难怪！他竟敢说她爱上了什么人！她的心情全被他毁了，演员们的精彩表演也不能给她带去一丁点儿愉快。但小无知和花脸斯基却乐得死去活来。演出快结束的时候，两个人甚至从长凳上跌了下来。花脸斯基甚至把脑袋撞到了长凳腿上,那里立刻鼓起了一个大包。

晚会就这样结束了，几分钟以后，我们的旅行者们已经坐上了按钮汽车飞快地回到了旅馆。他们还没有在夜间坐车在这个城市中穿行过，因此街上的迷人景色令他们目不转睛。他们头顶上是漆黑的夜空，但周围却像白天一样明亮。起初，旅行者们还以为所有的光亮都来自头顶上的夜空，后来才发觉所有的光亮都来自四面八方。因为在这个城市中，无论是各式的住宅也好，报亭也好，还是汽水亭也好，甚至是人行道上的立柱，全部都被涂上了一种发光的颜料。

在太阳城中，所有的墙壁都被漆成了黄色、浅蓝色、淡绿色、淡粉色和一种所谓的裸色。屋顶、屋檐、阳台和窗框都被涂上了鲜艳的红宝石色、祖母绿色、亮蓝色、紫色和棕色。柱子一般涂的是含有发光成分的白色和嫩黄色。

白天，这些颜料跟普通颜料没有什么区别，但它们正在吸收和储存着太阳能。一到晚上，这些颜料就逐渐释放出各种颜色的光线来。这些光线相互交织在一起，柔和、安静且不刺眼，这样一来，太阳城里就用不着路灯了。

在太阳城里，除了建筑物，大街上川流不息的私家车和公共汽车的车身也都涂上了这些发光涂料。值得一提的是，那些墙壁上的美丽图画也是用这种发光颜料画成的，因此，你可以想象一下，夜色中的太阳城会是多么绚丽。

第二十章　结识工程师铆钉锤

第二天一早，小按钮早早地就醒了过来。趁小无知和花脸斯基还在睡觉，她走出旅馆去取报纸，然后回到房间读了起来。一开始她还挺平静的，但读着读着她的脸上便出现了惊恐的神色。她冲进小无知和花脸斯基的房间，大叫起来："快起来！咱们上了报纸！"

"你怎么了？"被惊醒的小无知问她，"咱们也没做什么好人好事呀。"

"人家也没写咱们做了什么好事。你自己看吧！"

小无知接过报纸，开始读上面刊登的一篇简讯。上面写着：

"日前，在距离果冻巷不远的东大街上，两位行人手持浇花的水管，对其进行不正当的使用，也就是他们没有去浇花，反而浇起行人来。赶到事发地点的警察小哨子逮捕了其中之一的公共秩序破坏者，并将他带到了警察局。后来该警局发生了坍塌事故，警察和被逮捕的公共秩序破坏者所处房屋的墙壁和天花板均塌了下来。在房屋的废墟之中既没有姓名不详的公共秩序破坏者的踪影，也没有警察小哨子的下落。现在，他们究竟身处何方，这成了一个谜。执勤警察小卫兵也不能解释房屋突然倒塌的原因，因为事发时他正在另外的屋子里。现在已经采取了一切可能的措施，来寻找秩序破坏者和警察小哨子。坍塌事故的原因将会被查明。"

"等着吧，他们会查明是你用魔杖把屋子弄塌的。在这件事情上，你做得一点儿都不占理！"小按钮对小无知说。

"那你别告诉任何人，说我有一根魔杖。"小无知对小按钮说。

"但那个警察亲眼看见了你有魔杖啊。"小按钮说。

这时传来一阵敲门声。小无知立刻想到，这可能是警察前来抓他了，刚想躲到桌子底下去，门却打开了，小方块走了进来。

“你们好呀，我亲爱的朋友们！”他高声嚷嚷着，脸上带着热烈的笑容，“太高兴了，终于找到你们了！昨天你们躲到哪里去了？”

“我们没躲，”小无知回答，“就是花脸斯基在会上睡着了，于是我们把他拖到了室外，想让他透透气。”

“啊，原来是这样！”小方块大声说，“我特别担心，不知道该怎么办才好。答应你们的事还没做呢——还没跟你们好好讲讲我们的建筑，并带你们去看建筑师小西瓜设计的房子呢。”

“哎，这都是小事儿！”小无知摆手道。

“不，不！这可不是小事儿。在我们这儿，说了的话一定得算数。为了这件事我辗转反侧，一夜都没有睡好。后来我下决心今天早上无论如何都得找到你们，这才稍稍安心，睡了过去。”

“你是怎么找到我们的？”小按钮问。

“我知道你们是外地来的，于是我给本市所有的旅馆都打了电话，问他们有没有叫小无知、小按钮和花脸斯基的客人。果然，这个酒店的人告诉我你们住在这里。”

“你真是聪明机智。”小按钮赞美他。

“这有啥了不起的！”花脸斯基“扑哧”一下笑出声来，“恐怕驴都能想出这个办法。”

“你要是能稍稍懂一点儿礼貌就好了。”小按钮说。

“花脸斯基说得没错，”小方块笑着解围，“这的确是谁都能想到的办法。我觉得现在咱们可以出发前往创造街，去看看建筑师小西瓜的作品了。”

大家走出房间。在走廊里花脸斯基拦住小无知在他耳边低声说：“这是什么情况？难道今天咱们不吃早饭了吗？”

“那你等着你的早饭吧！”小无知没好气地说，“我不能在小方块面前变出早饭来！咱们有魔杖的事谁都不能告诉，知道了吗？”

大伙儿走下楼梯，走出旅馆，来到街上。小无知担心地东张西望，生怕遇到警察小哨子。确定周围没有警察，他才松了一口气。可就在这时，有一辆汽车在人行道旁边停了下来，一个小不点儿以迅雷不及掩耳之势从里面跳了出来。他穿着银灰色的运动衣和短裤，头上戴着闪闪发光的帽子，帽子上带有耳罩。这帽子既不像安全帽，也不像是钢盔，跟摩托车手戴的头盔有些像。

小无知以为警察来了，心中凉了半截。但那个小不点儿却丝毫没注意小无知，他径直跳到小方块面前，叫着："小方块，你好！能看见你真是太好了！哈哈哈！你这是去哪儿？"

"啊！你好！我的好朋友！"小方块也愉快地回应，"我和我的朋友们一起逛一逛。我们现在打算去创造街。给你介绍一下，这是小按钮，这位是小无知，这是花脸斯基。"

"认识你们很高兴！"小不点儿高声说，接着放声大笑起来。

看得出，他对于认识旅行者们这件事，的确感到十分高兴。他急急忙忙地跳到小按钮面前，使劲儿握住小按钮的手，可怜的小按钮痛得差点儿掉下眼泪来。然后，他又奔向小无知和花脸斯基，在同他们打过招呼以后说："我叫铆钉锤。工程师铆钉锤。"

一听到这个奇怪的名字，花脸斯基又"扑哧"一声笑出声来。

"这是什么名字呀——铆钉锤？"他感到惊奇，"你大概是想说，你的名字是小铆钉吧？"

"哈哈哈！"铆钉锤哈哈大笑起来，边笑还边友好地拍着花脸斯基的肩膀。

"花脸斯基，说话前先动一下脑子。"小按钮说，"要是有谁非要说你的名字不是'花脸斯基'，而是'五彩斯基'，想来你也会觉得被冒犯了吧？"

"五彩斯基！从没有过这种名字！"花脸斯基回答。

"那小铆钉这名字也没有哇！"小按钮说话的语气十分严肃。

"不，您错了，"铆钉锤不同意小按钮的话，他继续微笑着把话说完，"我认识一个人，他的确叫小铆钉。不过他是另外一个小不点儿，跟我毫无共同之处。名字千奇百怪，叫什么的都有，相信我，有些名字确实十分可笑！哈哈哈！至于我……”他转向花脸斯基，继续说，“我的名字确实就是铆钉锤，不过，如果您喜欢，您可以叫我小铆钉。”

“这怎么可以呢！”小按钮愤怒了，“他必须叫您铆钉锤。您不能如此纵容他！”

“我的这些朋友是第一次到太阳城来，”小方块说，“他们是从百花城来的。”

“啊，是这么一回事呀！”铆钉锤高声说，“也就是说，你们是我们的客人啦？那咱们还站着干什么呀？你们要去创造街是不是？都上车吧。我跟你们一块儿去。如果你们不反对的话，咱们可以顺道到服装厂去参观一下，我认识那里所有的师傅。”

铆钉锤一下子就跳到了车上，坐在了驾驶员的座位上。他的车子是流线型的，外形有点儿像一个被压扁了的鸡蛋放在了四个轮子上面，车身较圆的一头朝前，较尖的一头冲后。车身的上部开了两个椭圆形的洞，里面安放着驾驶员和乘客的座椅。座椅上方装着一个类似于伞的圆形车顶。车轮的前面竖着减震器，跟靴子有点儿像。

铆钉锤随便按了一下按钮，车身上的四扇车门就打开了，铆钉锤邀请新朋友们上车。花脸斯基忽略了寒暄和客套，直接一屁股坐在了司机旁边，小按钮、小方块和小无知就坐在后排。

大家刚刚坐好，四扇车门就一下子都关好了。铆钉锤踩了一下踏板，发动机发出吼声，汽车就向前猛冲了出去。那股冲劲是花脸斯基没有预料到的，他差点儿就从汽车中飞了出去，于是赶忙抓住前方挡板上的把手，胆战心惊地看着前方。汽车飞驰的速度让人感到头晕，它赶超了前方所有的车辆，甚至有时干脆从别的车辆上空跳跃过去，因为这辆车安装了专门的飞跃设备。

这个飞跃设备的结构非常简单，即四个车轮的轮轴上都安装了弹力很强的铁靴子。正常行驶时，铁靴子自如地将鞋跟冲前，朝前伸出，既能减轻震荡，也能减轻碰撞时产生的冲力。但是，一旦开启飞跃功能，四只弹力很强的靴子就会绕着轮轴跟车轮一起旋转起来。这时靴子的后跟支着地面，本身继续旋转，然后一撑地，就会让汽车弹起来，能飞过路上的任何障碍，也能飞过行人和川流不息的车流。

花脸斯基对这辆汽车古怪的跳跃感到诧异极了，他想要表达一下自己的惊奇，但及时想起了自己的原则。不过他因惊奇而张大的嘴巴已来不及合上，于是便顺势问道："铆钉锤，请问，为什么你穿着短裤呢？难道你没有长裤吗？"

"这样穿比较凉快。"铆钉锤回答说。

"那你为什么戴着有耳罩的帽子呢？戴着这种帽子可是很热的。"

"看来你对于驾驶汽车一点儿都不了解。这不是有耳罩的帽子，这是钢盔。它的外面是一层保护性的钢材料外壳，里面是棉花。如果发生事故，我戴着钢盔栽到大街上，脑袋就不会受到什么伤害。可要是我不戴钢盔撞到地上，那可

就……哈哈哈！”

他笑得前仰后合，简直没办法说下去了。

“那你有没有多余的头盔呢？”花脸斯基关切地问。

“没，我没有另外一顶头盔了。”

花脸斯基怕得蜷缩起了身子，一直盯着前方看。他已经开始后悔，自己为什么要坐在副驾驶的位置上。他开始觉得，如果真的发生什么，坐在后排的人或许会更安全一些。

就在这时候，他们的车子开到了一条河边。意想不到的是，这辆车没有沿着河岸行驶，而是跳过栅栏，“扑通”一声直接开进了河里。花脸斯基害怕地尖叫一声，推开车门就想往河里跳，但铆钉锤拽住了他的衣服后领。

“放开我！咱们会被淹死的！”花脸斯基哭叫着，拼命挣扎。

“咱们不会被淹死的，咱们正在渡河。”铆钉锤安抚他，“这种型号的车子不仅可以在陆地上行驶，还能在水中行驶！”

“那……即使它能在水中行驶，咱们也有可能被淹死呀。”花脸斯基虽然嘴上仍然这样说，但心里已经平静了些。

“话这样说没错，”铆钉锤笑着说，“不过你不要害怕。在每个座椅下面都有救生圈。”

花脸斯基立刻抬起座椅，取出救生圈套在了自己身上。

“咱们还没开始沉呢。”小无知说。

“没关系，”花脸斯基回答他，“要是咱们已经开始往下沉了，那就晚了。”

“这还不算，”铆钉锤说，“我这辆车不仅会划水，还可以在空中飞呢。”

说着他便按下了仪表盘上的一个按钮，立刻传来一阵轰鸣声。小无知和小按钮抬头一看，原来那个雨伞一样的圆形的东西已经变成螺旋桨。它飞快地转动着，汽车也在平稳地上升着，然后盘旋了一下，就在水面上空飞起来了。

“降……降落伞也在座椅下面吗？”花脸斯基被吓得结结巴巴。

“在我的车上哪儿都没放降落伞，因为咱们用不着什么降落伞。”

“为什么？”花脸斯基忧心忡忡地问。

“因为如果你要是跳伞的话，它会被缠在螺旋桨的桨叶上，你会跟降落伞一起，被桨叶劈成碎片的。所以，如果真的发生了什么事，最好就直接跳下去，不要使用降落伞。”

“可如果没有降落伞的话，那会直接摔到地上的！”花脸斯基说。

“怎么会摔到地上呢？咱们是在水上飞行呀，即使摔进了水里，也不会疼的。”

“那没事了，”花脸斯基说，“如果是掉进水里，倒还不是十分可怕。”

“当然，”小无知接口道，“如果掉进水里，你可别忘了顺便洗洗脸。这可不会耽误你的事了。”

大家都笑了起来，因为花脸斯基的的确确是该好好洗洗脸了。

汽车越升越高，整个城市看起来就如同手掌大小，非常美丽。在阳光的照耀下，屋顶就如同贝壳一样，闪烁着霓虹般的光芒。它们的结构呈鳞片状。

“怎么，你们的屋顶难道都是用鱼鳞建造的吗？”小无知问。

“不是，”铆钉锤回答，“你看到的像鱼鳞一样的东西，其实是太阳能电池，也就是放在屋顶上的光电池。太阳能在光电池里被转换成电能，继而储存在专门的蓄电池里，用来供室内照明和取暖、电梯和扶梯运行，还能带动风扇转动，等等。剩余的电能则会被输送到工厂以及市中心的电站。在市中心的电站中，电能会被转换为无线电磁能，这样不通过导线，就能进行传输了。”

“为什么太阳能电池要安装在屋顶上面呢？”小无知问。

“因为再也找不到比屋顶更合适的地方了。”铆钉锤说，“第一是因为屋顶是空的，没有人来人往，不能让这么大的地方白白浪费掉；第二，屋顶每时每刻都能接受阳光的照射，它接收的阳光最多。”

在河上空盘旋一圈过后，铆钉锤决定降落。汽车急速下降，“扑通”一声掉进水里，溅起了巨大的水花。为了展示车子的灵活性，铆钉锤还驾驶着它在水面上又划了几圈，走了几个 S 形，这才回到岸上。小无知、小按钮和花脸斯基真不知是应该高兴还是应该害怕，因为他们也不知道乘坐铆钉锤的汽车是在陆地上行驶安全一些呢，还是在水中游或是空中飞更安全一些。

第二十一章　参观服装工厂

汽车在岸边登陆后，再次在马路上疾驰起来。几分钟以后，汽车停在了一座非常漂亮的裸色的十层圆形大楼旁边。

“跟我来！”铆钉锤招呼大家，“咱们到地方了。”

他飞快地跳下了车，就像是突袭一般向入口处扑了过去。

就在小方块、小无知和小按钮从车里面钻出来，帮助花脸斯基把救生圈从身体上解下的时候，铆钉锤已经门里门外跳进跳出好几次了。

“你们在那儿磨蹭什么呀？”他大叫着，手臂挥舞着，如同风车转动着旋翼，“快跟我来！”终于，旅行者们下了车，走向入口处。

“你们利索一些！”铆钉锤发出号令，“跟我在一起，你们什么都不用怕。我认识这里所有的师傅。”

大家伙儿走进了大门，来到一个圆形大厅中。大厅的地板用白瓷砖铺成，墙壁和天花板也同样都是白色的。四周传来机器震耳的轰鸣声，以及织布机轻轻的沙沙声。一个小不点儿朝他们走了过来。他穿着被洗得干干净净、熨得平平整整的蓝色工作服，胸口上和肚子上都装点着白色扣子，领口开得很大，看得见外衣下面的白色领带。这个小不点儿胖胖的，敦敦实实，可他的肩膀很窄，因此，他身体的中间部分看上去就很鼓，而上面和下面又都很窄。这让他的体形看上去像鱼，又像是纺锤。

“你好呀，小鲫鱼。”铆钉锤同这个长得跟纺锤一样的小不点儿打招呼，“我带人来你这儿参观。伙计！给我们展示展示，你们是怎么做衣服的！”

小鲫鱼摆了一个舞台上的姿势代替了回答，他挥了几下拳头，意思是：“请跟我来！我的朋友们，我将为你们揭开这个地方全部的奥秘！”

他神气十足地向前伸出一只手，做出一个可怕的表情，然后用骇人的声音吼道："前进吧，朋友们！不要胆怯和犹疑！"

花脸斯基听到这么骇人的吼叫，吓得一哆嗦，躲在了小方块的身后。

"疯子！这是怎么了？"他惊恐地问。

但小鲫鱼可不是疯子。因为他不仅仅是服装厂的技师，同时还是剧院里的演员。当他一个人练习表演某个角色时，要是有人跟他说话，他无法立刻转换自己的状态，往往会继续用那个角色的腔调来回答对方的话。因为他还一直沉浸在自己的表演里，就像在舞台上一样。

小鲫鱼看到他的表演给花脸斯基留下了印象，满意地笑了笑，然后把客人们带到了大厅中央。那里竖着一根高大的金属圆柱，顶端是尖的。它是由青铜做的，发着蓝光。它的周围环绕着螺旋状的梯子，梯子的顶端是一个平台。在圆柱的各个方向上都接上了导线和金属管，上面带有压力表、温度计、电压表等各种测量仪表。

小鲫鱼站在大柱子旁边，开始向参观者们讲解。

这回他不再用舞台上的嗓音，而是变回了自己平常的声音。他的话里面老夹杂着一些啰唆的字眼，比方说"这个""那个"呀，"如果可以这样说的话"呀，或者是"请允许我这样说"呀，等等。

"我亲爱的朋友们，在你们面前，如果可以这样说的话，这是一台大型的纺织炉，这是由工程师小圆柱设计的。"小鲫鱼介绍起来，"锅炉内部，可以这样说，装满了一种原料，这种原料是由蒲公英的秆子加工而成的。在这里，原料，如果可以这样说的话，在高温的作用下，与各种物质发生化学反应。得益于这种化学反应，请允许我这样说，可以得到液态凝胶状胶体，这种物质一跟空气接触就立即凝固。这种胶体沿着管子从锅炉中被压出来，请

原谅我这样表述，用压缩机让它们通过管子末端极其微细的小孔，胶体，应该这样说，就立刻凝固了，然后变成成千上万根细线，然后这些细线会被送到锅炉周围的织布机那儿去。然后，正如各位自己所看到的，细线从织布机出来后变成了长长的布料，请允许我这样说，就成了布匹。之后，布匹经过模具加工的工序。在这里，你们也看到了，布匹会被裁成一块一块的，然后各布块之间用特殊的材料黏合在一起，就变成了……这个，成品衬衣。你们看，这里还有其他的一些模具，通过这些模具，可以做内……请允许我这样说，各种尺寸的内衣。”

看完整个生产过程——从纺线到成品衬衣装箱，旅行者们上了二楼，发现这里正用同样的方法制作着各式各样的风衣、夹克、大衣和短装上衣。二楼的服装加工比一楼的多了一道工序，就是细线在进入织布机之前要先经过染色。也就是说，这些线要不断地通过装满染色剂的容器。小鲫鱼讲解说，虽然所有的线都是用同样的原料制成的，但制成的布料全是不同的。这是因为布料的化学处理方式不同，织布机与织布机的构造也不同，这些织布机不仅能加工出普通布料，还能加工出针织料子、毛线料子、丝绸料子和藤编料子，甚至是类似于天鹅绒的细毛毡料子，以及混用针织和纺织方法组成的混合料子，或者毡织和编织的混合料子。

旅行者们又上了一层楼，看到在这一层制作着各种款式、各种尺寸的裤子。第四、五、六三层生产的是连衣裙、半身裙、女士衬衫、女装短外套。布匹经过织布机以后还要被送进一种名叫印染机的机器中，这样布匹上就被印上了小方格、小圆点、小条纹、小碎花以及其他你能想到的任何图案。第七层是生产袜套、短袜、长袜、领带、领结、丝带、鞋带、腰带之类小东西和手绢的地方。在第八层生产的是各式各样的头饰，凡是你能想到的，这里都有。而第九层做的是鞋子，在太阳城流行的是毡鞋、毛毡靴，还有由很多层粗线布料压制做成的鞋子。

在服装厂的一到九层中，除了小鲫鱼以外，小伙伴们再没看见第二个小不点儿。因为整个生产过程，从纺线一直到成品的包装，都是由机器完成的。而在这栋大楼的第十层，情况则正好相反——在这里几乎没有任何机器，但有很多小不点儿。他们有的站在画架前面画画，有的坐在桌子旁边制图，还有的正在用不同的布料缝东西。在许多小不点儿旁边还摆放着人体模型——就是和小不点儿们高矮胖瘦一模一样的模特，它们被用来试穿成衣。

“这里是我们这儿的……请原谅我这么说，艺术设计部。”带领着小伙伴们一踏上第十层，小鲫鱼就介绍说。

这时，一个身穿一袭精致灰色长衫的小女生跳到他面前，生气地质问道：“你刚才说的是什么意思？什么叫‘请原谅我这么说’，为什么要请求原谅呢？

艺术设计部就是艺术设计部，没什么可值得道歉的！”

“可是，‘艺术’这个词语就是从‘易输’这个词来的嘛！”小鲫鱼回答她。

“才不是从‘易输’来的，明明是从‘艺术家’这个词来的！”

“好吧，小缝针，请你原谅，我不知道这些。我给你带来一批参观者。”

“已经来了？太好了！”小缝针说，“现在你可以到一边去了，不要妨碍我！我自己会向他们介绍的。”然后她对参观者说：“知道是什么在鞭策着我们努力工作吗？那个鞭子不是别的，就是时尚！你们大概自己也体会到了，没有人喜欢老是一条裙子翻来覆去地穿，每个人都希望能穿一些新的、设计师设计的原创作品。比方说连衣裙，它有长的，有短的，有紧身的，有宽松的，有褶皱裙，有荷叶边裙；图案上讲，有方格的，有条纹的，有带小圆点的，有带曲线的，有带小浆果图案的，有带小碎花的……总而言之，没有你想不到的，什么花样都有！甚至颜色也有时髦不时髦之分。比如说绿色还在当季流行的时候，不知为何大家又都跟风穿起了褐色。可能有件新套装你还没来得及穿，已经有人过来告诉你它过时了，然后你不得不绞尽脑汁去追随新的款式……”

这种论调逗坏了工程师铆钉锤，他不自觉地发出“扑哧”一声。

“我正在向参观的朋友介绍，请您不要擤鼻子。”小缝针十分严肃地说，“您不是一匹马，现在也不在马厩中。如果您什么时候要擤鼻子，那请您立刻去马厩。”

一提到马厩，当然，花脸斯基又忍不住了。他拼命管住自己，这才没真的笑出声来。小缝针用犀利的眼神看了他一眼，然后继续介绍：“现在，请大家走近一点儿。在你们面前的都是正在为新布料绘制图案、设计新服装样式的设计师。来，大家都认识一下设计师小绒线……来，小绒线，请站起来，让大家都看看你。”

小绒线站起来。她是个娇小的女孩儿，穿着白色长袍，有着白皙的脸庞，还有如亚麻般的金发。她站在那儿，谦逊地垂下眼睛，这样一来，她那长长的睫毛显得更长了。她因为害羞显得有些不知所措，局促地紧紧扯着手中的那支画笔。

“小绒线是我们这儿最好的画家。”小缝针接着介绍，“现在她正在设计一种新的布料图案，新产品名叫‘松林的早晨’。你们瞧——周围都是森林，而这是母熊和小熊宝宝，很好玩吧？前不久，小绒线刚刚设计出一款名叫‘小瓢虫’的图案。你们想想看，在一块绿色料子上面，布满了橙黄色的小瓢虫，瓢虫身上带着黑色的小点儿，要多精美有多精美！用这种料子做的连衣裙卖得特别快。大家都不想穿别的衣服了。可过了几天，不知从哪里冒出来一个自以为是的人，他说自己都不敢上街了，因为总觉得所有行人身上都爬着小瓢虫。从此以后，谁都不想穿这种连衣裙了。大家纷纷表示：‘我们不想让瓢虫在我们身上爬来爬去。’还有一次，小绒线想出了一种更有意思的布料，名叫‘一年四季’。非常具有童话气息，那块布料就是一整幅画，而不仅仅是一块布！那种布料是由八种颜料印染的，为了印它我们专门制作了八个全新的印刷滚轴。所有女孩儿都穿上了这种图画般的连衣裙。但突然有一天，一个摩登女郎说：‘我不喜欢这种连衣裙，因为所有人都只顾着看裙子，不再看我了。’你们猜后来怎样？第二天这种连衣裙就过时了。我们又不得不赶工去设计另外的布料。”

铆钉锤又一次没忍住笑了出来，但立刻惊觉不能在小缝针面前这样，于是只能拼命地控制住，让自己合上嘴。这样，从他嘴里发出的不是笑声，而变成了哼哼的声音。

“我请求您不要这样哼哼唧唧的！”小缝针责备道，“在我们这儿不能哼哼唧唧的，如果您实在是想，那您回家里哼哼去！唉！……刚才咱们说到哪儿了？哦，对！说到时尚。是这样，就像你们看到的一样，我们完全不是被时尚牵着鼻子走，相反，我们要引领时尚。因为是由我们来制作那些最时髦的服装，所以时尚也拿我们没有办法，这样就好办了。只有在极其偶尔的时候，应该这样说，我们才会焦头烂额。”

铆钉锤一直拼命憋着笑，又哼了一声，花脸斯基瞧了他一下，也发出哼哼唧唧的声音来。

“你们看！”小缝针摊开双手，“唉，坏的示范，就像俗话说的，是具有传染性的。一开始就一个人哼哼唧唧，现在两个人一起哼哼唧唧！我看最后咱们这儿的所有人都得跟你们一起回家哼哼唧唧去……噢！对了……你们又打断了我！刚才咱们说到哪儿啦？”

“说到咱们都得回家哼哼唧唧去。”小无知回答她。

“不，刚才说到咱们焦头烂额了。”小绒线提醒了她。

“对，没错！我们会焦头烂额，就是当旅行者们从其他城市来到我们这儿的时候。如果我们的居民看到他们身上穿戴着不寻常的衣服或是帽子，就以为那是一种新的时尚，会纷纷跑到商店里去要求购买类似的衣服或帽子。要是商店里没有，我们就必须开工赶制一批新产品，这可不是一件简单的事情。因为必须要很快做出新布料的样品、新的纸样、新的模具和新的印花滚轴。顾客都是讨厌等待的，我们不得不急急忙忙地赶工。这时候我们就处于焦头烂额的状态。那我们该如何应对这种状态呢？很简单。我们与各大商店保持联系。每家商店都会将小不点儿顾客提出的新要求告诉我们。比方说昨天吧，有几个小不点儿去商店找黄色的裤子。于是我们得出结论，可能是有某个外地人穿着黄裤子来到了我们这儿……对了，你们来我们太阳城很久了吗？”小缝针问小无知。

“前天来的。”小无知回答。

“这就对了！”小缝针兴奋地说，“你们前天才到我们太阳城，昨天我们就知道城里有某个外地人穿着一条黄裤子了。这还不算。现在我们已经着手准备生产黄裤子了。请你们走近一些，这位是设计师小扣子。她正在设计黄裤子的图纸，因为我们这儿从没有生产过黄裤子。”

小无知和他的伙伴们凑到小扣子的旁边，瞧见她正在一张大纸上绘制跟真实尺寸一模一样的黄裤子。而小缝针趁这个时候从好几个角度细细地观察小无知，甚至还伸手偷偷摸了摸他裤子的料子。

“你们能来我们这儿参观，这很好。”她对小无知说，“要不然我们就做不出完全符合顾客要求的裤子了。我们有过这种情况……小扣子，请注意一下，然后修改一下你的图纸。这条裤子不该是紧身的，也不能是宽松的，不能长，也不能短，应该是这样的——长度在膝盖下面一点儿，在脚踝上面一些。这是最好的款式，这样走路最方便。料子是有丝绸光泽的，这样比较舒适，因为光滑的料子不容易粘上脏东西。至于颜色，也不是你画的柠檬黄，而是嫩黄色。这个颜色看起来要舒服得多。还有，下面不要设计扣子，因为这些扣子经常会勾在什么东西上面，早晚都会掉的。”

见到小无知以后，小缝针觉得自己获得了不少灵感。她甚至不再向不断用笑声惹怒自己的铆钉锤投去愤怒的眼光。她请客人们坐到沙发上，非常亲切地与他们交谈起来。她听说小无知他们来自百花城，就开始细细地向小按钮打听，百花城里的小男生和小女生都穿一些什么样的衣服，那里的时尚是什么样的。

其他的设计师也加入到交谈中来。有一个名叫小簪子的小女生问花脸斯基，他最喜欢太阳城的什么东西。

"汽水，带糖浆的汽水。"花脸斯基回答，"最主要的是，在任何一个小亭子里都能喝到汽水，而且可以想喝多少就喝多少。"

"这有什么好的！"铆钉锤插话进来，"我们这儿哪里都是这样。你可以到任何一个餐厅去，想吃什么就吃什么，也可以到任何一家商店里，向他们要你想要的东西，什么都不用付。"

"那要是有人想要一辆汽车呢？"小无知问，"汽车应该不会白给吧？"

"为什么不会？当然白给！但自从按钮出租车面世以后，没人想要汽车了。"小方块说，"你们说说看，如果我乘坐按钮出租车，那真是想到哪儿就能去哪儿，不用任何麻烦，我还要汽车干吗呢？有自己的私家车还是要操不少心的。要洗它，擦它，给它上润滑油，修理它，给它加油。还得给它准备专门的车库。而且当你开私家车的时候，还得操控它，时刻注意别开着开着撞到谁、轧到谁——也就是说，你时时刻刻都处在工作的状态，不能放松神经。可是乘坐按钮出租车或是公共汽车就不一样了，轻松多了！你可以看报纸，可以读书，可以想一想随便什么事情，或是干脆什么都不想，甚至可以睡觉、写诗。过去我也有一辆自己的汽车，自从我把它舍弃之后，我立刻觉得自己是一个真正自由的小不点儿了。"

"可是你们之中有很多人都有汽车呀！"小无知问，"比方说吧，铆钉锤就有。"

"我另当别论，"铆钉锤说，"我是一个老赛车手，如果让我坐那些四平八稳、想去哪儿就被带去哪儿、不会出事故的新式汽车，我会浑身难受的。对于我来说，坐在方向盘后面亲自驾驶汽车是一种享受。我喜欢驾驶过程中的刺激。这已经是我多年养成的习惯，很难放弃。我明白，这是我的老毛病了，可暂时我拿它也没办法。"

花脸斯基从一大早开始就饿了，现在他终于忍受不住了，说道："伙计们，你们有什么吃的吗？哪怕有汽水也行呀，从早晨到现在我还什么都没吃呢！”

“啊，我们简直笨得要命！”铆钉锤反应过来，嚷嚷起来，“咱们怎么还在这儿干坐着聊天呢！快去餐厅吧！俗话说得好，闲聊可喂不饱肚子。”

这句俗语特别对花脸斯基的胃口，深得他的喜欢。从此以后，每当他想要吃东西的时候，就会说：“闲聊可喂不饱肚子。”

第二十二章　警察小哨子奇遇记

读者朋友们大概还记得，在警察局发生了坍塌事故以后，警察小哨子一开始跑着去追赶小无知，但突然感到头疼。于是，他不再追赶，而是走回家去了。为什么他决定回家去，而不是回警察局去呢？毕竟警察小卫兵还在那儿等着他呢。这一点还不是很清楚。同样没弄明白的还有，为什么他不去医院看医生呢？也许，这只能解释为他的脑袋被砖头砸伤了，已经不能正常灵活地思考问题了吧！

总而言之，警察小哨子朝自己家的方向走去。他住得不远，就在通心粉街上，因此也用不着乘坐公共汽车或汽车。他好不容易走到通心粉街，沿着这条街过了两个街区，不知不觉间就走到了自家房子旁。如果没有这件毫无征兆的事情发生，那么一切还都挺顺利的。

小哨子住的房子不是一栋普通房子，而是一栋塔式的自旋转房。也就是说，他家就位于设计师小转瓶设计的一栋房子里。房子的四面分别有四个单元。要是房子不转动，那么这四个单元是分别朝向四个方向的——东、南、西、北。可是这栋房子是在不停转动着的，因此就无法确定到底哪个单元的门洞朝着哪个方向了。

警察小哨子每次下班回家总是在同一个时间。那时他家的单元门洞恰好正冲着通心粉街。但今天他早回来了整整一个钟头，这时正对着通心粉街的是另外一个门洞。完全是无意识地、糊里糊涂地，小哨子走进了另外的门洞。像平时一样，他乘坐电梯来到了四层，进入了别人的公寓。主人不在，因此也就没有人指出小哨子犯的错。其实小哨子也感到有些奇怪，房间里的摆设怎么一下子都变了样呢？但他头疼欲裂，没力气去管这些，就赶忙脱了衣服，往床上一躺，像死人一样睡过去了。

不知是出于被砖头砸中了脑袋的缘故，还是别的什么原因，小哨子睡了很久！他整整睡了几乎整个白天和一整个黑夜，外加第二天的几乎一整个上午。确切地说，他从上午十点钟开始睡觉，直到第二天中午十一点钟才醒过来。就这样，他整整睡了二十五个小时，也就是一昼夜零一个钟头。

要是小哨子睡在自己的公寓里，那人们也就可以找到他了，也就不会有什么大惊小怪的事发生了。但他睡到了别人家里，没有人会想到去那儿找他，结果就出了大乱子。

就在警察局发生坍塌事故的时候，警察小卫兵听到外面各种混乱的声响，就急忙向隔壁的屋子跑去了，也不再监视荧幕上的画面了。看到眼前的惨剧，他赶忙跑到街上，找来几个行人，在他们的帮助下徒手搬开坍塌的墙壁和天花板的碎片。大家卖力地干啊干啊，但既没有发现被拘捕的小无知，也没找到警察小哨子，唯一的收获就是他们在瓦砾堆中找到了小哨子的头盔。

这倒是让小卫兵稍稍放下了心。他觉得肯定是小无知跑了，小哨子去追他了。然而，时间一分一秒地过去，小哨子一直都没有回来。小卫兵认真地盯着所有的荧幕，希望能在哪条街上看到小哨子的身影。可是，读者朋友们，你们知道，小哨子此时正安静地睡在别人的家里、别人的床上，无论哪一块荧幕上都是没有可能看到他的。

很快，另外两个警察——小头盔和小警棍到警察局来接班了。小卫兵向他们交了班，将所发生的事情向他们两人交代了一下就匆匆离开去找小哨子了。他想小哨子可能是回家去了，所以先向小哨子家打了电话，可电话没人接，小卫兵就跑到他家去了。自然，在那儿也没有见到小哨子。于是他回到自己家里，开始打电

话给全市的医院，但所有的医院给他的答复都是，警察小哨子没有前去就医。然后，他又开始给所有的警察分局打电话，请大家帮忙寻找小哨子。所有的警察分局都迅速响应了他。很快，就有上百名警察出动，在城中寻找小哨子。而小卫兵则每隔半小时跑到小哨子家里一趟,看他有没有回去。一整天一整夜，他几乎把所有的时间都花在给医院打电话上面，将医院搅得不得安宁，所有的医生都要烦死他了。

即使大家都在努力不停地寻找，可警察小哨子还是毫无下落。于是，第二天早晨，报纸上报道了这起神秘的失踪事件。警察小哨子在第二天早上醒来时，如果他看到报纸上的报道，一定会觉得难以置信，自己在整个城市中闹出了如此之大的动静。可是小哨子这天并没有看报，自然也就不知道报纸上刊登着什么消息了。小哨子醒过来以后看了看表，时针指着十一点。

他想起来他躺到床上的时候，时针指着十点。于是他想当然地认为，自己也就躺了一下下，总共休息了一个钟头而已。他的脑袋仍时不时地疼一下，并且他感到非常饥饿。这也正常，因为他睡了整整一昼夜零一个钟头，其间根本没吃过东西。

小哨子走进厨房，那儿的设备跟他家中的一样。他走到墙上的一扇小门前，按了几下标注有食物名称的按钮——“汤”“粥”“羹”“水果汤”“面包”“馅饼”“面条”“茶”“咖啡”等。然后打开小门,里面除了一个四四方方的小洞什么都没有。

小哨子就坐在椅子上面等了一会儿。三分钟以后从下面的洞里传送上来一个小箱子，这就是所谓的厨房电梯。小箱子上涂着白色搪瓷，外表看起来有点儿像冰箱。小哨子打开箱子，从里面拿出了一碗汤、一碗粥、一碗羹、一盘布丁、一壶咖啡、一个糖罐、一盘馅饼和切好的面包等等。他把食物摆放在桌子上面，就大口大口地吃起来。

在太阳城，很多人家里都有这种厨房电梯。它们能把早餐、午餐和晚餐从楼下的餐厅直接运送到住户家中。太阳城的居民很少在家里吃饭，他们都喜欢在热闹的餐厅吃饭。在餐厅中，都是由普通的小不点儿来传菜，你可以跟传菜员说说话，开开玩笑，调侃几句。如果在家吃饭，饭菜由电梯递上来，跟它是没办法开个玩笑的，不像在餐厅吃饭那么热闹和方便。

饱餐一顿后，警察小哨子再次回到了床上，打算再睡一会儿。因为他以为自己统共才打了一个小时的盹儿，简直太短了。他再一次昏睡了过去。要不是半夜回家的公寓主人把他叫醒，也许他能一直睡到第二天早上。

之后弄明白了，在这套公寓中住着一对伙伴——小玩笑和小烙饼。小玩笑以爱开玩笑而远近闻名。他最喜欢的一个玩笑就是，他几乎在每一个词说完以后都要加上一句："说实话，我可不是在开玩笑！"至于小烙饼，他没什么出名的地方。他们两人都是糖果工厂的司机，负责把糖果运送到各个商店去。两人挺要好的。在警察小哨子误打误撞睡到他们家中的第一天晚上，小玩笑和小烙饼并没有回家过夜。两人下班以后去朋友小球杆那儿为他庆祝乔迁新居去了。在他们这儿，搬新家要庆祝整个通宵。早晨，他们就直接去糖果厂上班了，午饭过后，他们又去另一位朋友小水壶的新家去暖房。他们本来也应该留在那儿庆祝到天亮，但两个人已经一天一夜没合眼了，小水壶体谅他们，晚上十一点钟就放他们回家去了。

晚上十一点——也不算早了，何况两个小伙伴还没有直接回家，而是在警察局耽搁了一会儿——执勤的警察对小烙饼进行了二十分钟的警告，因为他违反了交通规则。总而言之，两人回到家的时候已经是深夜了。

哥儿俩仍然感到挺满足的。小玩笑说："咱们总算是到家了。说实话，我可不是在开玩笑！咱们吃点儿东西快睡觉吧。"

“没错，没错。”小烙饼困得不住地打着哈欠，“不管在别人家做客时吃了多少，也不妨碍回家再吃点儿。”

两个人走进厨房，按了几个厨房电梯门旁边的按钮。几分钟之后，他们已经坐在桌子旁边开始吃晚餐了。他们懒洋洋地咀嚼着，似乎吃饭只是个任务，眼皮不住地打架。还好，两人会时不时地含含糊糊地胡扯几句。终于，小玩笑吃饱了，他没力气说话了，站起来就去睡觉。走进房间，关了电灯，脱了衣服就躺在了床上。接着，小烙饼也跟了进来，他见小玩笑已经熄了灯，就在黑暗中摸索着走到自己的床边。他脱了衣服，刚想躺下，可一伸手却感觉到床上有人躺着，他以为是小玩笑躺错了床，就笑着说：“你又在开我玩笑吧？怎么爬到我这边来了？”

“你说什么呢，我可不是在开玩笑。”小玩笑躺在自己这边回答他。

“怎么会……你说什么？”小烙饼开始觉得不对劲儿了，“你在哪儿？”

“我在这儿，我可不是在开玩笑！要不我还能在哪儿？”

小烙饼听到小玩笑确实在自己那边回答他，再一次把手伸到床边。这一下摸到了躺在床上的小哨子，他睡得挺熟，甚至连动也没动一下。

“你猜怎么着？有人正躺在我这边床上。”小烙饼说。

“这会是谁呢？”小玩笑感到很奇怪。

黑暗中，小烙饼又摸到了睡得正酣的小哨子的脖子，然后摸到了脸、鼻子、前额、头发……

“这是谁的脑袋，带着头发……”他不知所措地摊开了双手。

“真是奇怪！”小玩笑笑了。

小玩笑和小烙饼对于在自己的房间里发现一个陌生的小不点儿并没有感到十分害怕，甚至可以说，他们压根就没有害怕。是这么回事，太阳城里早就没有什么盗窃之类的犯罪案件发生了。所有的小不点儿相处得都很融洽和睦，谁也不会想到还会有人故意钻进别人的家里去做坏事。

“说实话,我可不是在开玩笑,这不过是一场误会罢了！”小玩笑笑个不停。

“我觉得，这大概是咱们的哪位好朋友在咱们出去的时候来找咱们，等啊等啊，后来等得厌烦了，就不经意地睡着了。”小烙饼说出了自己的想法。

“我觉得没错！”小玩笑高兴地说，“喂，快开灯吧。”

小烙饼打开了电灯，哥儿俩走到床前，瞧见了那睡得又香又甜的、对发生的任何事情还浑然不觉的小哨子。

“这到底是谁呀？你认识他吗？”小烙饼问。

“第一次见，我可不是在开玩笑！”

“呸！”小烙饼失望地啐了一口,“我可也是第一次见这个人。有意思的是,他在这儿睡得就像在自己家里一样！”

“这就奇怪了，小烙饼，说实话，我可不是在开玩笑，该不会是你和我错钻到别人的房间里来了吧！趁他还没醒来，咱们得赶快溜！”

小烙饼正想逃跑，但是，环顾了一下四周，他又说：“不对，我还是觉得这是咱们的房间。我们得把他叫醒，然后问他是怎么来的。”

于是，小玩笑伸手去摇小哨子的肩膀。终于，小哨子醒了过来。

“你们是怎么进来的？”他莫名其妙地看着站在他面前只穿着贴身衣服的小玩笑和小烙饼。

“您问我们？”小玩笑也很困惑,“你听见没有？小烙饼，这个……也就是说，我可不是在开玩笑。他问我们是怎么进来的！不对，是我们想问问您，您是怎么进来的？”

“我？和平时一样啊。”小哨子耸耸

肩膀。

“什么！和平时一样！”小玩笑大叫，“您说说看，您现在是在什么地方呢？”

“在我的家里呀！要不然还能在哪儿呢？”

“我可不是在开玩笑！你听见没有，小烙饼？他说，他在他自个儿的家里。那我和你又是在哪儿呢？”

“对呀！”小烙饼插话说，“那我和他，在您看来，又是在哪儿呢？嗯？”

“那么，你们就是在我家里。”

“您想得真美！您自己能相信吗？”

小哨子打量了一下四周，惊得从床上一下子坐起来。

“我说，”他终于承认，“我怎么睡到这儿来了？”

“唉，您这个人，说实话，我可不是在开玩笑！我们刚才问了您老半天，您究竟是为什么到我们家来呢？”小玩笑说。

小哨子确定，这起乌龙事件确实是由自己的粗心引起的。他心里感到非常不安，低声说：“对不起，朋友们！请你们原谅！我这才发觉是我错进了你们的家。怪不得我瞧这儿的家具不大像我家里的，墙纸也不大像。我家里的是黄色的，可这儿都是蓝色的……”

小哨子一边说着一边从被窝里爬出来，并向门口走去。

“您等一等！”小烙饼扯住他，“您也得把衣服穿上啊！”

“噢，对了！请原谅！”小哨子害臊地咕哝着，然后折回来穿衣服。他很着急，所以把什么都弄得乱七八糟的，领带系反了，袜子穿混了，右腿怎么也伸不进裤腿中，不得不先用左脚着地在房间里蹦了半天。后来还撞上了一个插着雏菊的陶罐，把它打得粉碎。最后，他还是因为心不在焉，急急忙忙地套上了人家小烙饼的短外套，穿着走了。

这样，小玩笑和小烙饼很晚才睡，直到第二天早晨，小烙饼才发现自己的外套不见了。没错，小哨子的外套倒是留在了他那儿。但糟糕的是，小烙饼放在外套侧兜里的汽车驾驶执照也随着外衣一起没了，并且这哥儿俩既没有问小哨子的名字，也没有问他的地址，都不知道该上哪儿去找他。

小玩笑说，事情还不是那么糟糕——要是那个慌里慌张的小不点儿发现口袋中有别人的驾照，肯定能明白过来他穿的不是自己的外套，就会把驾照和外套一并送回来的。听了这些话，小烙饼才稍稍放下了心。

可是后面发生的事情跟小玩笑假设的一点儿都不一样。因为小哨子的奇遇到此还没有结束。要是愣头青、尥蹶子和小飞马没出场搅局的话，他的奇遇也就那么结束了。可自从这三个家伙变成小不点儿以来，就一天到晚漫无目的地在街上闲逛，终于，这三个家伙又碰到了一块儿。出乎意料的相遇让他们三个欢喜得手舞足蹈。愣头青瞧着尥蹶子和小飞马，忍不住笑起来。尥蹶子和小飞马看着愣头青也放肆地哈哈大笑起来。尽管三个人的模样都发生了变化，但他们立刻就认出了彼此，因为他们每个人的身上都还能看出来一些过去的痕迹，这正是使他们感到好笑的地方。

他们终于笑累了，愣头青说："朋友们，我有个主意，咱们得干一件惊天动地的事情来庆祝咱们的重逢，让大伙儿都记住这一天。"

三个人想来想去，一直想到了半夜。起初谁也没有想出什么特别值得去做的事情，后来小飞马发话了："依我看，咱们可以在人行道上横着拉一根绳子，让大家都绊倒，这才是一件最惊天动地的事呢！"

"你真是个天才！"愣头青夸奖小飞马说。

他们真的不知从哪儿弄来了一根绳子，把它横在人行道上比较暗的地方，然后就溜走了，好像是生怕有人会为这件事情打他们一巴掌似的。这件事恰巧就发生在了通心粉街，离小玩笑和小烙饼住的地方不远。发生的时间正是他们哥儿俩在房间里发现睡着的警察小哨子的时候。后面又发生了什么事？你们听我继续往下讲。

警察小哨子从小玩笑和小烙饼家里出来以后，在街上走着。他迷茫地环视四周，不知道自己身处何方。过了一会儿，他才弄明白自己已经走在了通心粉街上，只不过不是朝着自己家的方向，而是朝着相反的方向了。他刚想转身回去，但又突然决定散散步，呼吸一下新鲜空气。这下可不妙了。他走了还不到十步，就绊在横在人行道的绳子上，一下子跌倒了。他前额跌伤，晕了过去。

这时候，要不是有个名叫罂粟花的小女生开车经过通心粉街的话，谁也不知道已经没有知觉的小哨子要在这儿躺多久。罂粟花看见小哨子一动也不动地躺在人行道上，就停下车去查看。发现小哨子需要赶快急救，她马上把他拖进了车子里——虽然这件事对像她这样的小女生来说，着实十分困难——然后把小哨子送进了医院。

到了医院，人们立刻给小哨子脱了衣服，平放在病床上。大夫小绷带马上给他开了一剂药水，并吩咐人在他头上敷上冰块。他亲自跟罂粟花握手，感谢她把病人送到了医院。他想为小哨子进行一下登记，可是小哨子还不省人事。罂粟花也不知道他叫什么。因此，小绷带让一位女护士看看病人的外套口袋里是不是能找到什么证件可以来确定他的身份。护士在口袋里摸来摸去，终于翻出一封写着小烙饼名字的信和一本汽车驾驶执照，上面也写着小烙饼的名字。

“显而易见，他叫小烙饼。因为谁也不会在自己的口袋里装上别人的信件和证件。”大夫小绷带这样想，然后用小烙饼这个名字把小哨子登记在了病人花名册上。

当第二天警察小卫兵又打电话到医院，询问有没有一位名叫小哨子的警察到他们这儿来就医时，医院里回答说，他们这儿从没出现过什么警察小哨子，现在没有，过去也没有，只有一个在街上失去知觉的司机小烙饼。就这样，谁也想不到小哨子会在医院里。警察们仍旧在四处寻找他。报纸上每天都刊登着警察小哨子仍下落不明的消息。有的报纸甚至讥讽警察局，自己的警察走失了都找不着。有一份报纸上甚至刊登了一幅漫画，上面画着一个警察在大白天提着灯笼自己找自己。

总之，由于一个警察的失踪，报纸上刊登了各式各样的笑话和讽刺的文章。有的报纸上甚至说，警察小哨子根本没有失踪，人们找不到他的原因是世界上根本就没有小哨子这个人。

然而，不能因此认为太阳城的居民毫无同情心，只会嘲笑别人的不幸。不，他们都是很善良的，很富有同情心的。问题就在于，太阳城的居民中有许多都是汽车司机。大家都知道，汽车司机是不大喜欢警察的，因为警察在司机违反交通规则的时候，总会对他们进行长时间的警告。如果失踪的是一个普通的小不点儿，那么谁也不会有去嘲笑这件事的念头，可是因为走失的这个人是警察，不知怎么的，这让每个司机都情不自禁地笑了出来。甚至还有不少人说，其实根本就没有什么警察小哨子，所有这些消息，不过是凭空想出来的笑料，以供读者消遣开心罢了。

第二天早晨，小哨子在医院里醒了过来。他感到很奇怪，因为他确信自己又一次睡在别人的房间里了。他想坐起来找人去解释一下，因为他自己也不知道是怎样来到这儿的，可是他感到浑身无力，一头倒在了枕头上。这时，一位护士走进了房间。

“早上好！小烙饼。”她亲切地向他打招呼，“您感觉怎么样？”

“我这是在哪儿呀？”小哨子惊慌失措，甚至没有注意到护士管他叫“小烙饼”。

护士对他解释说，他摔倒在大街上，把前额摔伤了，得了脑震荡。于是，他被送进了医院。不过他不用紧张，他的病很快就会被治好的。

她在解释些什么，小哨子一点儿都没听懂。因为他摔伤醒来后脑子就有点儿迷糊了。不过护士柔和的声音，让他安了心。小哨子不再惊慌，他狼吞虎咽地吃了一顿早餐，眉头都不皱一下就吞了满满一汤匙苦药水。

大夫小绷带对病人小哨子的表现感到非常满意。他吩咐护士每隔一小时给他喝一次这种药水，并在病人的额头上敷上冷压布，要是病人还头痛，就立刻在他的额头上敷上冰块。

大夫小绷带一天看望小哨子好几趟，讲各式各样的笑话给他听。他认为心情愉快能帮助病人尽快恢复健康。大家都知道，对病人来说，只有当他们微笑和大笑的时候才会心情愉快，为了达到这个目的，大夫小绷带吩咐在医院的各个地方都挂上好笑的图画，并且让所有的护士和值班医生一有空闲就给病人读好笑的故事和童话、有意思的小寓言、笑话、顺口溜、绕口令之类的东西。

第二十三章　良心的不安

咱们的旅行者们认识的工程师铆钉锤，是一个与众不同的小不点儿。他最大的特点就是做任何事情都动作飞快。他的手、脚和舌头灵活得要命。通常他都不用走的，而是跑，并且从来没有安静不动的时候。要是实在没处可跑，又没人可以说话聊天，他就浑身上下不停地抖或者急得在原地跳脚。要是不得不开汽车，他就会用最快的速度疾驰，总是风一样地开出去，然后急刹车。他脑筋动得像光一样快。大家知道，光每秒钟能传播约三十万千米。他总是不假思索地做出各种决定，然后就像闪电一样去执行。一旦由于什么原因不喜欢这个决定的话，他就会立刻改变计划，绝不一条道走到黑。

所有和铆钉锤接触过的人，都会深深地被他积极的天性感染，忘掉自己原本的想法和打算，完全跟着他的计划走。

小方块的性格比较温和，他本打算和旅行者们一起到创造街去，向他们介绍小西瓜设计的那些房子。可是铆钉锤毫不客气地说，这件事可以以后再做。于是，一吃完午饭，他就带大家去参观生产万能家具的工厂了。

一走进家具工厂，旅行家们就感到非常惊奇——这儿的椅子、桌子、柜子、沙发、床都不是用木头制造的，而是用各种不同的塑料做成的。生产过程很简单——让现成的塑料进入模压机的洞孔里，在压力的作用下，做好的椅子、桌子或者床就从机器里跳出来了。要是想制造橱子、餐柜或者沙发，就需要用到不止一部模压机。需要一部机器压制柜身，另一部压制柜门和里面的隔板，第三部机器则用来做抽屉，等等。

塑料的花色有很多。有所谓的木头塑料，用它做出来的家具和木头家具简直一模一样。还有金属塑料，完全可以替代真正的金属。除了用来生产家具以外，金属塑料还可以用来制作吊灯、门把手、画框和镜框。还有一种轻得跟羽毛一样的塑料，可以用来制作褥子和垫子，也可用来制作枕头以及沙发和圈椅的软靠背。

除了生产普通的家具，工厂还制造多功能组合家具。例如组合沙发床，既可以当沙发用，又可以当床用，还有冰箱桌子、吸尘椅子、书柜床、轮子椅等。三位旅行者最喜欢的，要数吹气的或者说是充气家具了。

这些橱柜、桌子、圈椅、沙发都是用橡胶做成的，家具里面充满了空气。这种家具搬运起来十分方便，只要把空气从里面放出来，房间里的整套家具就可以装进一个不大的手提箱里。最妙的要数充气圈椅、充气沙发和充气床了。给它们打足气以后，它们就变得鼓鼓的，变成流线型，并且还很光滑，坐在上面或躺在上面都舒服极了。参观完家具工厂之后，三位旅行者又去了电影院，然后又去了剧院。

第二天，铆钉锤和小方块很早就来找他们了，大伙儿又一起去了电视机和收音机厂。在那里，他们主要观看了壁挂式宽屏平板电视机是怎么制造出来的。

必须说明的是，在太阳城几乎所有的电影院里安装的都是壁挂式宽屏平板电视机，因此，影片都是由电视台播放的。这种方式有一个很大的优点，不用每天晚上都把几百部影片分送到各个电影院去了，也用不着几百个电影放映员在影院中工作了，

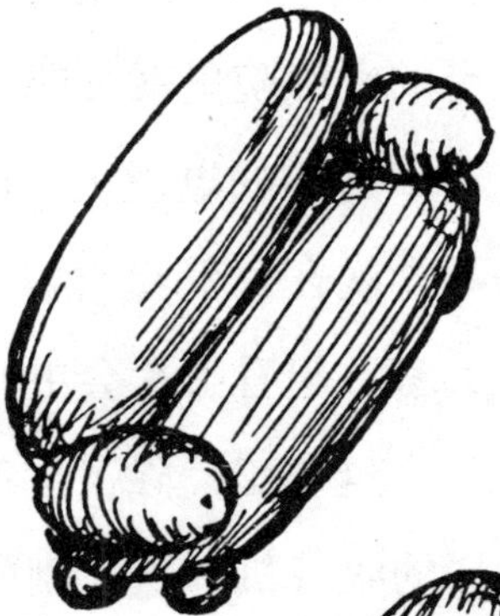

并且影片都不用制作带子和拷贝了。只要做好一部片子，在电视台里一放，所有的电影院里就都能看到电影了。

这样的电视机在许多人家里也有，只是要小一些。不过太阳城的居民们可不喜欢在家里看电影。他们很爱交际、爱热闹，喜欢聚集在一起看电影，认为大家一起看影片会更有趣些。

这个工厂除了生产壁挂式电视机以外，还生产立式电视机，也生产各式各样的收音机，从大型的室内收音电唱两用机、柜式收音机到各种袖珍随身听和纽扣式随身听，应有尽有。

参观完电视机和收音机工厂后，铆钉锤又带旅行者们来到了生产家用电器的工厂。那儿生产各种吸尘器、自动洗衣机、自动清扫机、擦拭机、榨汁机、密封罐和高压锅。旅行者们最喜欢的是自调节电熨斗。这种熨斗的特点是可以自动地、不借助任何外力地把衣服熨好。熨斗的前部有两只电子眼，其实是两个小小的镜头，通过它们熨斗能“看见”需要熨的物品。电子眼下面还有一个电鼻子。要是被熨的衣服快要熨焦了，这个电鼻子就会闻到焦味儿，然后自动关闭电路，再铃声大作。

参观完这里，旅行者们又来到了印刷厂。这里各种各样的图书应有尽有：小的、大的、薄的、厚的、图画书、玩具书；有的书像遮光罩，有的书像手风琴，有的像卷轴，有的像藤条筐……书里印着引人入胜的童话故事、历险记、字谜、魔术、神秘的会动又会说话的图画。

这个工厂有几十台印刷机在工作。只要把作家的手稿和画家的图画送进这机器上面的洞里，马上就会从另一个洞里送出来印好的图画书。这些机器靠电来工作。原理是这样的：在机器内部，印刷用油墨通过专门的喷射器散开，附着在通电的纸上——就是那些应该印上字母和图画的地方。这就是在这里书印得特别快的原因。

后来，小无知和他的伙伴们还参观了乐器工厂、木偶工厂、汽车工厂以及许多别的地方。白天，他们和铆钉锤、小方块一起参观各种非常有意思的地方。到了晚上就去电影院、戏院，要么就去听音乐会或者看一看体育比赛。他们在服装工厂认识的小鲫鱼有时也跟他们一起玩儿。在之前我说过，小鲫鱼是个演员，因此他最清楚哪一个戏院正上演什么好戏，并且总能给旅行者们建议，最好先去看哪一部。

总之，他们的日子过得挺愉快的。唯一能影响小无知心情的，就是想起警察小哨子的时候。报纸报道警察小哨子失踪的那一天，小无知就感到害怕了，担心很快他就会被揪出来。可到了第二天，报纸上报道说，虽然各方都不断寻找，但小哨子仍然下落不明。小无知又高兴起来，并且稍稍感到放心了。

但是一到晚上，良心果然又苏醒过来，并开始责备他。

“那我能做什么呢？”小无知替自己辩解，“警察不见了，但也不是我的错呀。”

“没错，他失踪确实不是你的错。”良心表示同意，“可是，他失踪了，你竟然感到高兴。难道人可以因别人的不幸而高兴吗？”

"这关你什么事？"小无知发了火，"你干吗多管闲事？"

"什么——关我什么事？"良心感到惊讶，"我这是为你好，只要你做了不好的事情，我总是要责备你的。"

小无知感到惭愧了，他对自己发誓，再也不幸灾乐祸了。可到了第二天早晨，他又开始紧张不安起来。他颤抖着拿起报纸，害怕在上面看到警察小哨子终于被找到的消息，害怕自己用魔杖毁了警察局墙壁的消息被曝光。在看到小哨子还是没有被找到的新闻之后，小无知轻松地舒了口气，差点儿没高兴地跳起来。可一到晚上，他又责备起自己来，然后等到第二天早晨就又高兴了。渐渐地，他不再在乎良心的责备了，再没有什么能让他不开心了。与此同时，新朋友们让他们一刻都不闲着。小方块和铆钉锤甚至差点儿为他们吵起来。小方块很想继续建筑的话题，向他们介绍小西瓜的房子，可是铆钉锤不让他说一个跟这个有关的字，也不让旅行者们离开自己一步。小方块很后悔把小无知、小按钮和花脸斯基介绍给铆钉锤。

"要是早知道会这样的话，我就不会让你跟他们认识了。"他对铆钉锤说。

终于，他决定第二天早点儿去找小无知他们，赶在铆钉锤到达之前把他们带走。第二天早上，他果真天一亮就醒了，立刻奔去旅馆。但是旅行者们已经出门了，他诧异到了极点。

"这个铆钉锤！又赶在我前头了！"小方块气极了，"好吧，老在背后捣鬼，简直不知道该拿他怎么办才好……"

小方块生气地皱着眉头，刚走出去就遇见了铆钉锤，他正开着自己的跳跃汽车赶来。

"你这是赶着去哪儿呀？"小方块奇怪地问他。

"能到哪儿去？"铆钉锤感到挺奇怪，"去找小无知他们呗！"

"已经有人把他们请走了。"

"谁把他们请走了？"铆钉锤惊讶得几乎没跳起来。

“我怎么知道！”小方块双手一摊。

“啊！”铆钉锤喊起来，拍了一下自己的前额。“我知道了！是小鲫鱼！咱们一不留神，这个小鲫鱼就把他们拖到什么地方去了！”

的确是这样。小鲫鱼早就邀请过旅行者们和他一起去逛逛太阳公园，他说这要比参观工厂有意思得多。但铆钉锤对“公园”两个字连听都听不得，他千方百计地阻挠这件事。结果小鲫鱼用了一条诡计：他起了个大早开车赶来找旅行者们，把他们载到太阳公园去了。

太阳公园位于太阳城的东郊，占地面积相当大。它由几部分组成，或者按照当地居民的说法，太阳公园是由几个小城组成的：进行各种体育竞技的体育城，有许多游泳池、跳水台和游艇码头的水城，有许多剧院、电影院和马戏团的戏剧城，可以下跳棋和象棋的象棋城，以及一个全是杂耍的欢乐城。

每一座小城都有自己独特的建筑风格，其中最有意思的是象棋城。它被划分成好多好多的大方格，就跟象棋棋盘一样。城中所有的房屋、售货亭和展览馆就如同棋盘上的棋子，也就是炮、王后、象、马等棋子的样子。所有的栅栏都做成卒的模样，每个入口处都立着两匹黑马或是白马。就连这儿的花也是按照棋盘布局分布的，花丛中摆放着小桌子，棋手们可以坐在桌旁下下象棋和跳棋。这儿有许许多多象棋手。男棋手一般都穿着格子衣服，女棋手身穿画有各种棋子的连衣裙。此时，他们正在做关于棋艺的报告，讲述着知名棋手生活中的各种趣事；还进行着象棋比赛，有许许多多小不点儿围着观看，而且他们还和象棋爱好者，也就是喜欢下象棋的普通人进行“以一敌百”象棋比赛。

“以一敌百”象棋比赛就是由一个象棋手同时分别在不同的棋盘上对阵好几个对手。有些高手甚至能同时在十个或十五个棋盘上下棋。而最优秀的棋手——太阳城的冠军小棋子能够同时下二十盘棋。并且他连棋盘都用不着看，只要有人告诉他，别人走了什么，怎么走的，他就会记在本子上，然后告诉大家自己下一步怎么走，这吸引了许多小不点儿来观摩“以一敌百”象棋战局。

不过，在象棋城里最有意思的还是自动下棋机。自动下棋机是一种机器人，它的外观跟普通的小不点儿一样：有手，有脚，甚至还有脑袋。机器人体内安装有电子计算存储设备，通过电线跟棋盘上的方格连接起来。机器人和普通的小不点儿下棋的时候，通过电子设备的计算能找到取得胜利的最佳下法，并移动棋盘上的棋子。其实原理挺简单，因为象棋有自身的理论，下象棋的时候总是可以事先想好怎样移动棋子以赢棋。

自动下棋机是由最优秀的名棋手设计制造的。所以，只有象棋冠军才能胜得了这个机器人。甚至连冠军也不是次次都能赢，有时设计者自己也会输给由自己设计的自动下棋机。这是因为人会疲倦、生病，或者由于一时紧张而走错步子失误，而机器人却从来不累，它的动作很快，可以不停地走下去。当然，这是在它没有受到损坏的状态下。

象棋城的一个比赛厅里就安装着一台超大的自动下棋机，它能够同时与三十二个人下三十二盘棋。机器人被安置在环形桌子的中央，环形桌子上摆

放着三十二副棋盘。愿意和机器人下棋的人，就坐在这些棋盘的后面。机器人在一个棋盘上走了一步以后，就微微转动一下，在第二个棋盘上走一步，又转动一下。就这样老是转动着，一步接一步地下棋。它可以下得非常快，有些对手甚至来不及想出自己该怎么走。这时，机器人会停下来等他，一直等到对方走完这一步。

三位旅行者观看了好半天，看这个巨大的机器人是怎么下棋的。最后，小按钮都看腻了，但小无知却看得心痒痒，一心想着上去下一盘。他瞅准一个参赛者在输了一盘棋后离开棋桌，就赶忙坐在那个人的位子上。他一直嚷嚷说，自己也想下盘棋。小按钮并不同意，她说，她不喜欢看别人下象棋。

花脸斯基也说，他忍受不了这玩意儿，可是小无知坚持要下，就不离开。这时小鲫鱼说，他可以先陪小按钮跟花脸斯基一起去快乐城看看，小无知可以在这里下完象棋，然后再去找他们。于是大家就这么达成了一致意见。

第二十四章 小无知害了象棋瘾

小按钮和花脸斯基跟着小鲫鱼一起到快乐城去了，小无知就和机器人下起象棋来。还没走到十步，他就被将死了。他决定再下一盘，然后拿下这一盘。可是走到五六步又输了。第三次，在第三步就被将死了。机器人好像洞悉了小无知下棋的弱点似的，总能找到办法在最短的时间里赢他。

坐在小无知旁边桌子上下棋的小不点儿说，和这样复杂的机器人下棋对他来说还为时太早，新手最好先跟一种小机器人对局，因为那要简单一些。

原来在象棋城里还有别的自动下棋机，于是小无知离开了那张棋桌，去找和自己的水平相匹配的机器人了。还没走十步，他就碰上了一个小女生，她穿着漂亮的白色连衣裙，上面印着各种颜色的象棋棋子，头上戴着皇冠，就像是象棋棋盘上的皇后一样。

她就像是跟老朋友打招呼一样对小无知笑了笑，然后说："您好！"

"您好！"小无知回答，"我和您是不是在哪里见过？"

"您真不害臊，小无知！难道您忘了？您还去过我们服装工厂呢。"

"啊，对了！"小无知叫着，"现在我想起来了，您是小绒线。"

"没错！"小绒线说，"来，咱们在长凳上坐坐吧，这里景色很美。"

他们坐在了长凳上，小绒线

说："我们没有忘记您，时时想起您到我们那儿访问的情形。那是一段挺愉快的回忆。记得吗？小缝针对铆钉锤说，'您不是一匹马，现在也不在马厩中……您回家里哼哼去！'哈哈哈！现在在我们那儿只要有谁笑了，我们就说，'您不是一匹马，现在也不在马厩中，您回家里哼哼去吧，哼完了再回来！'"

说到这儿，小绒线跟小无知愉快地笑了。

"您说说看，您喜欢我们的城市吗？"小绒线问。

"挺喜欢的，"小无知回答，"你们这儿有各式各样的汽车，有电影院，有剧院，有商店，还有餐厅。你们什么都有！"

"你们那儿难道跟我们这儿不一样吗？"

"差远了！"小无知摆了摆手，"在我们那儿，要是想吃苹果，就得爬树；想吃草莓，就得等它从幼苗长起来；要是想吃坚果呢？就得到林子里去。你们多么简单——只要到餐厅去就行，可以想吃什么就吃什么。可在我们那儿，想吃什么得先劳动才行。"

"我们也得劳动呀！"小绒线反驳说，"得有人在田地里种粮食和蔬菜，还得有人在工厂里生产制造各种东西，然后大家才能在商店里拿到自己所需要的东西。"

"可是你们有机器呀！"小无知回答说，"我们可没有机器。我们也没有商店。你们都是一起生活的，而我们那儿每栋小房子都是自己的一个样子，看上去乱糟糟的。比如说吧，在我住的房子里，有两个机械师，却没有一个裁缝。而在另一栋房子里住着的只有裁缝，连一个机械师也没有。要是你需要一条裤子，去找裁缝，他不会白白给你裤子的，因为他要是白白地送给大家裤子的话，那……"

"那他自己就没有裤子了！"小绒线笑了。

"比这还糟！"小无知摇手说，"他不仅会没有裤子，还会饿肚子，因为他无论如何也不能在同一时间既缝衣服又做饭吃！"

“这……当然，是这样的。”小绒线说。

“也就是说，为了得到这条裤子，你应该给裁缝，比方说，一个梨。”小无知接着说，“要是裁缝不需要梨，而需要的是桌子，那你就得到木匠那儿去，把梨给他，让他给你做张桌子，然后拿这张桌子再从裁缝那儿换来裤子。不过，木匠也可能说，他不需要梨，而需要斧头，你就不得不去找铁匠。也许这还不算完，当你拿着斧头去找木匠的时候，他已经不需要斧头了，因为他在别的地方找到了。这么一来，你还是没有裤子，却得到了一把斧头！”

“是呀，这真是太糟糕了！”小绒线笑着说。

“糟糕倒不在这方面，因为每件事情总有解决的办法。”小无知回答说，“至少，朋友们是不会不管你的，会有人给你裤子或者借给你一段时间的。最糟糕的是，这样一来，就有小不点儿得了一种可怕的病——贪心病或是吝啬病。有些吝啬的小不点儿把能拿到的所有东西都往自己家里搬，不管需要还是不需要。我们那儿有一个叫小油饼的小不点儿，他的家里堆满了各式各样的破烂儿。他想着，这些破烂儿早晚会为他换来他所需要的东西。除了破烂儿，他还有一大堆宝贝，这些宝贝别人可能会用得着，可是在他那儿却被掩盖在灰尘之下，都放坏了。他那儿有许许多多各式各样的外套和数不清的短袖衫。光是上衣就不下二十件，裤子呢，不会少于五十条。所有这些东西都被他乱堆在地板上，连他自己也记不清楚自己到底有什么东西和没什么东西。有的小不点儿就利用了这一点，要是有谁急需裤子或者外套，都到这个破烂儿堆里去挑，小油饼也不会发现自己丢了东西。不过，要是被他发现了，那你就得小心些了，他会拼命地大喊大叫，把你吓得直往门外跑。”

小绒线一边听小无知讲，一边哈哈大笑。然后，她的神情变得严肃起来，对小无知说道："嘲笑有毛病的人是不好的！还好，我们这儿没人会得这种可怕的病。既然我们随时都可以在商店里得到好看的、体面的衣服，我们干吗还要囤积一大堆衣服在家里呢？再说，时装的款式总是在变，衣服要是过时了，人们就再也不愿意去穿它了。对了——"小绒线突然想起来，"您的朋友们呢？小按钮跟那个……小灰脸，对吗？"

"不是小灰脸，是花脸斯基，"小无知纠正道，"他们和小鲫鱼一起到快乐城去了。我留在这儿跟机器人下象棋。"

"您已经下了吗？"

"下了三次，一次都没赢。"

小绒线听说小无知是跟大机器人下的棋，她告诉他说，这个机器人是由象棋冠军小棋子设计的，因此，就连很有经验的象棋手都挺难赢它的。和它下棋，哪怕下成了平局，也是一件很了不起的事。谁要是能赢机器人一盘棋，就有权利和冠军小棋子一决高下，跟象棋冠军比拼一二。

对于小无知这样经验较少的人，象棋城里为他们准备了不少不是特别厉害的机器人，想要赢它们则容易得多了。除此以外，许多机器人都配备了一些辅助设备，会让参赛者觉得更有乐趣。例如有一个机器人，它有一副非常好笑的脸孔，会耸着鼻子东闻闻西嗅嗅，还会用手去搔自己的后脑勺，真是好玩得很。另一个机器人的面孔由柔软的塑料制成，每当它走了一步好棋，脸上就会露出开心的微笑，当赢得一局的时候，嘴巴就会一直咧到耳朵根。但要是输了呢，

它就会摆出一副可怜兮兮的表情，任谁看了都不由得发笑。还有这么一个机器人，它鼻子上的电灯一亮，整个鼻子就会发出红光，头发也在脑袋上直直地竖起来。

除此以外，还有会表现各种参赛者性格的机器人。有一个每走一步之前总是久久地皱着眉头，不知道为什么，还老是去拽自己的鼻子，然后才犹豫不决地从棋盘上拿起棋子，拿在手里好半天，像是在慎重思考该怎么走好，终于走了一步，又连忙把落下的棋子抓回来，又摆出思考的表情。它的这些小把戏常常让一些急性子的参赛者急得够呛，但这样一来，下棋的时候就不再枯燥了。还有一个机器人，在落子以前一定得先哼哼几声，嗯嗯几声，咳嗽几声，晃晃脑袋，耸耸肩膀，摊一摊双手；另外，还有一个机器人在走棋的时候，总爱嘟囔几句话，类似于："唉，您怎么能这么走呢？好吧，瞧我的！"或者是："现在就让您看看，究竟该怎样下象棋！"或者是："您快失败了。"这都是用录音机录下的话，也就是装着磁带的录音机器，它可以记录各种不同的话。在每走一步棋以前，录音机会自动播放，这样，大家就会听见机器人讲话了。

每个机器人都有自己的名字。例如，那个能同时下三十二盘棋的大型机器人叫作"巨人"；那个会说"您快失败了"的机器人，名字就叫"失败"；而那个会搔后脑勺的，不知为什么被唤作"大狗"。在小绒线向小无知介绍了所有的机器人之后，小无知同每个机器人都下了一盘棋，最后他只赢了"大狗"。

"您瞧，您已经有了进步！"小绒线说，"您得多到这儿来练习练习。"

就在小无知忙着下象棋的时候，小按钮和花脸斯基在快乐城也玩得正高兴。快乐的心情在他们刚刚到达快乐城城区的地方就开始了，也就是说，游人们刚到入口时，就已开始自己的快乐之旅了。

这个入口可不是普通的大门，也不是栅栏，更不是简简单单的小门，而是隧道一般的一根粗金属管子。它不停地滚动着，每个想要通过它的人，要想简简单单地走过去，就一定会摔跤，因为双脚总是会滑到一边去。为了保持平衡，

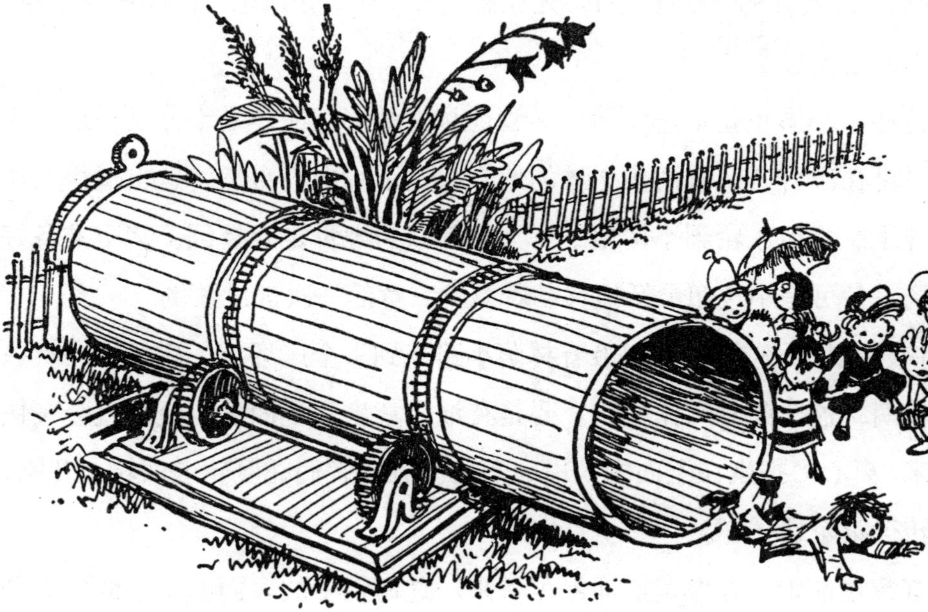

就不能走直线，而是需要踮起脚尖、灵活轻巧地斜着走。有一些小不点儿这样走路已经走得非常熟练了，甚至身体晃都不晃就能顺利通过管子。不过，这样的人并不多。大多数游人不先在管子里滚上几下，是无论如何也进不了快乐城的。通常会有一群小不点儿站在这个旋转管子的前方，嘲笑那些想要通过管子的尝试者。小按钮、小鲫鱼和花脸斯基站在人群里，也跟大家一起笑。尤其是花脸斯基，他笑得格外响亮，在他看来这根本就没什么难的，有人会摔倒那都是因为摔倒的人自己太笨了。花脸斯基哈哈大笑了一阵之后，决定表现一下自己的灵活性，就大胆地走进了管子。还没走一步，他就滑倒了，还在圆筒里滚来滚去，像一根木棍儿似的，口袋里的糖果也全都撒出来了。花脸斯基忙把糖捡回来，塞回口袋，同时又尽力想站起来，可是总也站不稳，刚站起来就又摔倒了。他就这样在圆筒里翻了几个跟斗，最后，从圆筒的另一端摔了出来。这引起了围观小不点儿们的哄堂大笑。

“您瞧，咱们还没进到快乐城里呢，就开始快乐了。”小鲫鱼对小按钮说，“您看，在这里，让人开怀的方法很简单，先让您去笑别人，等到您自己爬进管子里，那就轮到别人来笑您了。”

说完这些，小鲫鱼就走进圆筒。尽管他身材肥胖，但还是十分灵活地走完了全程。只是在离管口只有两步之遥的地方滑倒了一次，自然，这也逗得大伙儿笑了一阵子。然后，轮到小按钮了。大家都以为她肯定会摔倒，甚至准备好大笑她一场了，可是小按钮灵活地移动着双脚，竟然一次都没跌倒。

来到快乐城里面，旅行者们沿着林荫小路来到一个广场上。广场中央有一个巨大的木圈，这个圆圈叫作魔轮。要是有谁愿意坐到上面去，魔轮就会飞快地转动起来，离心力把坐在上面的人甩向一边。旅行者们在魔轮上面转了几圈，下了地仍转得跟陀螺一样。

他们继续往前走，在魔镜前面停了下来。这面镜子的表面不是平的，而是扭曲的，并且它还时刻在变着。小不点儿照一照这面镜子，脑袋就变得长长的，就跟豌豆荚一样，两条腿变得短短的，跟鹅腿一样；然后又会恰好反过来：腿变得长长的，跟通心粉一样，而脑袋就变得扁扁的了，像一张煎饼；接着鼻子也会拉长，脸蛋歪到一边；最终，脸蛋就会变得什么都不像了。任谁看到镜子里的自己，都会忍不住哈哈大笑。笑过之后，胃口大开，于是，小伙伴们就去餐厅吃饭，午饭过后他们去玩了核动力滑轮自动椅和滚珠自滑冰鞋。

核动力滑轮自动椅的外观看起来就是一把普通的带脚垫的小圈椅，只不过它的腿上安装的是软橡胶滑轮。椅子底

下还有个推动椅子的核发动机，只有一点点大。

乘坐自动椅根本不需要会驾驶。只要坐上去，说一声“前进！”，椅子就会自动前进了。只要说声“快些！”或者“慢些！”，椅子就会立刻加速或者减速。要是对它说“向右”或者“向左”，椅子就立刻向右转或向左转，要是说“停！”——椅子就会立刻停下。

所有这些指令都不需要说得太大声，小声说就行，甚至完全不用说出声来，只在心里默默地想一想也会管用。小按钮和花脸斯基很想弄明白这到底是什么原理。小鲫鱼说，因为下方的椅架可以接收到来自小不点儿脚上的电波信号，然后将这些信号传给专门的电子设备，电子设备就会相应地开启发动机，调整速度，进入向右转或是向左转的模式。

“从我们脚上能得到什么信号呢？”花脸斯基问，“我脚上从没发出过什么信号啊。”

“只不过是您没有察觉罢了，”小鲫鱼回答说，“这些信号非常微弱，但真真切切是存在的。只要您想着‘前进’这个词，从您的大脑神经就会立刻产生一股电子脉冲，传到双脚以后，自动椅的电子设备就接收到了。”

花脸斯基坐上自动椅子，饶有兴趣地观察着椅子究竟是怎样听他的思想指挥的，然后说道：“嗯，依我看，这样的椅子简直比小无知的魔杖还要好，向右或是向左，只要想一想就实现了，但魔杖还需要去挥动它，口中还得念念有词，说出心中的想法。总之，实在是麻烦！”

玩够了自动椅子，花脸斯基、小按钮和小鲫鱼又去滑滚珠自滑冰鞋，冰鞋上也安装了类似于自动椅子上那样的电子设备。也就是说，能够从滑冰的小不点儿脚上接收电子脉冲，然后把他送到他想去的地方。

小鲫鱼介绍说，目前，这些自动椅子和自滑冰鞋只在公园里才有，可是很快就能普及了，人们利用它们可以满城跑。以后有可能不会有人再坐汽车了，大家也许都改坐自动椅子了。

一天的时间不知不觉就过去了，小按钮、小鲫鱼和花脸斯基回到象棋城，找到小无知和小绒线，然后大家又一起上戏剧城去看戏。

从那天起，在快乐城里每天都可以看到小按钮和花脸斯基的身影，而小无知却成天泡在象棋城里。在象棋城他常常会碰到小绒线，时常和她一起聊天，无话不谈，但主要聊的还是下棋的事情。小绒线是一个棋迷，她很高兴小无知也迷上了象棋，或者，就像在太阳城里大家常说的那样——他害了象棋瘾。

第二十五章　小哨子找到了

待在医院里的小哨子，一开始感到很奇怪，为什么医院里的医生和护士都管他叫小烙饼。但他一时间并没想到要问一问，问问大家为什么会叫他这个怪名字。这可能是因为脑震荡让他变得迟钝，脑袋不像过去那么好用了。

后来，他的智商渐渐恢复到了从前的水平，可他已经在不知不觉中习惯了新名字，所以，在好几天之后，他自己也默认自己就叫小烙饼了。只不过听到有人这样叫他时，偶尔他会先哆嗦一下，并不会立刻答应。因为他得先反应一下，这究竟是在叫他呢还是在叫其他人。

倒是大夫小绷带发觉了小哨子这个奇怪的反应。但在他看来，这是一种病态的表现，这种状态对神经系统起了兴奋和抑制作用。他继续用自己的那一套治疗方法，也就是笑疗法，来为小哨子进行治疗。起初，他的这些笑话对病人没起到什么作用。不过后来，随着小哨子的智商逐渐得到恢复，他脸上开始露出会心的微笑。对了，这一点说明，小不点儿们理解笑话的能力，取决于他们智商的高低。

大夫小绷带发现，小哨子的脸上露出的笑容越来越多，便决定进入下一治疗阶段，不再讲笑话，而是朗读有趣的故事书。为了达到这个目的，他给小哨子读完了一本由著名作家小橡皮写的《三十三只快乐的小乌鸦》。听着这本书上妙趣横生的故事，小哨子大声地笑着。这大大鼓舞了大夫小绷带的治疗热情。他决定，是时候让病人自己阅读了，他给病人带来了一大堆报纸，上面刊登了许许多多有关警察小哨子失踪的趣事。

但是报纸上刊登的这些趣事并没有让警察小哨子开怀。在报纸上看到了自己的名字以后，他想起自己就是这个失踪的警察小哨子，他根本就不是医院里大家口中的小烙饼。小哨子的意识完全恢复过来了，他想起了过去发生的一切——小无知挥了一下魔杖，警察局的墙壁就倒塌了。小哨子把报纸扔向一边，想跳下床去，但是大夫小绷带说：“躺下，躺下，小烙饼！您这是突然间想到哪儿去啊？”

“我根本就不是什么小烙饼，我是警察小哨子。”小哨子回答说，“我必须尽快回到岗位上去抓住那个魔法师，夺去他的魔杖。是他用魔杖毁坏了房子，这可能还会给居民们的生活带来巨大的危害。”

大夫小绷带知道，有一些病人由于精神错乱，特别爱胡思乱想，以为有巫婆、巫师或者恶毒的魔法师要迫害他们。因此，他耐心地向小哨子解释，根本就没有什么魔法师，可是小哨子却很坚定地宣称，自己亲眼见到了魔法师，亲眼见他毁了警察局的墙壁。

“这个魔法师长什么样呢？”大夫小绷带微笑着问。

“他长得就是普通小不点儿的模样，只不过他穿着黄裤子，手里拿着一根魔杖。”小哨子回答。

“唉，这些显然都不过是您的错觉罢了。”大夫小绷带说，“从没见过小不点儿穿黄裤子！哪里有这样的时尚！”

“黄裤子不时尚倒是正好，这样按照黄裤子找，很容易就能把他辨认出来了，必须把魔杖没收。”

大夫小绷带无可奈何地摇了摇头，伸手摸了摸病人的额头，他怀疑病人是不是发烧了，然后说道：“您是不是头疼？”

“一点儿都不疼！”小哨子气呼呼地回答。

“只是您觉得它不疼罢了，事实上它是疼的。”小绷带说，“我们现在给您敷上冰块儿，您立刻就会觉得舒服一些了。”

大夫小绷带把护士叫过来说："护士，给小烙饼敷上冰块。"

"我已经向您说过了，我不是小烙饼，我是警察小哨子！"

"那好吧，好吧，"小绷带顺着他说，"病人在脑震荡以后，往往会把自己想象成各种各样的名人。您这是在报纸上看到了名人警察小哨子，就认为自己是小哨子了。"

"不对，我本来就是小哨子。"

"好吧，那您看看自己的证件，就能确定您是小烙饼，而不是小哨子了。护士，请把小烙饼的证件拿来。"

护士拿来了小烙饼的外套，从口袋里掏出一本驾照来。

"来吧，咱们看看，这里写着什么，"小绷带拿起驾照，说道，"您住在通心粉街没错吧？"

"没错。"小哨子肯定地说。

"在 37 号楼里？"

"在 37 号楼里。"

"那也就是说，您是小烙饼无疑。"

"这不可能！"

"怎么不可能？您瞧，这儿白纸黑字写着——'小烙饼'……看见了没有？——是'小烙饼'。"

小哨子拿过驾照，看着上面的内容，迷茫地念道："您瞧，没错，是'小烙饼，家住通心粉街 37 号楼 66 号房间……'不，等等，为什么是 66 号房间？我明明住的是 99 号房间。"

"喏，您的脑子因为撞击出现

了问题，变得有些颠三倒四了。”小绷带说，“您把66颠倒过来看，不正好是99吗？”

小哨子把执照倒过来看了看，笑着说：“瞧一瞧，果真是99！那如果我是小烙饼的话，我就不是小哨子了；就是说……奇怪！我不是小哨子，我就是小烙饼！是不是这样？”

“完全正确，”小绷带肯定地说，“不过您别紧张，最好努力让自己睡着。再醒过来的时候，您就会忘掉关于小哨子的一切了。其实是我的错，我不该让您读这些报纸。”

小哨子渐渐平静下来，很快他就睡着了。

但是，在这次谈话以后，大夫小绷带却陷入了沉思。他并不怀疑小烙饼不是小烙饼。不！他坚信，小烙饼就是小烙饼。但他还是放不下心。于是他取过那本驾照，动身到通心粉街37号去，上到四楼，来到66号房间门前，他按下门铃。小玩笑给他开了门。

“请问，小烙饼是住在这里吗？”医生小绷带问。

“是的，请进。”小玩笑回答。

医生走进屋子，小玩笑对坐在沙发上的小烙饼说：“喂，小烙饼，有人找你，我可不是在开玩笑！”

小烙饼迎着小绷带从沙发上站起来。

“这么说，您就是小烙饼了？”看见在自己面前站着的真正的小烙饼，小绷带感到挺奇怪。

“没错，是我。为什么我会不是小烙饼呢？”

“您是，您是，您当然是啦！”小绷带赶忙表示同意，“为什么您会不是小烙饼呢？……问题在于，我们那儿已经有一个小烙饼了，也就是……真难开口！请问，会不会，凑巧，您丢了自己的驾驶员执照？”

“天哪！天哪！”小烙饼高兴极了，“我是丢了……不，也不能说是丢了，是那个在这儿过夜的怪人把它连同我的外套一起穿走了。”

医生小绷带从口袋里拿出驾照，给小烙饼看。

“是我的，千真万确！”小烙饼看到驾照大叫着，“怎么会在您手中？”

医生小绷带向小烙饼和小玩笑讲了小女生罂粟花送一个昏迷的小不点儿去医院的经过。小玩笑和小烙饼也告诉医生，那天晚上，那个小不点儿不知怎么的就睡在他们家里了，离开的时候还错穿了小烙饼的外套。

小玩笑和小烙饼拿起小哨子的外衣，和医生一道去了医院。他们一看见睡着的小哨子，就立刻把他认了出来。肯定地说，这正是那天晚上睡在他们家里的小不点儿。他们拿着小烙饼的外套离开了，还请求第二天再来探访病人。他们想好好地问问他，那天晚上他到底是怎样闯到他们家里去的。

小玩笑和小烙饼一离开，医生小绷带又陷入了沉思：“现在清楚了，我们的小烙饼并不是小烙饼。如果他不是小烙饼，那毫无疑问他不是别人，他正是失踪了的警察小哨子。”

得出这个结论以后，大夫小绷带给报社打了个电话，说失踪的警察小哨子并没有失踪，他现在正在他们的医院里。报社的记者立刻就赶到医院来了。他先跟医生小绷带以及警察小哨子聊了聊，然后又去采访了小玩笑和小烙饼，了解了他们所知道的一切情况。然后他又去找小女生罂粟花，向她详细地询问了有关情况，最后去了警察局，看了倒塌的地方，并且还和警察小卫兵进行了谈话。

第二天早晨，报纸上就详细地报道了警察小哨子失踪的经过，整个城市都被这个意外的新闻震惊了。居民们争相传阅报纸，上面刊登着惊动全市的警察小哨子终于被找到的消息。一时间所有人都谈论着小哨子的事情。

小无知一大早就跑到象棋城去了，入迷地跟自动下棋机“大狗”下着象棋。他发现大街上到处都是三五成群的小不点儿，他们一边读着报纸，一边热火朝天地谈论着什么事情。小无知有些好奇，很想知道他们在谈些什么，但是象棋把他深深地吸引住了，他不想放弃已经开始的这局棋。就在这时，小绒线一边挥着手中的报纸，一边飞快地跑来。

“小无知，”远远地看见小无知，小绒线就叫了起来，“小哨子找到了！”

“哪儿的什么小哨子？”小无知不明就里。

显然，他已经把小哨子忘了。

“喏，就是那个失踪了的小哨子呀。”

小无知一下子全想起来了。他扑向小绒线，从她手里抢过报纸，读了起来。报纸上有小玩笑和小烙饼的谈话，有罂粟花的叙述，有警察小卫兵的讲述，还有大夫小绷带的话，也有小哨子自己叙述的全部事情经过。小哨子十分肯定，毁坏警察局墙壁的，是一个身穿亮黄色裤子的魔法师。根据这一点，很容易就能找到他，好把他那害人的魔杖没收。

读完小哨子的这些肯定的叙述，小无知吓坏了。他脸色苍白，跌坐在长凳上，并用报纸遮住自己那条亮黄色的裤子。看到他这些奇怪的举动，小绒线不由得笑起来。

“您怎么啦，小无知？”她问，“啊，我明白了！原来您穿的也是黄裤子，您怕别人把你当成魔法师，是吗？”

“是。”小无知承认。

“真不嫌害臊，小无知！”小绒线嚷嚷着，“难道您不知道在这个世界上压根就没有魔法师吗？”

“那为什么小哨子说他看见了魔法师呢？”

“不过是胡说罢了！”小绒线回答，“小哨子还没有完全康复，他还在说胡话，脑筋也错乱了。您看看大夫小绷带对这件事是怎么评价的。”

小无知定神去读刊登在报纸上的大夫小绷带的话。大夫小绷带说，警察小哨子还没有完全康复。他的智商在脑震荡以后还没完全复原，他的脑筋也还处于错乱之中，所以他才会胡说八道地宣称自己看到了什么穿黄裤子的魔法师。也就是说，他以为自己看见了魔法师。但事实上他从来也没有见到过什么魔法师，不过，病人的这种状态会改变的。目前，他还需要继续住院，因为说胡话的病人会对周围的人构成威胁。

知道小哨子不会马上就出院后，小无知才稍稍放下了心，可他还是不敢离开凳子，因为他觉得大家都在看他的黄裤子。

“您真是怪人！”小绒线说，“好像只有您一个人穿着黄裤子似的。您瞧瞧周围！”

小无知看了看四周，看到果然有许多小不点儿都穿着黄裤子。

“还记得吗，你们在我们工厂参观的时候，设计师小扣子设计了黄裤子的图纸？”小绒线说，“现在工厂已经开始生产这种裤子了，从昨天起，黄裤子已经在各个商店里上架了。现在，黄色是我们这儿最时髦的颜色呢！”

第二十六章　重要事件

看到并没有人注意自己的黄裤子，小无知便安下心来，不再去想警察小哨子的事了。这一天他依然过得非常愉快，只是到了晚上，当他躺在床上将要入睡的时候，他突然感到有一丝丝不安。一开始他都不明白这是怎么一回事——好像失去了什么，又好像辜负了谁，又好像是有谁辜负了自己。

“我这是怎么啦？”小无知也想不明白，“一切不都挺好吗，偏要跟自己过不去！”

他在床上翻来覆去，极力想要入睡。突然他听到一个又细又尖的声音在耳边萦绕，就像是蚊子的嗡嗡声。小无知全神贯注地听，渐渐从这个声音里分辨出一些单词——“你忘……忘……忘记了警察的事了吗？”

“又是你！”小无知吃了一惊，“噢，你是良心！哈哈，真是，好久不见！”

良心并没有理睬他的讥讽，不依不饶地继续说着：“你倒是还睡得着，因为你，那位警察现在还住在医院里。你得去找小绷带，告诉他，小哨子的确看到了你的魔杖。小绷带就是以为小哨子失去了理智，才一定要把他留在医院里医治的。”

“又在惩罚我！”小无知恨得牙痒痒，“刚要睡着，它就醒了，开始没完没了地找事。为什么它大晚上的就是不睡觉！”

良心仍在唠叨，一刻都不住嘴，固执地坚持着自己的看法：“我都是为你好，每当我看见你做了什么坏事情，我就不能睡觉。”

“那好吧，好吧！”小无知气坏了，“明天我就去自首。就让警察来惩罚我吧，让他们把魔杖也拿去。我可以没有魔杖。就因为这根魔杖，才惹出这么多的麻烦！”

这些话还没全部说完，良心就安静了下来，小无知立刻就进入了梦乡。

当然，到了第二天，小无知既没有去警察局，更没有向谁坦白自己的过错。到了晚上呢？当良心再次谴责他的时候，他就保证明天再履行自己的诺言。就这样，他找到了一个对付良心的绝妙办法，完全用不着跟它争论，只消说“好吧，明天一定”，良心就会立刻平静下来，然后他就能安安心心地睡着了。

旅行者们照旧是一整天一整天地逛公园。可太阳城里却发生了一些大事，这些事情一点一点地让太阳城市民的生活发生了翻天覆地的变化。在这些重要事件中，由三头驴变来的三个小不点儿起到了举足轻重的作用，这三个人就是大家都知道的愣头青、尥蹶子和小飞马。自从这三个家伙在通心粉街碰到一起，愣头青想出在人行道上横拉一条绳子的馊主意，让警察小哨子摔了一跤以后，他们就再没分开过。三个人凑在一起，无论如何都不会无聊，尥蹶子和小飞马盼望着愣头青能再多想出几个更有意思的整人法子来。愣头青说，他所知道的最有意思的恶作剧，就是拿着水龙头浇行人。不过，再过些时候，没准他会想出一些别的法子来。

到了第二天早晨，浇花的工人刚刚开始工作，愣头青、尥蹶子和小飞马就成功抢来一条皮管，开始向过往的行人身上浇起水来。等到有人反应过来究竟是怎么一回事的时候，许多人已经从头到脚被淋成了落汤鸡。愣头青、尥蹶子和小飞马继而又在另外几条街上搞了这个恶作剧。当然，他们的行径没能瞒得过大家，第二天的报纸上就出现了这样的报道：

“过去本报曾报道过，有两个无名行人手持浇花的皮管，浇街上的行人。昨天一天，又发生了几起这样的荒唐事。有一个行人浑身都湿透了，得了感冒病倒了。现在他正在医院里治疗。就目前情况来看，他得在医院住上几天。

“必须指出的是，往行人身上浇凉水这一行为，是极其野蛮和愚蠢的，这种行为在我们的城市里早就看不到了。最后一次发生类似的事件还是几十年前，曾经有过某些小不点儿，喜欢把自己的享受建立在别人的痛苦之上。比方说他们中有人喜欢偷偷摸摸地走到别人背后，冷不丁地在人家背上打一拳，或是往人家头上浇一杯凉水。戏弄过行人之后，他们就飞也似的逃跑了，因此，他们得到了‘流风’这个绰号。

“多年以前，通过一系列教育措施，流风在本市已经绝迹了。但现在让人感到困惑的是，如今这些浇别人水的小不点儿是过去遗留下来的流风呢，还是从哪儿冒出来的新的流风？相信很快一切都会水落石出的。”

其实，往行人身上浇凉水并不是这几个流风唯一的消遣。他们见太阳城的居民们经常玩捉迷藏，也学着玩起来，不过加了些新花样，让游戏变得更刺激。到了后来，这种新游戏在普通小不点儿中间也流行了起来，游戏有了新的名字——流风捉迷藏。参加游戏的人手里拿着一杯水。捉的人不仅要把藏起来的人找出来，还要把杯子里的水浇到他身上。至于藏起来的人，也需要把水浇到那个找他的人身上。这样一来，这个名叫“流风捉迷藏”的游戏就固定了下来。参加游戏的人相互追逐着，相互浇着水。被追赶的人如果能成功浇别人一身水，就可以不用再被追，而是由那个挨浇的人来代替他，于是挨浇的这个人又要去努力浇别的人。

除了这些需要跑来跑去的游戏，愣头青、尥蹶子和小飞马还很快掌握了一些桌游。譬如说纸牌、多米诺骨牌、台球、跳棋，甚至是象棋。但是他们总是不喜欢跟大家玩儿得完全一样。于是，他们之中主意最多的小飞马提议玩弹脑门儿的游戏。无论是下象棋、下跳棋、玩多米诺骨牌或者是打台球，凡是输了的人，就要把前额伸出去，让赢了的人弹自己一下、两下或者事先约定的次数。

咱们别忘了，这些低级趣味游戏的产生，均是因为愣头青、尥蹶子和小飞马本不是正常的小不点儿，在他们身上还残留着过去当动物时的那些特性。

尥蹶子特别蛮横。在街上，他从来不给任何人让路。不光不让路，他还要硬生生地撞到每一个迎面而来的人身上，践踏一切碰到脚的东西，还经常随地吐痰。他不会微笑，只会发出刺耳的嘶叫声，这声音让许多人听了都毛骨悚然，纷纷跳到一边去，用双手捂住耳朵。要是他需要什么东西，二话不说就把东西抓过来强行抢占。要是有人不给他，他就拿脚去踢人家，急红眼的时候甚至还想去咬人家。他管别人都叫呆瓜，给人家起乱七八糟的、侮辱人的绰号，动不动就要扯别人的耳朵来威胁人家。别人好端端地在家里睡觉，他问都不问地就闯进去，想拿走什么就拿走什么。

小飞马和愣头青也好不到哪里去。他们三个依旧很纳闷：为什么他们不再用四条腿走路，而是用两条腿了呢？他们总是克制着手脚着地、发出驴叫的冲动，有一种内在的力量把他们牵制住了，他们并没有那样做。但那种冲动还是有的，因此他们心中被啃噬得直痒痒。对他们来说世界不再可爱，他们一天到晚浑身上下每一个毛孔都不舒服，总想干一些恶作剧，把别人也弄得像他们一样不舒服。要是小无知能知道他们的痛苦，肯定会马上把他们变回驴的。但小无知对此毫不知情。

太阳城的市民们经常看见这三个家伙在一起。明眼人一眼就能发现他们的共同之处。三个人的穿衣风格几乎一模一样：五颜六色十分鲜艳的短上衣外套，袖子又窄又短，大拳头从袖子里露出来，裤子又肥又长，是一种有毒似的黄绿色，头上戴的帽子也不伦不类的——布满艳丽斑点的怪里怪气的无边软帽。仔细瞧瞧，在他们的脸上也可以发现共同之处：他们都有一个纽扣一样的短鼻子和长长的上嘴唇，整张脸呈现出一种匪夷所思的蠢相。咱们前面说过了，他们唯一不同的地方在于小飞马的雀斑只生在鼻子上，尥蹶子的鼻子上和脸颊上全是雀斑，愣头青的整张脸上都布满雀斑，就像是罂粟花的花籽一样。

由于太阳城里人人都非常注重穿衣打扮，追求和讲究时髦，所以，许多市民很快就注意到了愣头青、尥蹶子和小飞马的穿着。有些人敏锐地察觉到，这或许是新的流行趋势，于是纷纷拥向商店要求购买类似的服装。但是商店里既没有花花绿绿的窄袖子上衣，也没有花里胡哨的无边软帽。唯一买得到的就是黄裤子。于是马上有好多人穿起黄裤子来，可是大家又很快发现，这种裤子并不是他们想要的那一种。首先，它不够肥大；其次，它不够长；再次，它的颜色就是纯黄色，而大家想要的是带一点儿绿色的黄色。

这样一来，由小扣子设计、由服装工厂生产的大批黄裤子全都积压在了商店里，没人想穿了。小缝针气得直想扯自己的头发。而此时，各个商店纷纷提出要求，要求工厂生产肥大的黄绿色裤子、窄袖子的短上衣和花里胡哨的无边软帽。

“简直要把人逼疯了！”小缝针气得要爆炸了，“谁见过那么肥大的裤子搭配窄袖子的上衣的？不，我们才不纵容这样的风潮！太没品位了。”

“没错！”小扣子附和她的看法，她也非常生气，因为按照她设计的图样生产出的裤子如今没人要了，“哪里有见过裤子搞成黄绿色的？这不是艺术！绝对不符合审美！”

"绝对不！绝对不！"小缝针接着说道，"我们的工厂才不做这样的裤子。哪怕他们会没裤子穿，也不关咱们的事！"

而有一些赶时髦的人，等不及工厂大批量生产他们想要的衣服，已经开始自己用黄绿色的料子缝制又肥又长的裤子了。做时髦的短上衣和小帽子倒也还简单——只要把从商店拿回来的任何一件短上衣的袖子剪短改窄，上衣就会立刻变得时髦起来。做小软帽就用普通的草帽——把草帽的边全剪下来，就能得到一顶没有边的帽子，然后把这种小帽子的边再向里折一些，再用颜料喷上些斑斑点点，最后用一小段绳子缝条小尾巴就大功告成了。时髦的人在时装缝制方面获得了很大的成就，在一栋房子里甚至还成立了专门的剪裁和缝补社团。

还要向大家交代的是，大家对这三个家伙的模仿并不仅仅限于穿着打扮。有一些小不点儿赶时髦的态度十分虔诚，他们想让自己在各个方面都向愣头青、尥蹶子和小飞马靠拢。于是经常可以看见有小不点儿在镜子前面一待就是好几个小时，一只手去按鼻子，另一只去拉上嘴唇，拼命地想让鼻子变得尽可能短一些，嘴唇则尽可能长一些。他们之中还有一些人，穿着时髦的外套和裤子，漫无目的地在街上闲逛，不给任何人让路，而且还常常随地吐痰。

一时间，报纸上时常会报道一些类似的消息：在某个地方有人被水管浇了，或是有人被横在人行道上的绳子绊倒了，跌伤了额头，一个地方有人从窗户里扔出硬东西砸人，等等。

但太阳城中究竟还是好的小不点儿多，大家对这些现象都感到愤慨。有一个叫小瓢虫的小不点儿专门发表了一篇文章登到报上。他在这篇文章里写道，人们对这种不良现象所表现出的漠不关心让他十分恼火。他确信，这些坏事都是由一群不知从哪儿冒出来的流风干的。他们肯定又出现了。小瓢虫写道，无论这些流风从何处来，都要和他们斗争到底。为了能更好地与流风们做斗争，小瓢虫建议成立一个公共秩序监督会。这个组织的任务是巡视街道，抓住干坏事的流风，并把他们关起来。至于谁要被关一昼夜，谁还要被关更久一些，就取决于他们究竟干了多少坏事和事情的严重程度了。

很快，在另一家报纸上刊登了一篇回应小瓢虫的文章，是由读者小蟑螂写的。他说，其实什么监督会都不需要，因为这样的组织很早很早之前就已经存在了。不是别的，正是大家都知道的警察局，只不过现在它已经忘记了自己成立之初的职责。在小蟑螂看来，以前太阳城一辆汽车都没有，马路上只有步行的路人，警察只要看着他们，让他们别淘气、别耍流氓就行了。多少年过去，小不点儿们的素质显著提高了，大家都变得有礼貌和有教养了，行为也非常文明。后来，街上开始出现各式各样的汽车、摩托车、自行车。警察们光去忙着维持交通秩序了，几乎忘了该怎么监督市民的行为，管教那些无法控制自己行为的流风。在文章的最后，小蟑螂说，警察应该重新干起自己的本行，和流风做斗争，不要把希望寄托在组建什么协会或者什么团体上面。

从那以后，不少报纸陆续就这个问题发表了很多文章。有的小不点儿支持小瓢虫的意见。他们认为警察现在光维持交通都忙不过来，因此如果不成立一个公共秩序监督会，就不能解决社会秩序混乱的问题。另一些人正好持相反的态度。他们说，任何一个公共秩序监督会都解决不了秩序混乱的问题，因为在这方面大家都没有什么经验，所以，应该由警察来负责。对这个问题发表看法的有不少小不点儿，他们分别是：小鸽子、小卡通、小吸纸、小乌龟、小铅笔、小荒唐、小正确、小蚂蚁，还有女教授小脸蛋。

文章写得最吸引人眼球的是小不点儿小铅笔。他的文笔非常尖锐。他用各种骂人的词句来称呼流风们。例如，浮夸公子哥儿、纨绔子弟、谎话大王、野人、猿人、粗野的人以及畸形动物；警察也不能幸免，被他叫作马大哈、缺乏经验的粗心鬼、磨蹭鬼和沉浸在幻觉中的大话王。小铅笔为什么会言辞如此激烈呢？原来他曾在街上挨过浇，而就在不远处的警察却睬都没睬他一下。

第二十七章　流风到处兴风作浪

那一边报纸上有关流风的争论仍在热烈地持续着，这边警察们已经开始行动了。事情的经过是这样的，只要在大街上发生一起恶作剧事件，周围立刻就会水泄不通地围满一大群小不点儿。好奇的人多得不像话，他们不仅会占满人行道，甚至连整条马路都能给占了。这样一来，汽车就不能通过了，巡逻的警察不管情不情愿，都得出面进行干涉，想办法处理交通堵塞。

有一天发生了这样一件事。两个小不点儿——小菜汤和小面包，在街上迎面碰上了。两个人都穿得非常时髦，也就是说两个人都穿着黄绿色的肥裤子和窄袖子的上衣外套。他们谁也不想先给对方让路，结果，其中的一个踩到了另一个的脚（究竟是谁踩到了谁，现在也已经弄不清楚了）。两个人二话没说，先对骂起来。很快，就有一大群人围了上来，于是交通中断了。

警察小靴子赶来，要求大家都散开，可是谁都不肯走。就在这时小菜汤竟然挥起拳头揍了小面包的后脑勺，还把他的一只眼睛打得淤青了。警察小靴子一把抓住了小菜汤的后领，把他拖到警察局去了。在路上小菜汤拼命地想要挣脱，还在小靴子的手上咬了一口。小靴子气急了，一到警察局，他就从柜子里翻出一本藏了不知有多长时间的厚厚的书，上面记载着所有古老的法律。

他在里面读到：古时候打人后脑勺一拳，得关一昼夜，把别人的眼睛打得淤青——关三昼夜，咬别人的手——关七昼夜。小靴子决定采用这些古老的律法。他对小菜汤说，根据他犯下的罪行，应该被关七昼夜作为惩罚，然后就把他带到了一间屋子中。这种屋子每个警察局里都有，不知为何，大家称这种屋子为“冰箱”。至于这个称呼从何而来，现在没人能搞清楚——或许正如大家所说，是从古时候传下来的。其实屋子里面并不冷，虽然在很久以前，屋子里可能是寒冷的。如今这间屋子跟别的屋子唯一不同的地方就是它上了锁。

把小菜汤关在“冰箱”里以后，警察小靴子去餐厅为他打了晚饭，就回家睡觉去了。然而，他也遭遇了小无知经常遭遇到的情况。简单说就是他也遭受到良心的谴责。他辗转反侧，觉得自己没有权利安安稳稳地睡觉，自由自在地想去哪儿就去哪儿，因为这时候有一个小不点儿正被关押着，哪里都去不了。小靴子一直难受到半夜，最后实在受不了了，于是又回到警察局去了，把小菜汤从“冰箱”里放了出来。但是,他一回到家,良心又开始责备他了。良心指出，他没有依法办事，竟然就这么放走了一个本应该被关上七天七夜的流风。

从这以后，类似的事情也开始在别的警察身上发生。像警察小靴子一样，警察们把抓到的流风关进了“冰箱”，然后就会受到良心的谴责和折磨，又把犯人放走,然后又开始不停地问自己:自己这种违反法律规定的做法是对的吗?

就这样，许多警察开始睡不好觉、吃不下饭，坐也不是、站也不是，时时刻刻都平静不下来。有一个警察在放走了一个犯人以后，后悔极了，他只好把自己关了起来，一连在“冰箱”里待了四天四夜，这才稍稍安下心来。

自从小菜汤事件发生以后，警察小靴子回顾了他本人所做的一切，在电视上做了一个报告。他说，不该把流风们关进“冰箱”，正确的做法是在报纸和杂志上讥讽他们，用漫画讽刺他们的行为，写一些诗歌和故事来讽刺他们干出的坏事。这样一来，他们就会改正自己的行为，能变得规矩起来。这个建议一提出立刻受到了大家的赞同。报纸上随即涌现出各种各样的讽刺幽默画和漫画。流风们被画得很夸张，他们穿着又大又垮的黄绿色裤子，见都没见过的窄袖子上衣，小鼻子都被画得短短的，上嘴唇被拉得特别长，看上去简直有些可怕。每份报纸上都能读到以流风为题材的讽刺故事。大家很爱读这种故事，其中反映流风们不良行为的连环画格外受读者青睐，大家都觉得那真是太好笑了。

尽管流风们处处受到讥讽和嘲笑，但是他们的数量并没有减少。糟糕的当然不是他们硬要穿怪模怪样的黄绿色裤子和傻里傻气的窄袖子上衣。最糟糕的是他们执着于模仿流风的做派、坏毛病和不良习惯。这样一来，许多从前从没动过念头要干什么坏事的小不点儿，现在都开始心安理得地从五楼的窗户里向别人身上吐痰了，还沾沾自喜，自以为这样做挺聪明的。还有人从图书馆里借了书回家，竟撕下几页来折纸鸽子。被撕了的书以后还能不能读，对他们来说根本无所谓。还出现了一些爱弹别人脑门儿的小不点儿，甚至还涌现出一批“活动家”，他们不仅爱弹别人，还爱打别人耳光、挥拳头，动不动就揍人家的脖子。久而久之，他们还制定了行规，按照这个行规，扇一下耳光等于揍两下脖子，也可以折合成打五拳或者弹十下脑门儿。玩游戏时，输了的人可以要求赢了的人用一个耳光、五个拳头或者揍两下脖子来代替弹十下脑门儿。

总之，正像前面说过的，流风就是些喜欢给别人找别扭让别人不愉快的人。有些流风还领悟出——单单是在街上玩闹，还不能引起多数市民的不满，因此，他们就想出了闯进人流量大的楼房里去捣蛋的主意。这个坏主意立刻就被一些流风采用了。他们钻进音乐厅，当着许多观众的面用破铜烂铁举办音乐会。这是一种极其野蛮的捣蛋行为，没有人的耳朵能承受得了这种噪音。可是流风们却放出话来，说这是现如今最最流行的音乐，名叫“乱响乐”。

“乱响乐”在城中迅速流行起来，很快就成立了一些乱响乐乐团，用些破旧杂乱的乐器来演奏。这些乐团中最时髦的就要数“风行者”乱响乐乐团了。该乐团的规模并不大，仅由十几个流风组成，其中一个小不点儿敲打罐头盒子，还有一个主唱，第三个小不点儿负责尖叫，第四个号叫，第五个哼哼唱，第六个喵喵哼，第七个呱呱叫，剩下的每个人也都要一边发出不同的怪动静，一边

敲打着破铜烂铁。

“乐迷”们欣赏完这些时髦乐团的表演，回家的时候耳朵还被震得发疼。一路上他们都在咬牙切齿地咒骂这些“乱响乐”，以及“风行者”乐团，还骂自己为什么要来听这种奇怪的音乐会。

剧院也不能逃脱这种“新事物”的冲击。必须强调，在整个事件发展过程中，对时髦的追求起了很大的作用。这不，就有一个最最著名的剧院导演在刚穿上肥大的黄绿裤色子，戴上花里胡哨的带穗儿无边软帽后立刻发表言论，说，剧院才不是博物馆，它不应该落后于生活。而且，现在既然生活已经打破了常规，那么在剧院里的一切也该颠倒过来。如果说过去观众都是坐在台下，演员都是在台上表演的话，那么，现在就应该反过来，让观众坐在台上，让演员在观众席上表演。对了，这个著名的导演名叫小把戏，他在自己的剧院里大胆地革新起来，把椅子放在台上，请观众坐在上面。但台上坐不下全部观众，他又安排其余的观众坐在台下，然后指挥演员们在观众中间进行表演。

“这样就更完美了！”导演小把戏欢欣鼓舞，“过去都是观众们坐在一边，而演员们在另一边，而现在演员就直接在观众之中表演。”

当然，没有一个演员在观众中间能转得飞快，好让大家都能瞧得见他的脸。这样一来，只有一部分人能看到演员的脸，至于另一部分人，则只能看到演员的后脑勺了。布景也是一个灾难，有的观众既看得见演员也看得见布景，有的观众既看不见布景也看不见演员，因为布景正好是背对着他们的，把演员遮挡得严严实实。为了使这部分观众不感到无聊，导演小把戏安排了几个演员满场乱飞，往观众们身上撒些彩色锯屑，然后还用苍蝇拍和气球拍打他们的脑袋。

可观众对剧院搞出的这些东西却并不是很买账，不过导演小把戏说了，这样正好，因为以前，观众喜欢的戏才算是好戏，而现在，所有事情都颠倒过来，谁都不喜欢的戏才能算是好戏。这些话当然没人会听。所以，经常是戏还没演完，观众们就都退场了。导演小把戏并不对此感到失望。他坚信自己能想出新的花样来，能让大家就像被粘在椅子上一样不肯离去。他还真的想出一个办法来，就是开演前在所有的长椅上涂了层焦油，把观众都粘在长椅上，想走也走不了。这法子倒还真有效，不过只成功了一次，因为从那以后，再没人愿意去小把戏的剧院了。

一开始小无知、小按钮和花脸斯基并没有发觉太阳城里所发生的变化，因为他们整天都待在公园里，那里的一切暂时都还跟往常一样。但是没过多久，公园里也有了流风。他们在公园的林荫小道上闲逛，推搡过往的游客，还用各种难听的脏话骂人，往大家身上投掷脏东西，用跑调的破锣嗓子哼唱超级难听的歌。在水城里，他们拿着别针扎破了所有的橡皮船；在象棋城里，他们弄坏了不少机器人。

小按钮对粗鲁的行为一向非常敏感，她首先察觉到了变化，纳闷起来，怎么以前就没发现公园里竟然有这样坏的一群人呢？

“要不以后咱们别来这儿了，”她对小无知和花脸斯基说，“咱们还跟以前一样，在大街上逛吧。”

当他们又在大街上逛的时候，他们才发觉太阳城发生了何等巨大的变化。在大街上已经很难再见到神情愉快的脸庞了。所有人都恍恍惚惚的，走路时就如同行尸走肉般，总是胆战心惊的，还疑神疑鬼地东张西望。的确是很可怕，因为随时随地都有可能从角落里跳出个流风来，二话不说就踢你一脚，喷你一身凉水；或者暗自跟在你的后面，然后冷不丁就在你耳边大叫一声；更有甚者，会在陌生人的后背或者后脑勺上挥上一拳。

如今，太阳城已经没有过去那种处处充满欢乐、处处生机勃勃的景象了。行人也比过去少得多了，谁都不敢放缓脚步呼吸呼吸新鲜的空气或是悠闲地跟朋友们聊聊天。走在街上的每个人都来去匆匆，急着赶回家。很多人也不在餐厅吃饭了，因为闯进来的流风会欺侮他们。人们宁愿使用厨房传送电梯，早餐、午餐和晚餐都在家中安安静静地吃。还有很多人甚至放弃了去戏院和音乐厅，他们害怕听到“乱响乐”，害怕在看戏的时候挨气球的拍打，更怕被焦油粘在椅子上。

生活在太阳城中不像过去那么有趣了。很快，在发生了一件事情之后，我们的旅行者们决定回百花城去。

事情的经过是这样的。有一天，他们在河岸上散步，花脸斯基

提议划一划橡皮船。三个人来到码头，挑选了一只船很快就划到了河中心，这时有一个流风偷偷地从后面游了过来，用针把小船扎破了。橡皮船里的空气跑掉了，我们的旅行者们都掉进了水里，迅速地沉了下去。当然，他们及时被救了上来，但三个人无一幸免全都成了落汤鸡。

这还不算完。晚上三个人像往常一样去剧院看戏。上演的是所谓的最新式的综合戏剧，它囊括了音乐和戏剧艺术所有的“最新成果”。演出正式开始的时候，一支规模庞大的乱响乐乐队登场，刺激着观众们的耳朵，最糟的其实是冗长的戏剧表演，布景上不知画了些什么，演员们的表演也让人摸不着头脑，观众身上被撒满了锯末，脑袋被苍蝇拍子和气球打个不停。

起初，当小无知、小按钮和花脸斯基身上被撒满锯屑，头上挨着气球拍打的时候，他们还一声不吭地忍耐着，因为他们知道，如今的剧院离不开这些。但是后来又出现了他们闻所未闻的新表演手法。其中一种是在幕间休息时不但不打开观众席上的灯，还关掉本来开着的灯，结果幕间休息的时候观众们不得不待在漆黑的环境中。这不，第一场剧演完了，剧场里的灯灭了，黑暗中不知是谁从地上抓起了整整一把锯屑，撒进了小按钮的脖子里。然后又有人给小无知也来了这么一下子。花脸斯基则被人浇了一脖子的凉水。由于到处都黑咕隆咚的，这些事究竟是谁干的没人能搞清楚。对于这种没礼貌的行为，小按钮、小无知和花脸斯基都感到非常生气，他们决定离开，可一起身，才突然惊觉自己被粘在椅子上了。好不容易才从椅子上挣脱开来，三个人向出口走去，刚一走出剧院，就有人揪了小按钮的辫子一下，还狠狠地在她脖子上打了一拳。

第二十八章　教授小瓢虫的发现

三个人所遭遇的这一切，已经超越了小按钮能够忍受的极限。三个人一回到旅馆，她就对其他两位同伴说："咱们该回家了，我一刻也不想待在太阳城了。"

"我也不想在这个可恶的破城市里多住一天了！"花脸斯基接着说，"我一点儿都不需要别人往我脖子里灌凉水！"

"那好吧，我的朋友们！"小无知同意了，"今天已经晚了，明天一早咱们就动身回去。花脸斯基，现在你跟我出去找找咱们的那辆汽车吧。就在咱们抵达的那一天，我不知把它停在哪条街上了。"

小无知和花脸斯基立刻出门找汽车去了。小按钮就坐到角落里的一张小桌子旁，开始阅读早晨就送来但还没来得及读的报纸。

近几天来，许多报纸都在批评警察在与流风做斗争的过程中所表现出的无能。他们对待流风们的态度简直太软弱了。流风们现在简直是无法无天，可以为所欲为。读完这篇文章后，小按钮本打算把报纸放到一边去，可是另一篇文章突然引起了她的注意，那篇文章的题目是——"教授小瓢虫讲述：流风究竟是谁，他们从何而来，如何同他们进行斗争"。小瓢虫教授在文章里写道："有一天我在动物园里散步，却看见了极其反常的一幕。我看见驴圈里好端端的一头驴突然间摇身一变，成了一个小不点儿。这奇怪的现象把我惊得目瞪口呆。我一动不动地仔细看着，把后来发生的一切看了个真切，并牢牢地记在了心里。我真真切切地看见两个小男生正在栅栏外面。其中的一个穿着黄裤子，另一个戴着一顶花边小圆帽。穿黄裤子的那个小不点儿手里拿着一根不怎么长的棍子。他拿着这根棍子在驴鼻子前挥了挥，看样子是

想逗一逗这头驴。可这头驴却摇身一变成为一个小不点儿，还伸出手指头弹了这个挥小棍子的人一下，这个可怜鬼连忙躲到一边去了。接着这个由驴变来的小不点儿便翻过栅栏，狂奔着去追赶两个正在前面飞快地奔跑着的小男生。我就跟在他们后面奔跑，我想对这头变成小不点儿的驴开展科学观察研究。但跑着跑着我弄丢了眼镜,没有眼镜我寸步难行。等到我找到自己的眼镜，两个小男生和追他们的那个从驴变来的小不点儿都已经消失不见了，从那以后我再也没有见过他们。但是我记得很清楚——那个从驴变来的小不点儿穿着的是肥大的黄绿色裤子和窄袖子的短外套，头上戴着的是有条小穗儿的花里胡哨的无边小帽。

“回家以后，我就开始思索刚刚发生的事情，很快我得出结论，这一切一定都是我的幻觉。可是没过几天，我碰见了几个小不点儿。他们的穿着打扮跟我所看见的那个由驴变来的小不点儿简直一模一样。这些小不点儿被叫作流风。他们在大街上要流氓，侵扰行人，尽干一些粗鲁野蛮的事情，从各方面来看，他们的行为举止根本就不是小不点儿的风格。因此，我认为，他们根本就不是小不点儿，他们曾经是驴，也就是说，他们是由驴变来的小不点儿。

“关于这一科学发现，我并没有急于向报纸透露，因为我并不能解释，为什么城里突然间出现了数量如此之多的流风。要是每个流风都是从驴变来的，那么怎么会有这么多头驴呢？据我所知，在我们这儿只有动物园里才有驴。我已经询问过动物园的管理人员了，知道动物园里只养着三头驴，如今它们都不知道跑到哪里去了。三头驴神秘地失踪证实了我的科学假设——它们都变成了流风，但这并不能说明，其余的流风到底是从哪儿来的。

“一连几天我都在苦苦思索，绞尽脑汁地寻找这个问题的答案，可是丝毫没有收获。最后有一件事情帮助了我。我家的隔壁住着一个名叫小刘海的小不点儿。小刘海是我的朋友，我很了解他。他一直是一个非常好的小不点儿，从来不胡作非为，也从不野蛮无礼，总之，他什么坏事也没干过。可见当我得知小刘海变成流氓的时候，我是多么吃惊呀。他也穿上了肥大的黄绿色裤子和窄袖子的短外套，开始在街上耍流氓，胡作非为，连路都不给经过的行人让。要是我压根不认识小刘海，或许我会认为只有像驴一样的动物才会变为流氓，但现在我弄明白了，普通的小不点儿也有可能变成流氓。

“通过进一步的科学观察，我确定流氓可分为两个类别。第一类流氓，或把他们叫作野生流氓——是从驴变来的。第二种流氓，或者叫他们是家生流氓——是普通的小不点儿变的。野生流氓生来就愚笨无知，再怎么教育他们也不会起到什么作用，因此，无论咱们教他们多少次，他们依然会是流氓。至于家生流氓，他们是有脑子的，就是性格比较软弱，容易受到影响，分不清什么是好，什么是坏。因为教育手段对野生流氓根本就起不到作用，所以必须再把他们变回去，这样一来，家生流氓没有了坏榜样，就会重新变成好小不点儿了。到那时，城中的正常生活就会恢复了，再也不会有人乱打人，乱推人，乱咬人，用凉水浇别人或是做出其他出格的坏事情了。剧院里也不会一切都颠三倒四，要靠在椅子上涂焦油才能留住观众了。在音乐会上也完全可以不用担心只听得到猪叫、狗吠和蛙鸣，而听不到真正的音乐了。总之，一切都会好起来的。现在我们也不必沮丧，相信随着我们科技的进步，一定会找到把这些野生流氓变回去的方法。”

尽管在文章中小瓢虫教授已经呼吁广大读者不要沮丧了，可小按钮还是愁了起来。读完这篇文章以后，她确信小无知就是整起事件的罪魁祸首，就是他把三头驴变成小不点儿的。当然，小按钮也有错，她没能好好地看住小无知，从而让他闯出了那么多的祸。

要知道我们文静谦逊的小按钮一向连一只苍蝇都不会去欺负，可现在她气极了，简直想冲出去痛打小无知一顿。

“走着瞧吧！”她紧握着拳头，低吼着，“等他回来吧！回来他就知道了，我要让他知道把驴变成小不点儿的后果！天哪，他都成了什么样的魔法师啦！”

但是她左等右等，就是等不到小无知和花脸斯基回来。小按钮坐立不安，几乎就要奔出去找他们了。但这时报纸上的另一篇文章又吸引了她。小按钮立刻把小无知给忘了，她看了下去。于是读到下面的这段话：

“许多读者都知道，小书页的失踪仍是一个谜。尽管各方仍在不停地寻找，可是各处都找不到。如今，大家几乎都绝望了，不再寻找失踪的小书页了，只有小字母还没有放弃。就在这时，本报得到了一些消息，可能是找到小书页的一条线索。我们得知，就在小书页失踪的那一天，有一个名叫小短裤的小不点儿恰好经过东街。在离饼干街拐角不远的地方，小短裤发现人行道的中间躺着一本书。他把书捡了起来，原来这本书名叫《小鹅牙什卡历险奇遇记》。书上有图书馆的印章。小短裤立刻意识到，这是有人从图书馆借来了书，在回家的路上丢了。小短裤从印章上看出了图书馆的地址，于是决定把书按照地址送回去。可是当天天色已晚，图书馆已经关门了。于是小短裤就把书带回了家，打算第二天再送回去。回到家翻了翻这本书以后，他觉得很有趣，于是就决定，等读完了以后，再送回图书馆去。

“可是，这个小短裤是个不用功的读者，他每天就只读一点点，也就是每天才一章，结果，他读这本书读了很久。他甚至有些忘记，其实这本书并不属于他，而是图书馆的了。终于，他读完了，这才想起来，应该把这本书送还给图书馆。

“小短裤终于去了图书馆，他告诉管理员，自己在街上拾到了这本书。管理员查看了借阅卡，发现《小鹅牙什卡历险奇遇记》这本书是被小书页借走的，而借阅日期恰好就是他失踪的那一天。

“这样一来，我们可以确定，小书页从图书馆借完书以后，走东街回家，并在离家不远的地方丢失了书。可他究竟出了什么事呢？目前还不是很清楚。也许，小书页失踪事件同警察小哨子失踪事件一样，或许他现在也正顶着别人的名字在某个地方待着呢！

“我们再一次恳请每个知道小书页下落的人，尽快与本报编辑部联系。”

读完这篇文章，小按钮想了半天，自言自语地说：“究竟是怎么一回事呢？是不是小无知对我撒了谎，他根本就没有把小书页变回小不点儿。真是无话可说，他究竟是惹出了多少麻烦！”

而此时，小无知和花脸斯基回来了。

“都妥当啦！”小无知高兴地嚷嚷着，“咱们的汽车找到了。我把它停在旅馆的对面，明天就能出发了。”

“你打算去哪儿呢？”小按钮把脸一沉。

“什么意思？什么打算去哪儿？当然是回家，回百花城呀！咱们不是早就说好了吗？”

“咱们说好了！”小按钮学着他的口气说，“你在人家这儿闯出了多少祸！你把大家的生活搅得一团糟，自己倒走得轻巧！”

小无知瞪着眼睛看着她说：“我闯了什么祸了？我把谁的生活搅糟了？”

“你还装蒜！你说是谁的！流风！把这里搅得鸡犬不宁的流风！究竟是谁干的好事？你说！”

“谁干的？”小无知莫名其妙地问。

“你干的！”

“我干的？！”小无知诧异到极点，嘴巴张得大大的。

“用不着把嘴张得那么大！”小按钮气呼呼地说，“快看看报纸吧。”

小无知连忙抓过报纸，坐在桌子旁边读了起来。花脸斯基也来了，他就站在小无知的背后看。

“真逗！”他笑了，“小瓢虫教授在驴圈旁边看见的自然是咱们。但他没想到小无知手里拿的是根魔杖，他还认为是驴自己突然就变成了小不点儿！”

“你别在那儿叽叽喳喳！”小无知生气地说，“你不说话没人当你是哑巴。”

小无知从头到尾读完了小瓢虫教授的文章，愁得直叹气。他心中充满了负罪感，他看了小按钮一眼，用五个手指不停地搔着后脑勺。

“这次，我算是闯了大祸！”他羞愧难当，低声说。

“这还不是全部呢！”小按钮又皱着眉头说，“你再看看那篇关于小书页的文章。”

“什么小书页？”

“你读读看就知道了！难道你不记得了吗？”

于是小无知开始看报纸上报道的小书页的消息，花脸斯基又从背后凑上来，从小无知背后读着报纸。

“也就是说，小无知非但没把小书页变回小不点儿，还把真正的驴变成小不点儿了。这还不算完，还又多变了两个，可真正的小书页直到今天仍然只是一头驴。”一说完，花脸斯基就笑得直哆嗦。

“嗯……嗯……嗯……没错！”读完整篇文章，小无知拖着长音说，“瞧我闯出的这些祸！现在该怎么办呢？”

“怎么办？”小按钮气呼呼地反问，“第一，赶快把小书页变回小不点儿。可怜的小字母一定正痛苦万分。第二，把被你错变成小不点儿的那三头驴再变回原来的样子。”

“没错！”小无知忙不迭地答应，“那明天一大早咱们就去动物园，找到小书页，要是他不是驴圈中的那三头驴子中的一头，那就意味着在某个地方还有一头驴。但怎么才能找到另外三头被我变成小不点儿的驴呢？看来这要困难得多了……”

“这不重要！”小按钮冷酷地说，“就算是把全城都翻一遍，也要把这三个东西揪出来！”

“什么？把太阳城翻一遍？”花脸斯基吃惊地问，“咱们不是说好了明天就走吗？”

“只能改天再走了。”

“改天？老天爷！”花脸斯基嚷嚷起来，“我在这儿老是被凉水浇脖子，凭什么还要改天再走？”

“那么依你看，就该让那些流风继续折磨市民，让小书页永远当一头驴，这就对了吗？你要清楚，除了我们，谁也帮不了他，因为没有人有魔杖，你懂吗？”

“那好吧！”花脸斯基摆了摆手，“你们爱怎么样就怎么样吧，只是别以为这样就能轻易把我甩掉，是你们带我来这儿的，你们还得负责把我送回去！”

“你放心，我们一定把你送回去。”小无知回答说。

“这才像话！你们必须把我送到我上车的那个地方，要不我说什么都不依！”重申完自己的想法，花脸斯基就去睡觉了。

第二十九章　与老朋友们相见

当天晚上小无知就是睡不着，良心又开始折磨他了。

“事情弄成这样，并不全是我的错。”小无知一边在床上翻来覆去，一边替自己辩解，“我又不知道事情最后会变得这样糟糕。”

“怎么会不知道？你当然应该知道。为什么我就都知道呢？”良心说话掷地有声。

“哼，一会儿‘你’，一会儿又‘我’的。好像你不知道我是小无知似的！”

“别想耍滑头！”良心笑了，“你心里其实什么都清楚，只不过假装成一个小傻瓜——小无知罢了。”

“我才没有假装！我为什么要假装？”

“你自己心里很明白。要知道，人们对愚笨的蠢人总会降低要求。你现在装疯卖傻，是想逃避一切责任。可是，喂，伙计，什么都瞒不过我！我很清楚，你才不是个小傻瓜！”

“不，我就是个傻瓜。”小无知坚持说。

“不对！其实你自己也不认为自己又蠢又笨，事实上你比你自己认为的要聪明得多。我早就把你琢磨透了，所以你什么都别想瞒过我——说什么我都不会相信。”

“那好吧！”小无知开始不耐烦，“让我睡吧。明天我就去改正我犯下的错。”

“亲爱的，请你一定要改！”良心的语气变得柔和起来，“你自己也看见了，事情有多糟糕。因为你，有多少小不点儿平白无故地遭了殃……这个城市变得如此混乱……你也知道，在你没带着魔杖来到这里的时候，这儿的一切是多么美好！”

“好吧，好吧！我说了改，就一定会改！一定改！很快一切都会重新变好的。”

良心确信，自己已经深深地感化了小无知，于是沉默下来。

第二天早晨，小按钮最早醒过来，她叫醒了小无知和花脸斯基：“快点起床，该去动物园啦！”

小无知赶忙穿好衣服跑去洗脸，花脸斯基却慢慢悠悠地穿着衣服，努力磨蹭着时间，总想把洗脸混过去。但小按钮识破了他的花招,还是强迫他洗了脸。

终于大家都准备好了,正要出门,忽然有人敲门,小方块走了进来。他戴着一顶可笑的帽子，用天蓝色塑料做的，上面还有两只长长的角，两角之间拉着一根螺旋状的导线；耳朵上戴着耳机；胸前挂着一个四四方方的金属盒子，上面鼓出一个送话器；还有一个同样的小盒子挂在他的背后。

小方块的到来让小无知、小按钮和花脸斯基很高兴。他们问他，为什么这么长时间都没来找他们。小方块说，一天他在街上走着走着，不知道是谁浇了他一身凉水，结果得了感冒，病倒在家。这些日子他都不得不躺在床上，不过现在已经完全好了，可以走动了。

“您戴的这顶帽子和小盒子是什么东西？”小无知问。

“这是新发明的，叫作改良版新型步行雷达，简称新型雷达。每个人都应该配备一台这样的雷达来抵御流风的侵袭。”

“那它究竟如何发挥作用呢？”小无知充满了兴趣。

“非常简单，”小方块回答，“这个小盒子前面有一个无线电发射器，走路的时候，这个发射器不断地发出电波。要是前方有横拉在人行道上的绳子或者电线之类的障碍，电波就会从这个障碍物上反射回来。这儿，就是帽子上，两根触角之间架着的是一根螺旋天线。这根天线可以接收由障碍物反射回来的电波，变成电流进入耳机，又变成声音信号。多么方便，您看……只要前面一出现障碍，您就立刻能听到危险信号。在傍晚、夜间，当您用肉眼看不见横拉在人行道上的绳子或者其他什么障碍物的时候，这种新雷达特别有用。”

“那背上的那个发射器又是干什么的呢？”小无知问。

“这还用问吗？这是最最重要的呀！”小方块喊着，“由这个发射器向后方发出无线电信号，只要后面出现流风，企图弹您一下，打您的后脑勺一下，或是浇您一身水，您立刻就会听到信号。您可以试一试。”

小方块把帽子、耳机和两个小盒子从自己身上取下来，把全副装备套在小无知身上。他就站在一旁，把手伸向前面的发射器，说道：“想象一下，此时前面出现了障碍。您听见什么了吗？”

“我听见了，好像有什么东西在吱吱叫。”小无知回答。

“这就对了！您听到的是高频声音信号：哔——哔——哔！现在我悄悄走到您后面去……您听见什么了？”

“啊哈！”小无知叫起来，“又有声音叫起来了，比刚才的粗些：布——布——布！”

“没错！这次您听到的是低频率声音信号。两种不同的信号是为了让您搞清楚，危险出现在前面还是后面。要是您听到‘哔——哔——哔’，那就必须注意前面，要是听到‘布——布——布’，就应该赶快转回头看看后面。”

小按钮对这台机器也表现出浓厚的兴趣。于是，这套装备又从小无知手里传到她的手里，然后又从她的手里传到花脸斯基手里。花脸斯基认真专心地听了好半天信号，才说道：“这有什么！不就是吱吱叫吗，有啥稀奇的。吱吱叫——这我也会。奇就奇在它怎么会知道什么时候应该‘哔——哔——哔’地叫，什么时候该‘布——布——布’地叫呢？”

“喏，这挺容易解释的。”小方块回答他，打算从头再讲一遍设备工作的原理。

这时候又响起了敲门声。

门打开，挤进来两个胖胖的家伙。两个人都穿着臃肿的桶形大衣，袖子笨拙地鼓起，头上戴着绿色圆帽子，乍一看穿着的好像是潜水服。

小无知仔细一瞧，便认出了这两个怪人，原来他们是小绒线和小鲫鱼。

“这不是小绒线和小鲫鱼嘛！”他高兴得叫起来，“你们为什么穿成这样？”

“这是新式的橡胶大衣，也可以被称作充气大衣和充气橡胶帽。这是我们工厂生产的。您尝试一下，拿起棍子，请原谅我这么说，打我的脑袋吧。”小鲫鱼边说边把手里拿着的棍子递给小无知。

“干吗要我用棍子打您的脑袋呢？”小无知感到莫名其妙。

“尽管打，别怕！”

小无知丈二和尚摸不着头脑，他耸耸肩，只得拿起棍子轻轻敲了小鲫鱼的脑袋一下。

“您必须打得重一些！您尽管用力打，把棍子挥起来，要是可以这么说的话！”小鲫鱼几乎是喊着说。

小无知挥起棍子，这次下手稍重，棍子竟从小鲫鱼的头上弹起来，就像是打在充满气的汽车轮胎上一样。

“瞧见没有？我一点儿都感受不到疼！”小鲫鱼哈哈大笑，“现在您打我的背一下。”

小无知就用棍子打了他的后背一下。

“您看——一点儿都不痛！”小鲫鱼欢天喜地，“要是你们想看的话，我甚至还能为你们演示摔倒，完全不会碰着磕着。”

话音刚落，他就一下倒了下去，但立刻又如同小皮球一般弹了起来。

“为什么要穿成这样？”小无知还是不能明白。

“您猜不到吧。这是防御流风侵袭用的。”小鲫鱼解答，“穿上它，不管什么样的流风对我拳打脚踢，或是揍我的脖子，冲我泼凉水，我都不用怕了！”

“但是穿成这样不大好看。”小按钮说。

“不好看是因为现在这种款式还不时髦，”小鲫鱼回答，“当它成为一种时尚，请原谅我这么说，大家就都会说它好看了。如今已经有许多商店开始供应这种大衣和帽子了。”

“商店里可能会有，可在大街上我还没见过有谁穿得这么可笑呢。”小按钮说。

“不打紧，很快您就会看见的。”小绒线说，“小缝针特意吩咐我们穿上这种大衣、戴上这种帽子满大街地逛。今天我们如此打扮地满城里逛，明天大家就都会跑到商店去抢这套衣服了。每当我们推出新的服装款式时，我们总用这种方法来推广。”

小绒线和小鲫鱼告辞继续去逛了，小方块说：“您瞧，流风们把大伙儿都害成什么样子啦。依我看上街最好还是带着雷达，它比这些臃肿的大衣要好得多，要优雅得多。”

又一阵敲门声响起，工程师铆钉锤跳进来。大伙儿一见到他，都“啊”了一声。只见他头上缠着绷带，脖子上和下巴上也都贴着膏药。

“您这是怎么啦？”小按钮吓了一跳，“出车祸了吗？”

“是……也不是……或者，更确切地说，是。”铆钉锤不耐烦地在原地跳着脚回答，“你们知道吗？不知道是哪个流风在晚上拧掉了一只我车子上的弹性靴子，早晨我没有发现，坐上车就开走了。要是四只弹性靴子都完好的话，那什么可怕的事都发生不了。可由于车子的一侧缺少了一只靴子，起跳的力量不平衡，汽车在空中翻了一个跟斗，我被从车里甩出来，‘叭’的一下直摔在马路上。真是可怕极了！你们看——前额伤了，还有下巴、膝盖和胳膊肘……”

“这些流风真是无恶不作！”小方块同情地说，“往我身上泼凉水，拧掉了他车子的靴子！”

“简直拿他们没办法！”铆钉锤接着说，“过去可以放心地把汽车停在街上，可是现在，一个瞧不见就给你卸下来什么东西，甚至干脆把汽车整个都偷走。”

“怎么——偷走？”小无知不明白。

“唉，就是坐上你的车开走呗——就这么简单。简直是一群野兽！也不知道警察到底在忙什么！要是我，非把这些流风一个个都关起来不可！只要看见一个穿黄裤子的家伙，我就立刻把他关进‘冰箱’，让他待在里面一直到变好为止。”

“这样不行，”小方块反对，“您瞧，小无知不也穿着黄裤子吗？他又没犯错，干吗把他也关起来呢？”

“喏，小无知的裤子是正常的，”铆钉锤说，“可流风们的裤子是又肥又大的，并且还泛着绿油油的颜色。”

“简直是胡说八道！”小方块手一挥，“任何一个小不点儿都有穿黄裤子或是绿裤子的权利。不会因为穿了这种裤子就变成流风。要是您想知道的话，我就告诉您，其实现在根本就没法把流风和普通的小不点儿区别开来。流风跟大伙儿穿的一样，而且总是偷偷地干坏事，所以没人能发现他们。他们不胡作非为的时候，就胡说八道，或是满口谎言，总是说得天花乱坠，实际上他们答应的事一点儿都做不到。我也早就跟小无知、小按钮和花脸斯基说好了，要带他们去参观建筑师小西瓜的房子，可到现在都还没有成行。也就是说，即使我没穿黄色裤子，也是流风啰？”

小方块和铆钉锤争论起来，到底什么样的人可以算作流风，什么样的人不能算，而这时小无知说话了：“朋友们，不用争论了。很快就再也不会有什么流风了。”

“什么叫‘再也不会有’了？”铆钉锤奇怪地问。

“很简单。很快一切都会恢复如前的，您瞧着吧！”

“唉！”铆钉锤不屑一顾地摇摇手，“看来您是读了小瓢虫教授刊登在报纸上的文章吧？那是胡说八道！我才不相信驴能变成小不点儿，科学还没发达到那个程度呢……对了，既然提到科学，我想起来了。咱们现在一起到科学城去，我给你们介绍两位学者——女科学家小海棠和小鲱鱼。小海棠是我们这儿著名的天文地理学教授。是她发明了冬天的太阳。你们知道吗？我们还要造一个太阳，冬天的时候把它发射到天上去，让冬天变得跟夏天一样暖和。”

“这个太阳是什么样子的呢？”小无知好奇地问。

“她会给你们讲清楚的。而小鲱鱼则发明了一种火箭，人类乘坐火箭能飞到月球去。她已经开始制造火箭了，你们一会儿也能看见这个火箭！要是小鲱鱼喜欢你们，她会带你们一起上月球的。”

“太过分了！”小方块眉头紧蹙，“今天他们哪儿也不跟你去！今天他们得跟我到创造街去。我们早就说好了，要去参观小西瓜的房子。”

“他们为什么要去看你的小西瓜！他们感兴趣的明明是科学，而不是什么小西瓜。”

“你们不要吵了，”小按钮说，“我们谁也不跟谁走，因为我们必须到动物园走一趟。”

“这正好！”小方块说，“咱们先去参观房子，然后再到动物园去，其实它们是挨着的……那么，请吧！”他央求道，“你们可是答应过我的！”

“这可如何是好呢？的确，我们答应过您，”小按钮说，“那好吧，如果这两个地方的确是紧挨着的话，我们就去吧。”

“挨着的，挨着的，用不着怀疑！”铆钉锤从椅子上一跃而起，嚷嚷着，“大伙儿一起，坐我的车。”

两三分钟以后，大家已经来到户外。花脸斯基看了一眼铆钉锤的汽车，又斜着眼睛瞥了一眼它那扎着绷带的主人，然后说：“不该坐这辆汽车。它总是像跳蚤那样跳来跳去，一不留神眼看着它又要翻跟斗，我可不想从头到脚都被缠上绷带，像蚕一样。”

“您放心好了，”铆钉锤回答，“我的汽车已经不能跳了。因为有一只靴子掉了，剩下的三只也不得不全拧掉。”

花脸斯基放心了，但为以防万一，他还是非要坐在后边，跟小无知和小按钮在一起。小方块则坐在前面，跟铆钉锤并排。

像往常一样，铆钉锤一下子就开到了四挡，车子立刻飞奔起来，快得让大家透不过气来。小方块两眼直发花，在很长的一段时间里他都没能看出，铆钉锤走的路根本就不通往他们该去的地方。渐渐地，他看到窗外的景物，才恍然大悟，他说：“喂！铆钉锤，咱们这是去哪儿呀？”

“有什么好问的？该去哪儿就去哪儿呀。”

“那照您说，咱们该去哪儿呢？”

“去科学城。”

“什么？”小方块嚷起来，“太不像话了！我们不是说好了到创造街去吗？快向后转！”

“为什么要向后转？很快就到地方了！”

“我说向后转就向后转！”

小方块伸手抓住方向盘，试图控制汽车的方向，可是铆钉锤就是不让他向后转。汽车在马路上扭来扭去，最后冲到了人行道上。要不是铆钉锤在最后关头刹住了汽车，他们或许会一头扎进报亭里去。

汽车刹车刹得太急了，大家都撞了鼻子。小方块和铆钉锤气急败坏地瞪住对方好一会儿。终于，小方块松开了方向盘，说道："铆钉锤，请您原谅我！我不该去碰方向盘的，这样做很可能让咱们都丧命。"

"不，不，我才是该道歉的人。"铆钉锤说，"还有你们，朋友们，请你们原谅！我其实是想瞒着你们把你们带到科学城去的。我实在很想让你们参观一下科学城。"

"唉，没什么，"小无知说，"咱们谁也别生谁的气，就这样心平气和地往回走吧。"

铆钉锤重新发动了汽车，掉头，安安静静地开着车，他因为羞愧低着头，大声地叹着气，这让小无知不禁可怜起他来。为了让铆钉锤不再垂头丧气的，小无知问他："我挺好奇的，这种汽车的发动机是靠什么驱动的——汽水还是核能？"

"它用的既不是汽水，也不是核能，而是生物塑料。"铆钉锤回答。

"生物塑料是什么东西？"小无知问。

"生物塑料——就好比是活的塑料，实际上它是有生命的。要是用它做成一根能量棒，通上电流以后，这根能量棒就会开始抖动、收缩，会变短一些，就像肌肉一样。要是你们感兴趣，我可以为你们展示一下。"

"当然，当然！"小无知回答，"非常感兴趣！"

铆钉锤停下车，取出一个扳子，卸下几个螺丝来，跟小方块一起抓住车身——一个在前，一个在后，让车身同车轮分离开来。下面露出了一个金属框，还有一根负责带动车轮转动的操控杆。

“你们瞧，”铆钉锤说，“在这里，生物塑料能量棒连接在操控杆上，电流一接通，能量棒收缩，操控杆就被拉了过来，这样轮子就能转半圈，当电流切断的时候，能量棒又恢复到原长，它可以推动操纵杆，使轮子转动第二个半圈。这样一来，车轮就转起来。只是必须保证电流总是不断地被接通和切断。这也不难，能量棒收缩时，都可以保证自动接通和切断电流。”

这时，在拆开的汽车周围，很快围上了一大群小不点儿。每个人都在津津有味地观察着汽车的机械构造。

“电流是从哪儿来的呢？”小无知问。

“电流由一个小电池提供。”

铆钉锤走近，指着一节像手电筒用的小电池给大家看。

“难道靠这么小的电池就能驱动整辆汽车？”小无知诧异极了。

“您还是没能弄明白，”站在旁边的一个小不点儿开始向小无知解释，“电池里的电流只对生物塑料起作用，也就是让它收缩。而使得汽车开动的并不是电池里的能量，而是积累在生物塑料里的能量。我们的工厂用这种生物塑料制成发动机来驱动车床和其他机器，一节电池的电流就能让整个工厂运转起来了。”

“生物塑料又是从哪儿来的呢？”小按钮问。

“它生长在沼泽地里。在那里聚集着很多太阳能，跟聚集在树木和其他植物体内的一样。当电流通过生物塑料的时候，里面积累的光能就会转化成机械能。”

“喂！”花脸斯基一直全神贯注地研究着汽车的构造，“我在这儿看了半天，就是没看见这辆汽车的发动机。难道说没有发动机也是可以的吗？”

“当然不可以。”铆钉锤回答，“这个用生物塑料做的能量棒就是汽车上的发动机呀！”

“好吧，要是这样的话，也没什么值得大惊小怪的了。”花脸斯基说，“要是没有发动机汽车也能向前走，那才叫奇怪哩！”

大家伙儿都笑了，聚集的人越来越多，陆续有路过的行人加入进来。这时有一个路人问：“这儿出了什么事？”

“是不是出了车祸？”另一个问道。

第三个人听见“车祸”二字叫了起来：“兄弟们，出车祸了！”

“兄弟们，快来瞧瞧啊，出车祸了！”第四个人喊起来，“车身飞出去了，现在就剩下一堆轮子在这里！”

“你们快看，司机都受伤了，浑身都缠着绷带！”有人手指着铆钉锤说。

一听到汽车出了交通事故，人群聚集的速度加倍地快起来。铆钉锤看到事情的发展超出了控制，决定尽快离开。小方块把车身放回原处。大伙儿依次钻进汽车。铆钉锤踩下踏板，可不知为何车子一动不动。

“怎么回事？”铆钉锤咕哝着，急得直打转，他转动着操纵杆，“怎么突然没电了……哎呀，真是活见鬼！电池不见了！一定是被谁拆走了……”

“也许是掉在地上了？”小方块说。

大家又纷纷下车，寻找电池。

“刚才还有呢！”铆钉锤着急，“你们记得吗？刚才我还拿给大家看呢。”

这时，人已经越聚越多，堵满了整条街。交通彻底瘫痪。一位警察驾驶着履带摩托车穿过人群，径直开到汽车跟前。

“出了什么事？”他气得大喊，“为什么这么一大堆人聚在这儿？”

“谁也没让他们聚在这儿！”铆钉锤顶了一句。

“为什么不把车开走？”

“电池都没有，有本事您上车把它开走！”铆钉锤讥讽道，然后回过头朝大家喊，“兄弟们，刚才你们之中是不是有谁错把我们的电池塞进了口袋？”

人群中爆发出一阵哄笑声。

警察不满地摇摇头，对铆钉锤说：“我说，亲爱的，看您这副模样，该在医院里躺着，可是您干吗在这儿招惹是非呢？”

铆钉锤回答说：“您继续，还有什么要说的！”

“算了！”警察说，“您上车，我带您去警察局，在那儿咱们搞清楚事情的经过，不需要在这儿引一大批人来围观。”

小方块走到小无知面前说：“你们还是乘坐公交车或是出租车去动物园吧，我跟铆钉锤一起去一趟警察局，把一切都解释清楚。要是我不去，不知道铆钉锤会说出什么不该说的话来。不知道为什么，他可讨厌警察了。”

铆钉锤和小方块又回到车上。警察把履带摩托车开到前面，把他们的车钩在摩托车车尾，拖着它朝警察局开去。

第三十章　小无知失去了魔杖

小无知和他的伙伴们到达动物园时，已经是中午了。整个上午他们都花在聊天和坐铆钉锤的车上面。这会儿他们已经饥肠辘辘，于是就先去餐厅饱餐了一顿。他们决定从第一次发现三头驴的地方开始寻找。但这次他们在栅栏里面什么都没发现。板棚的门完全敞开着。为了以防万一，小无知还翻过栅栏，偷偷摸摸地钻进板棚，他瞧了瞧里面——板棚里空空如也，什么都没有。他们耐着性子在动物园里面查看，不放过任何一个角落。各式各样的动物全都瞧了个遍，就是没有看到驴。转了一个大圈，他们又回到开始寻找的起点，看见栅栏里多了一个身穿白围裙的小女生，正拿着笤帚从板棚里向外清扫垃圾。

“请问，您知道这里哪儿有驴吗？”小无知问女清洁员说。

小女生停止了打扫，往笤帚上一倚，问小无知：“您说的是什么样的驴？”

“喏，就是，普通的，有蹄子的……”

“啊哈！是这样的呀！那你们找它干吗呢？驴不过就是驴罢了。有什么好玩的？”

“唉，我们就是很想看看它。我们走遍了动物园，就是没看见驴。”

“噢！”清洁员说，“我们这儿倒是有过三头驴，不过都不知道跑到哪里去了。于是有些人就趁这机会造了一些谣言，你们可不要相信！说得好像有什么巫术似的。哼……全是胡扯！什么巫术也没有！它们不过是被那些最……狡猾的骗子……就是那些……也就是……是流风，不是骗子，偷走了。真拿流风没办法！现在城里到处都是胡作非为的流风！有人甚至能把大象从笼子里偷走——而且旁人丝毫发觉不了！”

“嗯，大象嘛，想必是不会被偷走的。”小无知说。

“为什么不会被偷走？当然能！”清洁员挥了下手臂，“上面命令我们看得再严一些。难道原来看管得不够严吗……这儿又有毒蛇，又有猛兽的。它们能把人撕碎咬烂。要是流风把毒蛇放出去了，那还了得吗？离繁华的市区那样近！后果不堪设想！”

“那那头在街上找到的驴呢？”小无知问，“报纸上报道过的，在街上发现了一头没有主人的驴，不是说送到动物园来了吗？”

“啊哈，原来您要找那头啊！”清洁员笑了起来，“那头驴不在这儿，你们搞错了，它根本就没被送到动物园，而是被送到了马戏团。报纸上的报道可能出了点儿错，他们说它被送到动物园了，可我们一眼都没见过它。”

“也就是说，那头驴在马戏团里？”小无知满怀期待地问道。

“在的！在的！不在那儿又会在哪儿呢？三天前我看马戏表演的时候还看见它了呢。那头小驴儿可真机灵啊，不过说实话，马戏团并没有教它什么本领！它在那儿拉小车，还有几个小丑骑着它。唉，不过没有关系，不久以后它总能学会玩什么新把戏的！”

和清洁员告别以后，旅行者们匆匆离去。

“算我们幸运！”小无知低声地说道，“这么说，小书页在马戏团，咱们这就去找他。明儿再去找那三头由驴变成的流风。一旦看见他们，我肯定能把他们认出来。他们都长着一个满是雀斑的小鼻子。”

小无知和他的同伴们朝出口方向走去。经过猴子笼的时候，他们停下脚步，看了看猴子。有一只猴儿调皮极了，小无知突然有了一个念头，想要逗逗它。他拿着魔杖，伸进笼子的铁栏杆中，想捅一捅猴子的脸。猴子生气了，皱起眉头，一把抓住魔杖，从小无知手上夺了过去！小无知急坏了。

“你们看，它干了什么……”他说话的声音十分虚弱，话也说得断断续续。

“你干了什么？你怎么能把魔杖交给猴子？”小按钮大叫。

“我没给，是它夺走了。”小无知无奈地摊开双手。

“要不是你拿魔杖去捅它的脸，它怎么能把魔杖夺走！”

“没什么大不了的！现在我把它拿回来就行了。”

小无知把手伸进栅栏，想与猴子抢夺魔杖，可是猴子躲得离铁栅栏远远的，任凭他怎么够也够不着。

“给我！”小无知叫着，“快把魔杖给我拿过来，听见没有！”

可猴子根本就不会听从小无知的命令。还火上浇油，它开始在笼子里跳来跳去，一秒钟也不肯放下手中的魔杖。它跳上挂在笼子中间的秋千，荡了起来，不停地斜着眼睛瞟小无知，似乎在嘲笑他。

“把魔杖给我拿来！”小无知吼着，“好吧，也没什么，反正它早晚会玩腻，到时候它就会把棍子扔掉了。”

一天过去了，管理员的哨子声响起，提醒游人时间已到，动物园就要关门了。人们陆续向出口处走去，四周很快就没人了。只有小无知、小按钮和花脸斯基仍在猴笼前徘徊。猴子终于玩腻了魔杖，把它丢了出去。魔杖径直落在离栅栏最远的角落。

“得想办法钻到笼子里去。”小无知说。

但要想钻过铁栅栏是根本不可能的，仔细观察了一会儿后，小无知发现笼子上有一道栅门，但已经上了门闩。小无知环顾四周，发现没人，就钻进围住笼子的栏杆，拉出门闩上的铁杠，想打开门。但这件事看上去简单，做起来竟困难得多，门闩上得很紧，怎么扳都扳不动。小无知双手紧紧地抓住门闩，使出吃奶的力气往外拔，整个笼子都被他晃动了。终于，门闩有一点儿松动了，可就在这时从角落里冒出一个门卫来，他拿着笤帚冲着小无知大喊：“你想干什么？啊？想把猴子放出来是不是？看我怎么惩治你！”

小无知急忙想从栏杆里跳出来，可是门卫抓住了他的后领。

“我的棍子在里面！”小无知一面拼命挣扎，一面带着哭腔说。

可是门卫紧紧地抓着他。

“早晚让你知道棍子的滋味！这就把你送到警察局去，给你瞧瞧那里的棍子！”他一面吓唬着小无知，一面把小无知拖向门口。

小按钮和花脸斯基跑在前边，时不时回头，心惊胆战地看着门卫。

“我说的是实话，笼子里有我的棍子！猴子夺走了我的棍子！”小无知坚持说。

“你恐怕是用这根棍子去逗猴子了吧？恐怕你拿着这根棍子去捅了它的脸吧？我说得没错吧？”

门卫把小无知拖到了大街上，四处瞧着——应该是在寻找警察的身影。

“我再也不了！我向您保证，请您相信，我再也不了！”小无知央求着。“那，好吧！”门卫放开了小无知，大声说道，“那你走吧，再也别在这儿捣乱了。下次再让我遇到可别怪我不客气！”

说完，门卫就放了小无知，然后自己锁上园门就走了。小按钮和花脸斯基走到小无知身边。

“为什么你不告诉门卫，那不是一根普通的棍子，而是一根魔杖呢？他可能以为那就是一根最普通的棍子呢。”花脸斯基说。

“你知道你自己在说些什么吗？”小无知生气地回答，“要是门卫知道了那是根魔杖，他就把它拿走了。他怎么还会把魔杖还给咱们？你最好说说看，你们两个为什么也从动物园里跑了出来？你们得待在里面，想办法从笼子里取出魔杖才好！可如今，动物园都关门了……怎么才能再进去呢？”

“你嫌自己闯出的祸还不够多吗，难道还得我钻进笼子里去取棍子不成？”小按钮噘起嘴，气呼呼地说。

“喏，如果不是你，就该让花脸斯基钻进去。”

“不，我也不想钻笼子，”花脸斯基说，“咱们还要棍子干吗呢？这是太阳城，没有魔杖，还不是想要什么就有什么吗？想吃什么尽管吃！想看电影或是想看戏尽管看！想坐车兜兜风——只要脑袋不晕，兜一天都成。就连让汽车跳起来、飞起来都用不着魔杖呢。”

“你不懂！”小无知十分光火，“难道咱们要魔杖就为了坐汽车兜风？我们得去解救小书页，把整个城市从流风们的手中夺回来。难道大伙儿就得平白无故地被这些流风折磨不成？”

“唉，那么，当然啰！”花脸斯基表示同意。

“现在咱们按计划行事，”小无知说。“等天一黑，咱们就爬墙进去。在黑暗里也可以摸到笼子，而且没人会看见。”

“唉，我受够了！”小按钮说，“我要回旅馆去了。”

“这么说，在困难面前你退缩了？”小无知激将小按钮。

“没错，退缩了。我翻不过这道墙。”小按钮十分坚决。

“那么你的意思是，小书页还得继续当一头驴，而我什么都用不着做？”

“我感觉你还会干出一些自讨苦吃的事情来。要是一开始你就什么都没做，那该多好。”

话音还未落，小按钮就转身朝着汽车站走了。

“她要走就走吧，花脸斯基，你留下。”小无知说，“我需要你帮忙。这儿的围墙挺高的，你得托着我上去才成。咱们再走走看看，或许能找到一个容易爬过去的地方。”

他们沿着围墙走着，走到一个转角，拐进一个小胡同。这儿的围墙的确看上去要矮一些。

“咱们等天黑再行动。”小无知说。

他们就在围墙下面等着。天色渐渐暗了下来，星星渐渐地冒出来，屋顶上空升起了一轮大橘子般橙黄色的月亮。

“是时候了，”小无知环顾了四周一会儿说，“把我托上去。”

花脸斯基在下面把他托了上去。小无知爬上了围墙，坐在上面。

“现在该你爬上来了。”他小声说，向花脸斯基伸出了一只手。

“要不，我还是待在这儿等你吧？”花脸斯基说。

“不，在里面我也很需要你，你需要在笼子周围放哨，看着点儿门卫。”

在小无知的帮助下，花脸斯基也爬上围墙，然后他俩从另一边跳下去，却直接掉进了一条干涸的水沟里。

“喂喂，我滚进一个坑里了！”花脸斯基哭丧着脸说。

“嘘——嘘——嘘！”小无知发出轻轻的嘘声，“你小点儿声！”

他们屏住呼吸待了一会儿，紧张地听着。周围静悄悄的。

“没事儿，”小无知说，“看来没人听见。咱们悄悄地走吧。”

他们从干水沟里爬出来，在花草丛中钻来钻去。小无知走路悄无声息，像猫一样。可花脸斯基脚底下老是发出沙沙的响声。

“你轻一点儿！”小无知小声说。

突然响起了一声怒吼。花脸斯基一下子停住了，几乎吓得跌坐在地上。

“这是什么？”他吓得口齿都不清楚了。

吼声越来越大，花脸斯基吓得直发抖，背上如同有无数蚂蚁在爬。

“这……可能是狮子。”小无知猜。

吼声又重复了一次，彻底变成让人震颤的咆哮，更加凶狠残暴。接着好像什么东西在呼号，在哀叫，他们还听到一阵长长的狼嗥——那是土狼发出的刺耳的尖叫。不知从哪儿还传来一阵鸭子的嘎嘎声，乌鸦也在天空中呱呱叫起来，整个动物园突然间陷入一片慌乱之中，久久都不能平静。花脸斯基稍稍恢复了镇定。

“狮子为什么叫？”他问。

“不知道。可能是想吃东西了吧！”小无知说。

“它会把咱们吃了吗？”

“别怕，它在笼子里关着呢！”

“我倒不是害怕，”花脸斯基回答，“不过是为了以防万一所以问你一句。”

周围逐渐安静下来，但是月亮又躲到乌云后面，到处一片漆黑，只有道路是白色的。小无知沿着路走着，花脸斯基步步紧跟，努力不落在后面。“咱们这是去哪儿呀？”花脸斯基忧心忡忡。

“去找驴圈，猴笼就在它旁边。”小无知回答。

很快在道路两旁陆续开始出现一些笼子。在黑暗里并不能瞧见栅栏里的野兽，但花脸斯基总觉得从栅栏后面会突然有一只爪子伸出来去搭他的背，因此他东张西望着，感到十分恐惧，并尽量想离笼子远一些。最后在道路的尽头出现了一排铁栅栏，栅栏的里面是一个水池。

“我们没走对地方……”小无知说。

从铁栏杆里面传出了一阵慵懒的鼾声、哼哼声、咀嚼声和哗哗啦啦的声音。或许那不过是水在哗哗作响，但也可能是什么水里的动物，比如河马发出来的声音。

两个人稍稍后退了几步，赶忙拐到了旁边的一条小路上。

“那到底是什么？”小无知喃喃地说，忧心忡忡地望着黑夜，“猜也猜不出，咱们究竟是在什么地方？夜里似乎一切都与白天不同了。”

于是他们在动物园里迷了路，走啊走啊，走了好半天，终于走到一个不大的笼子旁边，小无知觉得这个笼子有些熟悉。

“我觉得咱们走到大象这儿来了，”小无知说，“也就是说，已经快走对地方了。”

又往前走了一段距离，他们来到一个不十分高的铁栅栏旁边，栅栏里面可以看见有一个板棚。

“就是这儿，驴圈，你瞧见了吗？”小无知高兴地说，“走对了！”

又转了一个弯，来到一排笼子旁，笼子旁有一排栅栏。走到最角落里的笼子跟前，小无知说：“没错，就是它！喂，花脸斯基，你站在这里观察周围的情况，要是看见人，你就吹口哨。”

"好吧。"花脸斯基点了点头。

小无知爬上栅栏，脸贴在铁栏杆上往笼子里瞧，紧张地听着什么。

"喂！你在那儿看见了什么没有？"花脸斯基问。

"你别说话！"小无知生气了，"根本什么都看不见……只好像有什么东西在呼哧呼哧地喘气。或许里面的是猴子……唉，就这样吧。"

在黑暗中他摸到了门，拔出铁销，打开门。这一次门闩很容易就打开了。小无知向后退了一点，拉了一下门。门吱吱呀呀地打了开来。

"唉——唉！"小无知气恼地小声叫着，抬起拳头似乎在威胁那道铁门，"看你还敢不敢再吱吱叫！"

他小心翼翼地听了一会儿。在确信周围绝对安静以后，才非常小心地进了笼子。他趴在地上，双手摸来摸去。在笼子里越钻越深，摸到一面墙以后又折回到另一面墙。突然，在他的前方传来一声怒吼，吓得他趴在地上一动也不动。在一片漆黑之中他使劲儿想要看出些什么，却看见眼前有一个又大又黑的东西在转动。就在这时，月亮从乌云后面露了出来，照亮了躺在笼子中间的狮子。狮子抬起它那毛茸茸的头，懒洋洋地眨了眨眼睛，直直地注视着小无知。

小无知都来不及害怕，就默默地向后退去。他手脚并用动作麻利，眼睛却一刻都不敢离开狮子。然后他站起身来，想要跳出笼子。狮子看见了，鼻子里发出轻蔑的哼声，立起身向小无知走来。小无知像闪电一样飞快地奔向敞开的笼门，一阵风似的跑出了笼子，只来得及向花脸斯基说了一声"狮子"，就头也不回地逃走了。

花脸斯基吓得魂飞魄散。他如同傻了一样，拼命地跟在小无知后面跑。他俩路也顾不得看了，只有一个念头，就是向前跑。一直跑到面前出现了围墙。

小无知一下子就翻了上去。花脸斯基抓住小无知的裤子，也跟着翻了上去。

小无知吓坏了，以为这是狮子抓住了他的腿，他拼命地挣扎。这时他抓住的那块木板突然断了，他从围墙上掉了下来，正压在花脸斯基身上。两个人滚成一团，身后传来了门卫的呼喊声和警笛声。小无知丢开手中的木板，通过围墙的裂缝挤了出去。花脸斯基紧跟在他后面，两人一同在街上狂奔。小无知跑在前，花脸斯基就如同一道黑影般贴在他身后飞奔着。他艰难地喘着粗气，以致小无知还以为这是狮子在他身后喘气呢！

第三十一章　与魔法师相见

小按钮回到旅馆以后，马上就后悔没留下来跟小无知和花脸斯基一起行动了。

“他们离开了我，不定会干出什么事来呢……千万别捅出什么娄子呀！”她对自己说。

再说没有了他们，她也感到有点儿无聊。为了散散心，小按钮打开了电视。有一个戴着眼镜的学者正在电视上做一个有关流风的报告，报告又冗长又枯燥。“好像再也没有什么别的事情、别的节目可以播了似的！”小按钮很气恼。

关上电视，她在屋子里走来走去，不停地看表。

“我得去趟动物园，”她再也受不了了，但很快她又放弃了这个念头，“我怎么才能进去呢？那围墙我实在爬不过去呀！……就等他们回来吧！必须让他们知道，我是多么为他们着急！”

时间一分一秒地过去，小无知和花脸斯基仍没有回来。小按钮已经不知道该想些什么才好了。她开始想象着各种各样可怕的后果，觉得小无知和花脸斯基肯定是被门卫捉住了，然后被送进警察局了。每过去一分钟她的担心就更加剧一分。

她越想越害怕，烦躁得坐立不安。午夜降临，十二点的钟声敲响了。

“肯定是出了什么事情，这一点确凿无疑。”她自言自语道。

她几乎就要冲出门朝动物园赶去，就在这时门打开了，小无知和花脸斯基站在门外。哥儿俩都披头散发的，瞪得大大的眼睛中满是惊恐。花脸斯基的鼻子被刮破了，脸蛋比平时更脏。

“你在那儿又闯出了什么祸，小无知？”小按钮气鼓鼓地走到跟前问，“你们这是去哪儿了？”

“没事儿，小按钮，别担心。”小无知回答她，“你瞧，一切不都挺好的吗，只是我说了你可别生气，我……我把狮子给放了出来！”

“什么？狮子！”小按钮惊呆了。

“喏，就是被关在笼子里的狮子。我走错笼子了，竟然进了狮子笼。”

小按钮吓得一时间动弹不得。

“我再也受不了你们了！”她叫着，“才拿毛驴闯了祸，如今又跟狮子干上了！什么时候才算完！”

“你别激动，小按钮，一切都会好起来的。明天早晨我就去把所有该做的事情都做完。早晨神清气爽，我就不会犯糊涂了。我会将所有犯下的错都改正过来的，你等着吧！”

“还口口声声说要去改哩！我看你还是什么都别做最好。实话告诉你吧，我现在反而觉得欣慰些了，因为你终于没有魔杖了。再给你魔杖，你还得搅起一场地震。明儿一早咱们赶紧回家算了，我不愿意在这儿再多待一分钟了。”

“那你要坐什么回去呢？你让我把话说完吧！”

“还有没说的？”小按钮又被吓得不轻。

“咱们的汽车被偷走了。”

“真是岂有此理！”小按钮不禁大叫起来，“那咱们怎么回家去啊？”

“所以要听我把话说完。我正是要说这个。咱们得先拿回魔杖——这样就会有汽车了，要是拿不回魔杖，就没有汽车。”

第二天早晨，和往常一样，小按钮很早就起床了。当她去叫小无知的时候，发现他床上已经没有人了，只剩花脸斯基还在呼呼大睡。她叫醒他："又是怎么一回事，花脸斯基，小无知呢？"

"难道他不在这儿吗？"花脸斯基一脸迷茫。

"既然问你他在哪儿，那他自然是不在这儿了。"

"也许他又跑到动物园去了。"花脸斯基说。

"那你快收拾一下，咱们也去。"小按钮说。

"到哪儿去？"

"去动物园啊。"

"可那里有狮子呀！"

"狮子？大概早就给捉住了。"

半个钟头后，小按钮和花脸斯基已经在动物园门口了。进了园门，他们飞快地沿着小路向前走。花脸斯基跟在小按钮身后抓着她，胆怯地东张西望。他老是担心突然间不知从哪儿就会跳出一头狮子来扑到他身上。小按钮和花脸斯基远远地就看见了猴笼和躲在角落里的小无知。笼子里有个女清洁员，她正在

用笤帚扫着地。小按钮从后面悄悄走到小无知身边。

“你在这儿干什么？”她问。

“别出声！”小无知冲她摆摆手，“魔杖就在这儿呢！看见了没，它就在那儿的地板上，昨天猴子把它扔在那儿了。现在清洁员正在打扫，或许她会把棍子扔出来，到时候咱们捡起来就万事大吉了。”

只见清洁员扫完了地，把垃圾装进了桶里，魔杖也被拾起来塞进了桶里。

“这也没关系，”小无知安慰小按钮，“咱们现在就跟在她后面，看她究竟把垃圾倒在哪儿。”

可清洁员根本就没打算倒垃圾，她移到隔壁的一个笼子里继续打扫去了。就这样从一个笼子到另一个笼子，桶里面积的垃圾越来越多。终于打扫完了，清洁员把桶里所有的东西一股脑儿全倒进了笼子后面的垃圾箱里。

等到清洁员走了，小无知对小按钮和花脸斯基说：“你们站在这儿放哨，别让人过来。”

他自己跑到垃圾箱旁边，打开盖子，钻了进去，从垃圾箱里时不时传出大声的咳嗽声和擤鼻子的声音。终于，小无知把头从箱盖下面探了出来。

“找到了，魔杖！”他一面说着，一面露出胜利的微笑。

小按钮高兴得差点儿没跳起来。

“太好了！”她说着,还轻轻地拍了拍手。

小无知从垃圾箱中爬了出来，走路的时候他小心翼翼地用双手把魔杖捧在胸前。

“如今我可要好好爱护它了！”他说,“谁都别想再把它抢走了！”

小按钮和花脸斯基跟在小无知后面，他们亲热地手拉着手，两个人的脸上也喜气洋洋的。

“现在咱们可以去马戏团救小书页了。”小按钮说。

“哦，对啦！差点儿把小书页给忘了！”小无知叫起来，“对，快点儿到马戏团去！”

他转身就向出口奔去，小按钮和花脸斯基好不容易才追上他。五分钟后，三个人已经坐在按钮出租汽车上了。小无知按了一下写着“马戏团”的按钮，汽车就奔驰起来。一眨眼工夫，三个人就已经到达马戏团了。

只见台上有几个演员在练习弹跳着翻跟斗——看来是在为晚上的节目做准备。小无知和花脸斯基很想看一会儿，可是小按钮说：“难道咱们到这儿来是为看马戏的吗？以后再看吧！”

“好吧，以后再看。”小无知答应了。

穿过一排排椅子，旅行者们穿过演员登台的门，来到后台。这是一个长长的板棚，水泥地面。顺着墙壁摆着一排装着各种动物的笼子。有一个笼子里装的正是狮子。

“又是狮子！”花脸斯基大吃一惊，“不会又出什么乱子吧……”

板棚的尽头是马房。旅行者们朝那儿走近，看见马群之中有一头驴。它站在一个小单栏里面，被套上笼头，拴在墙上的一个环上。小驴回过头来，用忧郁的眼神瞧着小无知。

“这就是他！”小无知低声说，“我能认出他来。”

小无知害怕小书页记恨而报复自己，所以站得远远的，准备在必要的时候赶快溜走，他跟以前一样把魔杖一挥。

“我想要这头驴变回成小书页。”他用不太大的声音念道。

但什么变化也没有发生。小

无知又挥动一下棍子，用稍大一点儿的音量说道：“我想要这头驴变回小男生小书页！”这一次也没有发生任何变化。

“究竟是怎么一回事？”小无知着急了。

他举起棍子拼命地在空中挥动，喊着咒语，可驴依然是驴，根本没有丝毫变成小书页的迹象。就在这时候，马戏团的门卫向他们走过来问道：“你们在这儿干什么？”

小无知十分慌张，一时间竟哑口无言，这时花脸斯基救了他。

“我们是来这儿看表演的。”他说。

“看演出应该晚上来的。”

门卫把他们送到外面，合上了门。

“这究竟是怎么一回事呢？”小无知感到困惑不解，“为什么魔杖失灵了？好吧，再试验一次看看。”

于是他再一次挥动了魔杖，口中念着：“我想吃两根雪糕。”

“三根！”花脸斯基纠正说。

“我想要三根雪糕！”小无知重复了一遍。

可不管他把这句话重复多少遍，一根雪糕都没有出现。

“喂，我说，小无知，你拿的大概不是那根真正的魔杖吧？”花脸斯基说。

“怎么就不是魔杖了？”小无知吃了一惊。

“喏，真正的那一根是有魔法的，而这一根根本就没有魔法。”

“那依你说，魔杖到底在哪儿呢？”

“魔杖还在垃圾箱里。”

“唉，我这个笨蛋！”小无知一面抱住自己的脑袋，一面大叫，“好吧，咱们快回动物园去吧！”

几分钟过后，三个旅行者再一次出现在动物园里。小无知跑到垃圾箱跟前，像老虎捕食一般扑上去把它倒了过来，所有的垃圾都被倒在地上。

三个人一起动手，在垃圾堆里乱翻，可连根棍子的影子都没有。

“你瞧！”小无知对花脸斯基说，“并没有什么别的棍子。也就是说，这根一定就是魔杖。”

小无知离开垃圾堆，一屁股坐在长椅上。他不断地在空中挥着魔杖，口中念念有词。

“那么，让我试试吧。”花脸斯基坐到小无知旁边央求道。

他拿起魔杖一挥，念道：“我想要果酱夹心面包！……我想要雪糕！……我想要奶油面包！……小桌子，赶快上菜……咦！真是奇怪！”

他的这些愿望一个都没有实现。他把棍子重新递回到小无知手里说：“大概是魔法师骗了你，给了你一根什么用都没有的棍子，它已经没有什么魔力了。”

“没错，”小无知嘀咕道，“我想见见这位魔法师。我要让他知道，他给小不点儿的是质量不好的魔杖，他怎么可以欺骗小不点儿呢？”

小无知心中烦得要死，可花脸斯基却不会一直都在发愁。或许心情的好坏根本不受他本人控制，而是由太阳决定的。这时候太阳已经升得老高了，暖洋洋地照耀着三位旅行者坐着的长椅。在温暖阳光的照耀下，花脸斯基觉得活在这个世界上真不错。他的脸上自然而然地流露出微笑，他对小无知说：“小无知，你别愁！完全用不着垂头丧气的，咱们先去趟餐厅吃顿午饭吧。”

“不，花脸斯基，这一切都太不公平！你说，我做那些好事到底是为了什么？唉，我可是做了三件好事呀！最主要的是，三件好事我是一口气连着做的，一点儿私心都没有。”

正当小无知和花脸斯基说话的时候，远远地来了一个行人。他穿着深蓝色的长袍，上面缀满了金色的小星星和银色的小月牙儿，在阳光下闪闪发光。他脚上穿着红鞋，鞋尖长长的，高高翘起。他走得飞快，一点儿声音也没有。谁也没有察觉，一不留神他已经走到长椅跟前，坐在了小无知旁边。他一言不发地坐着，双手就支在手杖上面，斜着眼睛望着正在跟花脸斯基说话的小无知。

小无知突然觉得旁边坐着一个人，他谨慎地斜眼瞧了瞧，看见椅子上坐着一个小老头，蓄着长长的灰白胡须，就像是圣诞老人一样。小无知觉得他很面熟，又把目光移到下面，看见老头儿的脚上穿着一双红鞋，鞋尖向上高高翘起，缝着金色半月形的扣子。

“哎呀，这不就是魔法师嘛！”小无知突然想起来了，他高兴极了，整张脸神采飞扬的，“您好！”

“你好，小朋友，你好！”魔法师微笑了，“咱们见过面的。好了，你说说看，你为什么想见见我呢？”

“难道我想见您吗？”

“难道不吗？你自己刚才说过——‘我想见见这位魔法师，好让他知道……’你想让我知道些什么呢？”

小无知惭愧极了。他低下了头，连瞧都不敢瞧魔法师一眼。“我想让您看看魔杖，”终于，他结结巴巴地张开了口，“不知道为什么它坏了，现在什么愿望都不能实现了。”

“啊，原来是这么回事！”魔法师一面说着，一面从小无知手中接过魔杖，“是的，是的，看得出它已经坏了。完全坏了。原来是这么一回事！我不是早就跟你说过吗？只要你干了三件坏事，魔杖就会失去魔力的。”

“您什么时候说过这句话？”小无知诧异，“啊，对啦，您是说过的，我完全忘记了。可是，难道我已经干了三件坏事了吗？”

“三十三件坏事你都干过了！”小按钮气鼓鼓地说。

“可是我一件也不记得了。”小无知回答。

“我只好前来提醒你，”魔法师说，“难道不是你把小书页变成驴的吗？还是你以为这本是一件好事情？”

“可是，我那时正在气头上呀！”小无知反驳道。

“你生气不生气，这不重要。记住随时都要有好的行为举止，做好的事情。而你后来又把三头驴变成了小不点儿。”

“可是，我根本就不知道事情会演变成这个样子。”

“你要是不知道事情会导致什么后果，就完全不应该去做。做任何事情都要三思而后行。因为你行事轻率，给他人带来了很多麻烦。而最后，你还去逗弄笼子里的猴子，这也是一种不好的行为。”

“您说得都对！”小无知后悔地摆摆手，“我不知道为什么老是这样，如果一开始就倒霉，那就会一路倒霉到底！”

小无知伤心得简直要哭出来了，花脸斯基这时候说话了：“小无知，你别哭，其实没有魔杖也可以生活得不错。有太阳照耀着，咱们还要魔杖干吗呢？”

“哎呀呀，我亲爱的，你说得是多么好！”魔法师笑起来，伸出手抚了抚花脸斯基的脑袋，“的确是这样，咱们的太阳太好了，它照耀着芸芸众生——不管是富有的人，还是一无所有的人；不管是有魔杖的人，还是没有魔杖的人。太阳让我们得到光明和温暖，让我们的心中充满喜悦。要是没有太阳，就没有花朵，没有树木，没有蓝天，也没有绿草，连我和你们都不会有。因为有了太阳，才有了一切。因此连棵小草也会向着太阳。有太阳照耀着咱们，咱们还有什么好忧郁的呢，难道不是吗？”

“当然是喽！”小按钮和花脸斯基异口同声地说。

小无知也回答说：“是这样的！”

第三十二章　手套节

他们在椅子上坐了好久，晒着太阳，心里暖洋洋的，谁也不去想魔杖的事了。小无知说："能不能不依靠魔杖，来实现自己的愿望呢？"

"当然可以！"魔法师回答，"如果这个愿望是远大的，同时又是好的，那就可以。"

"我有一个很远大的愿望：我希望这里的一切都能跟过去一样，就像我们刚到这里的时候那样，希望小书页能变回成小不点儿，那三个从驴变来的坏家伙能依旧做驴。还有，希望警察小哨子能尽快痊愈出院。"

"那好极了，你的这个愿望不错，它会实现的。"魔法师说，"那么你呢？小按钮，你有什么愿望呢？"他问小按钮。

"我的愿望跟小无知的愿望一样，"小按钮说，"不过，要是还可以有别的什么愿望的话，我希望我们能快点儿回到百花城，不知道为什么我很想回家……"

"这也能实现，"魔法师说，"那么你呢？花脸斯基，你有什么愿望？"

"我有很多愿望，"花脸斯基回答，"我有整整三个愿望。"

"噢！"魔法师有点儿吃惊，"喏，那你说说看吧。"

"第一个愿望，我很想知道被小无知放出来的那头狮子现在在哪里，它会不会来吃我们。"

"你的这个愿望不难实现，"魔法师回答，"狮子还待在它自己的那个笼子里。你们晚上逃跑的时候，门卫就把笼子关上了，狮子并没有来得及跑出来！你可以放心了，狮子不会吃任何人。"

"那就好，"花脸斯基说，"我的第二个愿望是：我很想知道警察是怎么处理铆钉锤和小方块的。他们被警察带去警察局了。"

“这也不难回答，”魔法师说，“警察帮助铆钉锤修理好汽车，就让他和小方块一起回家了。因为他们并没有做什么坏事。”

“我的第三个愿望是，”花脸斯基说，“永远都不用洗脸，同时脸又永远都是干干净净的。”

“嗯！”魔法师感到十分为难，“这个嘛，我亲爱的，恐怕很难实现。就连我也不能不洗脸。不过，要是你愿意的话，我可以让你只有在洗脸以后才会觉得舒服。要是你忘记按时洗脸，脏东西就会刺痛你的脸，就像有大头针在扎你一样，一直到你洗干净脸为止。这样，你就会逐渐学会按时洗脸了。你将会从洗脸中体会到极大的乐趣。你觉得如何？这样可以使你满意吗？”

“十分满意。”

“那就好。”

就在这时，远处出现了三头驴。确切地说是两头，因为第三头并不是纯种的驴，而是一头骡子。它们一个跟着一个走过来，蹄子轻轻地踏着地面，活泼地摇晃着尾巴，耳朵也和善地动着。它们身后跟着一个围着白头巾的女清洁工。

“你们这些逃犯，你们这些不羁的动物！”女清洁工一面嘴里嘟嘟囔囔着，一面向前赶着驴，“你们逃到哪儿去躲了这么久？去哪儿鬼混去了？都是你这个小飞马！哼，我就知道是你，你这个淘气鬼。你别装得这么老实！你就是罪

魁祸首，肯定你先逃跑的，愣头青和尥蹶子这才跟着你也跑掉了。没有你，它们想不出这些来。”

小飞马走在愣头青和尥蹶子后面，好像听懂了这是在说它。它低下头来，不住地眨着眼睛，模样可怜又委屈。

“你这不害臊的家伙！”女清洁工继续在责骂它，“瞧你就会装模作样，假装自己听不懂。其实你什么都明白，我可是知道的！……好吧，也没什么了不起的，小家伙们，散散步就得了！你们想跑得远远的？不，伙计们，你们往哪儿都跑不掉！”

清洁员走到栅栏跟前，不慌不忙地打开门，把三头驴都赶进驴圈里。

“看见了没有，小无知，你的愿望实现了。这三个家伙已经回到了自己该待的地方。”魔法师说，“咱们走吧——也许还能再看见什么别的事情。”

魔法师说着就从长椅上站了起来，朝动物园出口走去。小无知、小按钮和花脸斯基一下子跳起来，紧紧地跟在他后面。

出了动物园，他们看见到处都是行人。看样子，今天大家都走上街来了，再也没人想留在家里了。四面八方都传来了音乐声和歌唱声，到处都能听到欢声笑语。

走到一个十字路口，我们的旅行者们看见拐角处有一栋房子，房子旁聚集着一群小不点儿。屋顶上站着几个小不点儿，他们拿着些大筐子，时不时就从这些筐子里拿出一些东西来，一把一把地撒向人群之中。小无知和他的伙伴们走近一看，原来屋顶上的小不点儿正在往下撒手套。手套有各式各样的：蓝色的、白色的、红色的、绿色的、粉红色的。站在下面的人群有人从空中接住手套，有人从地下拾起手套，有的手套直接被大家戴在手上，有的手套在大家之间互相交换，人人都在努力给自己换上一副颜色相同的手套。

“这是怎么一回事呀？干吗撒手套呢？”小按钮问。

“今天是手套节。”魔法师说，“这一天到处都会发手套。人们拿到这些手

套就互相交换，凡是交换成功了的，就成为太阳伙伴。”

“为什么是太阳伙伴呢？”小无知问。

“噢，这是一种风俗习惯。太阳城每年都有手套节，所以，一年又一年，太阳伙伴越来越多。很快，太阳城里的所有人就都是伙伴了。”

走到另一个拐角，魔法师突然停下脚步，他轻轻地说：“你们看！”

小无知、小按钮和花脸斯基停下来。在他们面前的人行道中间站着一个小男生和一个小女生，他们紧紧地手拉着手，目不转睛地看着对方，周围的所有事情所有人，他们都视而不见听而不闻。

“这是谁？”小按钮问。

“难道你们看不出来吗？这是小书页和小字母啊。”魔法师回答说。

“啊，这是小书页！”小无知喊了起来，“这么说他已经变回来了！我稍稍想起他的模样来了！”

“亲爱的小书页！”小字母对他说，“你终于回来了！我是多么高兴！我想念你，想得时时哭泣！”

“小字母，别难过，现在咱们永远在一起，永远不分离了。”小书页安慰她说。

“你这些日子去哪儿了呀？快告诉我！”

“啊，我的好朋友，我在马戏团里。你不知道，那里是多么好玩，多么有趣呀！白天排演、练习，晚上演出。每天都是这样，连星期天也不例外。”

“但是我是那样忧愁，连马戏团也不想去了。”小字母说，“你为什么不捎个信儿来？要是我知道你在马戏团，我立刻就跑去了。”

“小字母，你别生气！我那时还是一头驴呢。”小书页说。

这时候，从高处又撒下手套来，一大群小不点儿都奔过去拾从屋顶上落下来的手套。小无知、小按钮和花脸斯基差点儿被人挤倒，费了好大的劲儿才挤出人群，他们每个人也都拿到了两只手套。他们跑到一边，仔细地看了看自己的收获。小无知拿到一只棕色的和一只橙黄色的手套，小按钮得到一只黄色的和一只粉红色的，花脸斯基呢？——一只蓝色的和一只白色的。

“多么不巧！”小按钮说，“咱们之间没办法交换，咱们拿到的所有手套都不一样。”

就在这时有几个小不点儿笑嘻嘻地跑过来，想要和他们交换手套。有一个小男生从小无知那儿拿去了一只橙黄色的手套，换给他一只绿的，另一个抓走了一只棕色的，塞给他一只天蓝色的，可是，不一会儿天蓝色的那一只又被另一个小女生拿去了，换给他一只红色的。

“啊！”小无知高兴起来，“我现在已经有三个太阳伙伴了。”

有两个小女生跟小按钮交换了手套。这样一来，她的黄色的和粉红色的手套就变成蓝色的和绿色的了。花脸斯基觉得挺委屈的，因为没人想跟他交换手套。

这时小无知看见有个警察朝他们走来。他戴着一顶崭新的钢盔，闪闪发亮。定睛一看，小无知不由得大吃一惊，原来这不是别人，正是大家都知道的警察小哨子。小无知吃惊得张开大嘴，合都合不拢。小哨子径直向小无知走来，从头到脚把他仔细打量了一番。小无知觉得，小哨子似乎格外在意地盯着他的黄裤子看。他吓得浑身冰凉，正打算赶快逃走。可是就在这时，警察瞧了瞧自己戴着白色手套和红色手套的一双手，迅速走到花脸斯基跟前，从他手上取下了那只白色手套，给他换上了一只红手套。在为他理整齐之后，小哨子抬起胳膊行了一个礼，冲花脸斯基咧嘴一笑，转身走开了。

“这下好啦，如今你们所有的愿望都实现了。”魔法师说，“驴子回到了动物园，小书页回到了小字母身边，警察小哨子出院了。现在剩下的就只有把你们送回家了。”

“那流风们怎么办呢？”小无知问，“是不是也得想办法惩治他们一下？不许他们再欺负别的小不点儿了！”

“这个你不必担心。”魔术师回答说，“我已经写了一本魔法书，上面讲述了你们所遭遇的一切事情。那是一个非常有益的故事。每个读过它的流风都会懂得，他们模仿的原来是驴，他们竟然以驴为榜样。他们一定会感到惭愧的，然后就没有人再会去模仿流风的行为了。”

“要是有的人看了书，却丝毫不改变呢？”花脸斯基问。

“这是不可能的。”魔法师回答，“书总是能对小不点儿产生影响……只有对那些天生的，或者说是真正的驴，书才不起作用呢。”

旅行者们就这么聊着说着，不知不觉走到了一个广场上，广场上停着十二三辆专门跑长途的汽车。

“从今天起，太阳城的自动长途出租车车站开始运营了。过去，自动出租车只在城中行驶，现在可以乘坐长途出租车，想到哪儿去就到哪儿去了。”魔法师说。

魔法师走到最边上的一辆汽车旁边，把手伸到散热器后边的缝隙里，从里面掏出了一张厚纸板，上面印着小不点儿国的地图。在地图上找到百花城以后，他用铅笔沿着从太阳城到百花城的道路画了一条线，然后把地图塞回原来的地方，说：“现在你们坐上车，按一下仪表盘上的按钮，就可以走了。汽车会自动把你们带到你们要去的地方的。要是你们想让车停下，只需按一下这个按钮。要是想继续前进，就再按一下这个按钮。这就是操控这辆车的全部方法。”

“怎么，这是辆魔法汽车吗？”花脸斯基问。

“不，这是辆普通的长途出租车。你们已经看见了，我刚才在地图上画出了路线，那就是你们要走的路。汽车里安装有电子设备，它会按照地图上标注的路线自动行驶的。把你们送到目的地以后，汽车还会再沿着这条道路自己开回来的。”

小无知、小按钮和花脸斯基钻进汽车，并排坐在柔软舒适的座位上。魔法师为他们关上车门，挥手与他们告别。小无知按了一下仪表盘上的按钮，汽车开动了。旅行者们转过身去，冲魔法师挥着手，魔法师也不断地向他们挥着手。他长长的胡子随风飘起，花脸斯基觉得，魔法师像是在用大胡子向他们挥手似的。

“你们快看，他在挥动着他的大胡子呢！”花脸斯基一边说，一边笑得抖个不停。

“真不害臊，竟然笑起魔法师来了！”小按钮严厉地说，“没人能挥胡子！”

汽车在广场上开了一个半圆形以后，就拐了弯，大家再也看不见魔法师了。

第三十三章　成为太阳伙伴

半个钟头以后，汽车已经驶出了太阳城，飞快地在田野中穿行。小无知和他的旅伴们心中充满了对太阳城的不舍。他们最后一次回头望去，看见了西沉的太阳，它又红又大，半边藏在地平线下。他们仍然可以远远地望见太阳城，房屋的黑色轮廓似乎被深深印在了太阳发光的表面上——这成为他们最后看到的太阳城的样子。太阳落山了，城市也消失在茫茫的远方。

旅行家们舒舒服服地肩并肩坐着，回忆起这一天当中他们的所见所闻。

“奇怪，今天咱们怎么会把所有人都遇见了一遍呢——先是三头驴，然后是小书页、小哨子。现在我用不着再替他们担心了。”小无知说。

“这有什么稀奇的！”花脸斯基回答，“要是我们没在最后这一天遇见他们，那才奇怪哩。要知道这一切都是魔法呀。”

“可惜咱们并没有碰到小方块，最终还是没能跟他一起去参观小西瓜的房子。”小按钮说。

“真遗憾！”小无知说，“不过更遗憾的是，我们没能跟工程师铆钉锤一起到科学城去，没能见见小海棠和小鲱鱼。也许在那里能看到许多更有趣的新鲜事物。”

“当然，我们没能去成我们十分想去的地方，是挺遗憾的。”小按钮说，“但想想看，要是我们丝毫不遗憾地离开太阳城，那就更不对了。对好的东西总是会感到依依不舍。所以，咱们应该知足了，因为在太阳城咱们已经有了伙伴！”

“我也挺知足的，”花脸斯基回答，“我有一个伙伴——他是一位警察，而你和小无知甚至都不知道谁是你们的太阳伙伴呢！”

“那有什么重要的！”小按钮回答，“只要有伙伴，我就高兴。我永远爱他们。我知道，我的太阳伙伴一定是些善良的小不点儿，在我看来，这已经足够了。”

小按钮一提到太阳伙伴，大家都看着自己的手套。现在，小无知的一只手套是绿色的，另一只是红色的；花脸斯基的一只是蓝色的，另一只是红色的。

“你们看！”小按钮突然说，“如今我和你们也能交换了。花脸斯基把自己的红手套给小无知，这样小无知就有两只红色手套了，小无知把绿色的给我，我就有了一整副绿色的，我再把自己的蓝色手套给花脸斯基，他就有两只蓝色的手套了。”

他们迅速交换好了手套，一切都十分合适，大家都开心地笑起来。他们心中感到从未有过的舒畅，彼此更紧地靠在了一起，好半天没有人说一句话。最后，还是小按钮先打破了沉默：“伙伴们，等咱们回到家，也缝一些手套在百花城里撒吧，让咱们的城市也能有太阳伙伴，你们看，做太阳伙伴多好哇！”

这时候，被晚霞映成深红色的云彩一片一片地消失了。天上开始出现一颗一颗星星。花脸斯基抵御不住睡意的侵袭，他的头微微歪到一边，身子也渐渐向侧面滑下去。最后，他完全失去了平衡，倒在坐在旁边的小无知身上，似乎是想用鼻子去撞他一样，但他立刻醒过来，连忙把头摆正。

“你怎么了？是想睡觉吗？”小无知问。

“不，我不过是在开万笑罢了。”

“不是‘万笑’，是‘玩笑’！”小按钮纠正。

玩笑开着开着，花脸斯基侧着身子滑了下去，真的睡着了。小按钮和小无知把他的身子靠在座位软背上，让他躺得舒服一些，说：“就让他睡吧！”

然后，他们两个在不知不觉中也睡着了。醒来的时候，只见汽车停在一条大马路的中央，从森林后面升起的太阳已经暖洋洋地照着他们的脸了。

“咦！咱们这是到什么地方了？”小无知打开车门，跳下车说。

“到了什么地方一目了然。”小按钮说，“咱们已经在百花城里了！”

“啊，没错！”小无知大叫，“咱们又来到了咱们离开的地方。喂，花脸斯基！起来，咱们已经到家了。”

花脸斯基醒过来，也跳下车。

“太惊人了，竟然这么快就到了！”他一面说着，一面咧开大嘴打着呵欠，双手还不停地揉着眼睛。

“快总归是件好事情！”小无知回答，“但要知道你可是睡了一整夜，现在已经是早晨了！”

“那就没什么稀奇的啦！”花脸斯基说，“那我先回家了。”

他把戴着蓝色手套的双手背在身后，走回家去了。

小无知关上车门。汽车立刻自动掉头，往回开走了。小无知和小按钮沿大街走着。他们很高兴，终于回到了自己的故乡百花城。他们想四处溜达溜达，四处看看。穿过大街，他们来到黄瓜河畔。在他们不在的这段时间里，黄瓜藤长得枝繁叶茂，走在黄瓜藤里，就像在森林里一样，也会让人迷路。

小无知和小按钮站在陡峭的河岸上，从那里可以看到森林、河流、桥梁和整个百花城。清晨的太阳把屋顶照成了一片金黄色，好像屋顶本身在向外发着金光。

“咱们百花城多好！”小无知欣赏着这一幅美丽的画面，情不自禁地喊出声来，“要是咱们也修建起太阳城里那样又宽敞又美丽的楼房，那就更好了。”

“你想得倒很好！”小按钮笑起来。

“要是咱们也能有公园、剧院和有趣的游乐城，那该有多好！还有，要是咱们也能乘坐出租车、公共汽车、自动椅逛大街，那该有多么美妙呀！”

小无知继续想象着。

“但要知道，太阳城的居民们为了这一切，付出了多少劳动！”小按钮说，

“没有什么东西是平白无故得来的。”

“但咱们不也能够劳动吗？”小无知说，“要是大伙儿都齐心合力地劳动起来，就能创造出许许多多东西来。你看呀，咱们大家齐动手——就在河上修起了一座桥！一个小不点儿难道能建得起来吗？当然，可惜咱们没有魔杖了，要是有，只需要把它一挥，咱们的城市就能变得像太阳城一样好了，那该有多好呀！”

“你看你，小无知，显然你一点儿都没有变聪明。你老在那儿想着魔杖，想要去过一种不劳而获的生活，等着一切都能从天而降。我可一点儿都不为这根棍子感到惋惜。要知道魔杖的力量太巨大了，要是它落在一个像你这样的小不点儿手里，非但不会有啥好处，反倒会带来悲剧。要是我，才不想要什么魔杖呢。我只想要点儿智慧。有足够智慧的人根本就不需要魔杖。”

“好吧，小按钮，其实我也不为失去魔杖感到惋惜，我只不过是以为你会感到惋惜呢。你干吗责备我呀？”

“因为我希望你能变成好人。”

“怎么？”小无知叫起来，“你也想让我变成一个好人？”

“是呀，还有谁这样希望呢？”

“嗯，我有一个小女生朋友。”小无知挥了挥手说。

“小女生朋友？”小按钮有些惊讶，“你还有什么小女生朋友？”

“就是跟你一样的朋友，她也总是责备我，也说她想要我变得更好。”

“你跟她要好很久了吗？”

“很早之前就很要好了。”

小按钮委屈地噘起了小嘴，转身就要走，但又不甘心地说：“小无知，你不诚实。我跟你是那么要好，可是你从来都没有告诉过我，除了我以外，你还跟别人很要好。你要交朋友，那就去交吧！我难道会反对吗？我一点儿都不反对！可是你为什么从来都没对我说过？”

“那要我怎么办呢？我又没有特别想跟她好，是她自己非要跟我好的。”

“天哪，小无知，你别撒谎，别撒谎！”小按钮伸出手指威胁着他，“你最好说清楚些，她叫什么名字？”

“谁呀？”

“喏，她呀，你的那位小女生朋友。”

“唉，她呀！……她叫良心。”

“什么良心？”小按钮不明白，“啊，是良心！”

小按钮高兴地笑了，然后她把手放在小无知肩上，望着他的眼睛说：“啊，你是多么可笑，小无知！你真好笑——不过总体上你是个好人。可能大概连你自己都不知道，你是有多么好！”

“我有什么好的！”小无知羞涩地说，“也许只有你才这么想罢了。”

“为什么只有我会这么想呢？”小按钮问。

“嗯……”小无知笑了，“大概是，大概是你喜欢我吧？——一定是这个缘故。”

“什么？我？！喜欢你？！”小按钮大为光火。

“喏，有什么大不了的？”小无知摊开双手。

“你说什么——有什么大不了的？你呀……你呀……”小按钮气得话都说不完全了，她干脆什么都不说了，紧紧地攥起拳头伸到了小无知的鼻子跟前，“现在咱们完了！一刀两断！全完了！听懂了吗！全都完了！”

说完，她扭头就走了。小无知耸了耸肩。

“哎呀，你啊，你啊，看你都说了些什么呀！”他怪不好意思地自言自语着，然后也回家去了。

小无知游太阳城的故事，就到此结束了。